Heinrich Hansjakob

Erinnerungen einer

alten Schwarzwälderin

Ausgewählte Erzählungen Band 5

Heinrich Hansjakob: Erinnerungen einer alten Schwarzwälderin. Ausgewählte Erzählungen Band 5

Erstdruck dieser Auswahl: Stuttgart, Bonz, 1898.

Neuausgabe
Herausgegeben von Karl-Maria Guth
Berlin 2017

Umschlaggestaltung von Thomas Schultz-Overhage unter Verwendung des Bildes: Wilhelm Hasemann, Pfarrer Heinrich Hansjakob.

Gesetzt aus der Minion Pro, 11 pt

Verlag: Henricus - Edition Deutsche Klassik GmbH
Mörchinger Str. 33, 14169 Berlin, info@henricus-verlag.de
Druck: Libri Plureos GmbH, Friedensallee 273, 22763 Hamburg

ISBN 978-3-7437-0694-1

Bibliografische Information der Deutschen Nationalbibliothek

Die Deutsche Nationalbibliothek verzeichnet diese Publikation in der Deutschen Nationalbibliografie; detaillierte bibliografische Daten sind im Internet über www.dnb.de abrufbar.

Inhalt

Erinnerungen einer alten Schwarzwälderin

1.

In meinem Pfarrhause zu Freiburg befindet sich seit vielen Jahren eine alte, alte Schwarzwälderin. Sie ist, im Herzen des Schwarzwalds geboren, auf allen Bergen und in allen Tälern an der Gutach, Kinzig, Wolf, am Schapbach und Harmersbach hin in Diensten gestanden.

Seit Jahren dient sie bei mir, nachdem ich sie aus unwürdiger, einsamer Gefangenschaft erlöst, sie mit neuen Kleidern versehen und in meine nächste Nähe versetzt habe.

So wie in fürstlichen Schlössern Weißzeugbeschließerinnen fungieren, ähnlich amtiert die alte Wälderin bei mir als eine Art Beschließerin.

Ihr schönster Dienst aber ist: sie erzählt mir in Stunden, in denen wir allein sind, aus ihrem langen, langen Leben.

Oft, wenn ich lebensmüde und welk und krank in meiner Studierstube auf meinem Ruhebett liege, sie mir gegenüber steht und ich meine Augen auf sie richte, fängt sie an, mir zu erzählen. Sie will mich, die gute Alte, auf andere Gedanken bringen und zerstreuen. Sie weiß, daß mich allerlei trübe Gedanken Plagen, wenn ich, unfähig zu geistiger Arbeit, so daliege. Sie hört mich seufzen: »'s ist ein Elend auf dieser Welt!« – und erzählt mir drum Geschichten, die mir neuen Mut machen sollen, des Lebens Last lautlos weiter zu tragen.

So ist sie mir in düstern Stunden eine liebe, treue Gefährtin, und wir lieben uns, so gut als alte Leute noch lieben können. Und obwohl sie viel, viel älter ist als ich, bin ich ihr doch von Herzen zugetan und würde sie um keinen Preis mit einer jungen vertauschen.

Ich habe aber meine gute, alte Trösterin und Erzählerin auch herausgeputzt, daß sie sich neben der schönsten Jungen sehen lassen kann.

Sie hat alle jene Tugenden, die sonst den meisten weiblichen Wesen fehlen: sie ist schweigsam und spricht nur, wenn sie merkt, daß es mir lieb ist; sie ist bescheiden, dankbar, unverdrossen und zufrieden, ob ich mit ihr rede oder, ohne Rücksicht auf sie, schimpfend und räsonierend vor ihr auf- und abgehe.

Ein katholischer Pfarrer soll bekanntlich keinen weiblichen Dienstboten halten, der unter vierzig Jahre alt ist. Meine Freundin hat mehr als das Doppelte des kanonischen Alters und enthebt mich so trotz unseres intimen Verkehrs jeder Verdächtigung.

Sie kam in früheren Diensten oft, sehr oft in Wirtshäuser und ist trotzdem das nüchternste weibliche Wesen, das es geben kann. So passen wir zwei auch in dieser Richtung zusammen. Auch ich kam in meinen jungen Jahren oft in Lokale, wo getrunken, viel getrunken wurde, und bin heute nüchtern wie eine alte Katze, die am Abend ihre Milch trinkt.

Alte Leute haben alte Bresten, und wenn es ander Wetter gibt, spüren sie diese Bresten und seufzen. Auch meine Freundin und ich teilen diese Beschwerden des Alters. Wenn draußen ein Sturm heult und der Regen an die Fenster schlägt oder wenn Nebel oder Schnee im Anzug sind und ich nachts schlaflos auf meinem Lager neben der Studierstube seufze, weil das Wetter durch meine Nervensaiten fährt wie durch eine verstimmte Äolsharfe, – dann höre ich auch gar oft meine alte Freundin ächzen.

Ich denke dann lebhaft an ihre langen, schweren Dienste, und – so groß ist unsere geistige Sympathie – alsbald fängt sie wieder an, mir aus ihrem Leben zu erzählen, bis ich endlich einschlafe und träume von den Gestalten, die sie mir durch ihr Erzählen wachgerufen hat.

Neulich stellte ich neben sie ein anderes Wesen ihrer Art in meinen Dienst, ein junges, elegantes, reizendes Ding, das meine Korrespondenzen »führt«. Meine alte Freundin war keinen Augenblick eifersüchtig. Sie weiß, daß ich ihr treu bleibe, weil das junge Ding nichts zu erzählen weiß von guten, alten Zeiten und Menschen.

Es schaut zwar, stolz auf seine Schönheit und Jugend, verächtlich auf meine alte Freundin herab und kokettiert mit mir, so oft ich es ansehe; aber es rührt uns zwei Alte nichts – weder seine Verachtung, noch sein Liebeswerben. Wir bleiben uns treu bis in den Tod – in den Tod, den ich – so unglaublich es auch klingt bei ihrem hohen Alter – sicher vor ihr erleiden werde.

Sie wird's erleben, vielleicht bald, daß ich, ein toter Mann, im Sarg an ihr vorübergetragen werde; aber sie wird keine Träne weinen, weil sie längst weiß, daß ich gerne sterbe und froh bin, wenn's vorüber ist. Sie darf und soll in jener Stunde jauchzen für mich.

Sie weiß auch, daß ich für sie gesorgt habe, daß sie anständig zu leben hat, wenn ich nimmer bin. Ich hab' sie verpfründet nach Hasle, wo sie ihre zweite Heimat hat, wo sie längere Zeit lebte als ich, und wo sie, wie ich hoffe, in Ehren gehalten wird, so lange sie in der jetzigen Gestalt auf Erden weilt. Und sie wird noch lange hienieden weilen, ehe die Würmer und das Feuer auch sie verzehren und sie niederlegen in Staub und Asche.

Aber auch dann soll sie nicht vergessen sein. Drum will ich ihr hier ein Denkmal setzen, indem ich wiederhole, was sie mir in vielen Stunden erzählt hat.

Meine Leserinnen werden längst ungeduldig sein und wissen wollen, was das für ein Wibervolk ist, von dem ich, der ungalante, grobe Hansjakob, nur Gutes rede und das ich lobe und liebe, aufrichtig und treu liebe, wie es sonst nicht Männerart ist.

»Endlich«, werden sie sagen, »einmal *eine*, die er lobt!«

Liebe Leserin! Dieses Muster und Ideal eines weiblichen Wesens, diese alte Dame, der mein Herz gehört und die ich wie ein Kleinod bewahre, ist niemand anders als – die Hausierkiste meines mütterlichen Großvaters, des Wälder-Xaveri, in der ich meine »eigenen Werke« aufbewahrt habe, und die junge Dame neben ihr ist ein reizendes Schränkchen, das ich mir nach einem alten Original im Museum zu Basel kopieren ließ und in welchem meine Korrespondenzen aufgehoben sind.

Meine alte Freundin will und soll uns nun ihre Erinnerungen erzählen, und sie wird, so hoffe ich, dadurch auch sich ein Denkmal setzen in den Herzen ihrer weiblichen Mitwesen und meiner getreuen Leserinnen.

Ich werde ihr bisweilen ins Wort fallen und meine »Schlenkerer« an ihre Erzählungen anknüpfen. Wenn ich mich dabei auch nicht immer ankündige, so wird der freundliche Leser doch gleich merken, ob *ich* rede oder die alte Holztante.

2.

Meine Mutter, so beginnt die greise Freundin, war eine stattliche Tanne und stand an einer der schönsten Stellen des Schwarzwalds, am Fallbach zu Triberg, der berühmt ist durch seine Wasserstürze. Sie stand hoch oben, unweit der Straße, die nach Schönwald führt.

Ich verlebte bei ihr gute und böse Tage: gute, wenn die Sonne schien über Berg und Tal und die Vögel sangen in unsern Zweigen; böse, wenn Stürme tobten über den Wald her oder die Mutter zur Winterszeit ächzte unter der Last des Schnees.

Zu allen Zeiten aber rauschte, wie ein mächtig Wiegenlied, das Wasser des Fallbachs über die Felsen an uns vorüber. Wie oft hab' ich von der Mutter Brust weg hinabgeschaut in die schäumenden Wasser und sie beneidet, wie sie fortsprangen hinab ins Städtle Triberg und hinaus ins Kinzigtal und in die weite Welt!

Einmal äußerte ich diesen Neid auch der Mutter gegenüber, kam aber damit schlecht an. »Du dummes Kind«, sprach sie, »weißt du nicht, daß deine Reise in die Welt nur über meine Leiche geht? Deine Mutter muß sterben, wenn du hinaus in die Welt und zu den Menschen kommen willst. Die Wasser, die zu meinen Füßen hinrauschen und zu Tal springen, sie eilen in die Arme ihrer Allmutter, Meer genannt. Sie gehen heim, dorthin, woher sie gekommen sind, und kehren zu neuem Leben wieder zurück aus dem Ozean.«

»Wir Tannenbäume aber und unsere Kinder sind nicht so gut dran, wie die Wellen des Bächleins. Wir müssen sterben, wenn wir den Erdboden verlassen, auf dem wir groß geworden sind, und unsere Kinder müssen den Menschen dienen und sich gefallen lassen, was immer sie mit ihnen und aus ihnen machen wollen.«

»Doch je höher ein Geschöpf im Reiche der Natur steht, um so unglücklicher ist es. Wir Tannen küssen den Äther des Himmels, während die Bächlein in der Tiefe hinschleichen. Wir empfangen das erste und das letzte Gold der auf- und untergehenden Sonne, während die Wasser noch oder schon in der Finsternis dahineilen. Und doch sind sie unsterblich, wir aber stürzen und sterben.«

So sprach meine Mutter, und eine große Harzträne lief an ihrem schlanken Leib hinunter. Ich schwieg nun fortan, war jedoch durch ihre Worte nicht bekehrt. Die Jugend vernimmt ja die Mahnungen und Lehren des Alters meist mit tauben Ohren und glaubt erst an die Wahrheit dessen, was Vater oder Mutter gepredigt, wenn diese längst nicht mehr sind.

Ich empfand trotz der Warnung der Mutter immer und immer wieder von neuem Sehnsucht, in die Welt und unter die Menschen zu kommen.

Es war mir zu öde und zu einförmig, das Leben bei der Tannenmutter, denn ich hatte zu wenig Unterhaltung. Ich spielte zwar manchmal mit dem Moos, das meiner Mutter Leib wie schneeiges Haar umsponnen hatte, oder mit den Ameisen, die zur Sommerszeit uns besuchten – aber das genügte mir nicht. Auch das Pärchen Kreuzschnäbel, welches jedes Jahr auf unsern Zweigen sein Nest baute und damit schon begann, wenn noch Schnee auf allen Bäumen lag, konnte mich nicht genügend unterhalten. Wenn das Männchen mit seiner roten Brust am Abend und am Morgen sein stilles Lied sang, hörte ich fast nichts davon ob des rauschenden Wasserfalles zu den Füßen meiner Mutter; und waren einmal die Jungen flügge, so flogen Eltern und Kinder davon und ließen uns den Sommer über allein.

In den Wurzeln meiner Tannenmutter hauste eine Familie Haselmäuse, denen ich oft zuschaute, wie sie eintrugen und ihre Jungen in den Wald mitnahmen und wieder heim. Und ich dachte manchmal, wenn ich nur ein Vöglein wäre oder ein Mäuslein und fliegen oder springen könnte.

An Sonntagen stiegen die Buben von Triberg am Fallbach herauf, spielten an den Wasserfällen oder suchten Vögel in unsern Tannenzweigen. Dann wuchs meine Sehnsucht noch viel mehr, fortzukommen unter die lustigen Scharen der Menschen. Ich hab' manch' Harztränlein geweint, weil ich nicht mitkonnte, wenn die heiteren Knaben am Abend, da die Betglocke vom Städtle herauf sie heimrief, hurtig an den stürzenden Wassern hinabsprangen.

An Samstagen sah ich regelmäßig unweit von uns auf der Landstraße Landleute betend vorüberziehen. Die Mutter sagte mir, das seien Wallfahrer, die in ihren Nöten hinüberwallten zu einem Muttergottesbild, das einst in einer Tanne gefunden worden sei.

Die Menschen, so belehrte sie mich weiter, hätten noch viel mehr Leid auszustehen, als die Tannenbäume in Wind und Wetter, und suchten darum Hilfe bei höheren Mächten.

Manchmal hörte ich die Glocken von der Wallfahrtskirche herübertönen durch den »Wässerlewald«, und ich wünschte oft, auch einmal solch eine Wallfahrt mit ansehen zu können.

Wenn nicht Schnee und Eis den Weg am Bache hin ungangbar machten, zogen täglich Leute auf dem schmalen Saumpfad, der durch den Wald an den Wasserfällen hinführte, an uns vorüber. Denn sie hatten so näher, die einen hinauf nach Schönwald, die andern hinab ins Städtle.

Gar viel gingen Uhrenmacher mit ihren Uhren über der Schulter diesen Pfad, um hinabzuwandern »ins Land« und zu hausieren.

Die Mutter hatte mir erklärt, was eine Uhr sei, und dazu gespottet über die Menschen, daß sie die Zeit in die kleinsten Teile zerlegen und messen, als ob sie dann länger daran hätten.

»Wir Tannen«, sprach sie oft, höhnisch ihre Zweige schüttelnd, »wir brauchen keine Uhren und zählen die Minuten so wenig ab, wie die Nadeln an unsern Ästen. Wenn die Sonne aufgeht dort drüben über der Hochwälder Höhe, so wissen wir, daß es Morgen ist; und wenn die Strahlen des Lichts in unserem Wasserfall glitzern, ist's Mittag – und Abend, wenn die Sonne über den Kandel hinuntergegangen ist.«

»Die Menschen aber, diese Kleinigkeitskrämer, wollen jede Minute wissen am Morgen, am Nachmittag und am Abend, damit sie ihre kleinen Geschäfte, ihre Zwergarbeiten und ihre Vergnügungen darnach einrichten können. Sie zählen die Sekunden, und dann sterben sie, und die Sonne geht durch die Jahrtausende hin über ihren Gräbern auf und unter.«

Still zogen die Uhrenmacher jeweils ihren Weg am Wasserfall hinunter, denn sie gingen schwerbeladen von der Heimat und schweren Herzens von Weib und Kindern weg. Wenn sie aber nach Wochen und Monaten am Wasser heraufkamen der Heimat zu, waren sie fröhlich und heiteren Sinnes.

Und die Mutter knüpfte daran immer ihre Lehren und Mahnungen, wie es nichts sei draußen in der Welt. »Siehst du«, so redete sie oft, »wie diese Schwarzwälder lustig aus der weiten Welt und aus dem großen Menschenleben heimkehren in ihre Hütten an einsamer Bergeshalde, und hast du gesehen, wie ungerne sie auszogen in die Fremde? Sie kennen die Welt und wissen, daß es daheim am schönsten ist. Drum hat auch ein Tannenkind, wie du, seine schönsten Tage bei der Mutter im Walde.«

So kamen und gingen die Menschen an uns vorüber, vorüber auch an meiner ungestillten Sehnsucht, ihnen folgen zu dürfen – vorüber viele Jahre lang – bis mein Wunsch auf eine schauerliche Art erfüllt ward.

Es war – ich weiß es heute, mehr denn 100 Jahre später, noch genau – ein kalter Januartag des Jahres 1781. Schwere Lasten von Schnee lagen auf den Tannenzweigen; die Wasser des Fallbaches staubten wie flüssiges Eis, und alle Felsen am Bach hin glänzten wie Harnische.

Da stiegen mühsam, Steigeisen an den schweren Schuhen, Gamaschen an den Füßen, rothaarige Fuchspelzkappen auf den Köpfen und mit Stacheln versehene Stöcke in den Händen, zwei Männer an den Wasserfällen herauf.

Trotzdem sie Mühe hatten zu atmen, sogen sie doch an großen Tabakspfeifen und hielten oft stille, um bequemer rauchen zu können.

Als meine Mutter sie sah, erfaßte sie ein Zittern an Stamm und Ästen. »Kind!« sprach sie leise und ängstlich, »dort kommen die zwei Tannenmörder von Triberg, der Waldmeister und der Waldhüter. So oft die zur Winterszeit da heraufkeuchen, tun sie es, um Todesurteile zu fällen über schuldlose Waldbäume.«

»Die zwei, der Waldmeister Hans Schwer und der Waldhüter Peter Martin, haben meinen Großeltern und meinen Eltern den Tod gebracht. Ich fürcht', Kind, sie werden ihn auch mir und dir bringen.«

Die Männer kamen näher. Unweit der Mutter blieb der Waldhüter stehen, schaute an ihr hinauf, zeigte dann mit dem Stock auf sie und sprach: »I mein, die Tanne da könnten wir jetzt ou amol anreißen für die Holzmacher. Sie ist alt, das Moos zieht schneeweiß an ihr hinauf. Steht sie noch länger, so wird sie uns rot und faul. Und die Wurzeln sind auch los, Mäuse haben sie unterwühlt. Wenn im Hornung die Stürme kommen, stürzt sie uns in einer schönen Nacht in den Fallbach, und dann haben wir des Teufels Not, sie herauszubringen.«

»Bin ganz deiner Meinung, Peter«, meinte der alte Schwer-Hans; »reiß sie an!«

Jetzt zog der Waldhüter ein Hakenmesser aus seinem Mantel und riß ein großes Dreieck in der Mutter Leib. Sie erschauerte in Schmerz und Todesangst und schüttelte ihre Zweige so gewaltig, daß der Schnee herabfiel auf die beiden Mörder.

»I glaub', die merkt's, daß es ihr ans Leben geht«, sprach der Waldmeister, den Schnee von seinem Mantelkragen schüttelnd.

Sie gingen weiter, rauchend nach den andern Opfern spähend. Die Mutter schwieg einige Zeit; sie konnte es noch nicht fassen, daß sie sterben sollte. Ihr Schrecken löste sich zuerst in Weinen. Wie Wasser quollen die Harztropfen an ihrem Leib hinunter, wurden aber rasch von der Kälte erfaßt und zum Stillstand gebracht.

Nachdem sie sich ausgeweint, begann sie die Menschen zu verwünschen. »O, dieses blutschänderische Geschlecht!« rief sie aus. »Wie grausam geht es mit den anderen Geschöpfen und Wesen um, und doch sind wir alle, Steine, Pflanzen, Bäume, Tiere und Menschen, Kinder *eines* Vaters, der im Himmel ist!«

»Aber nichts ist diesem gottlosen Geschlechte heilig, seitdem es in seinem Hochmut dem Ewigen und Allmächtigen gleich sein wollte und aus dem Paradiese vertrieben wurde.«

»Alle Geschöpfe leiden unter ihm und seufzen nach Erlösung von ihrem Tyrannen, Mensch genannt. Überall trägt dieser die eigene Qual hin und sucht sein elendes Dasein zu fristen, indem er seine Mitgeschöpfe quält und tötet.«

»Auch unter sich selbst leben diese Menschen wie Hunde und Katzen und machen sich das Leben sauer, wo und wie sie nur können. Und das ist unser Trost, daß sie die Qualen, die sie uns antun, an sich selber wieder rächen.«

»Auch sterben müssen sie, diese Quälgeister«, fuhr, ihre Zweige schüttelnd, die Mutter fort, »hinsiechen und sterben. Tausend Krankheiten, die wir anderen Geschöpfe gar nicht kennen, suchen sie heim.«

»Wo die Menschen nicht hinkommen, da sterben die Bäume den schönsten Tod, den Tod des Alters. Der Sturm wirft sie, die schwachgewordenen, in den Staub, wo sie modern und neuen Pflanzen Leben geben.«

»Das allein ist mir gräßlich, von Menschenhand zu sterben. O, wie diese Axthiebe schmerzvoll durch alle Fasern gehen, und wie die Säge knarrt in Mark und Bein, bis wir umsinken, zum Tode verwundet!«

»Bald werden sie kommen, mein Kind, die Holzmacher mit großen Äxten und scharfgezähnten Sägen, und deine Mutter zu Tod martern.«

»Hilf mir beten, und ich selbst will alle meine Zweige flehend zum Himmel richten, auf daß der Herr der Natur, dessen Boten die Stürme sind, mir einen solchen Boten sendet, der mich hinabstürzt in den Fallbach!«

Mir ging der Mutter Weh durch die Seele, und ich weinte und betete mit ihr um einen schnellen, natürlichen Tod.

Unser Flehen ward erhört. Wenige Tage, nachdem die zwei Triberger meine Mutter zum Tode verurteilt hatten, ging ein mächtiger Südwind über den Schwarzwald hin. Wärme und Kälte stießen so heftig auf einander, daß die Tannen wankten, schwankten und ächzten.

Die Mutter hatte mehr zu kämpfen als alle ihre Nachbarinnen. Es war ihr Todeskampf. Wie sie's erfleht hatte, so kam es. Mitternacht war's, als heulend ein letzter, starker Windstoß daherfuhr, die Mutter niederriß und in den Fallbach stürzte. Ich hörte nur noch, wie sie rief:

»Gottlob um diesen Tod!« – und ich fühlte das eisige Wasser über uns zusammenschlagen. Dann verlor ich die Besinnung.

3.

Unterhalb Triberg, wo die drei Waldbäche Schonach, Fallbach und Nußbach zur Gutach sich vereinigen, hieß man es in meiner Jugendzeit »am Bach«. Dort stand vor hundert und mehr Jahren eine Sägmühle, die dem »Bachjok« gehörte, der, nur durch die Straße davon getrennt, eine Wirtschaft »zum Hirschen« betrieb.

Als ich nach dem Sturz in die Wasserfälle wieder zum Bewußtsein kam, befand ich mich neben dieser Sägmühle. Die Mutter war zersägt, und ihre Kinder saßen als Dielen (Bretter) zwischen der Straße und der Mühle, ich, einst dem Herzen der Mutter am nächsten, in der Mitte, von meinen Geschwistern getrennt durch dünne Querhölzer, die kaum der Luft rechten Zugang gestatteten.

Mein Gott – war das ein Erwachen! Von der lichten Höhe am Wasserfall mit Fernsicht über Berge und Wälder herabgekommen in ein enges Tal, sah ich nichts durch die engen Ritzen, welche die Querhölzer gebildet, als ein Stückchen von der einsamen, holperigen Straße und ebensoviel von der Sägmühle. Und dazu konnte ich kaum Atem holen, so schwer lag's mir auf der Brust.

Nachts erblickte ich kein Sternlein am Himmel, dagegen huschte allerlei Ungeziefer, auch Mäuse, bei mir durch und scheuchte mich aus dem Schlafe auf.

Tags über und oft schon, ehe das erste Licht in das Tälchen dämmerte, hörte ich nichts als das Schnarren der Säge, einförmig und nervenzerreißend. Gegen diese Sägetöne waren die fallenden Wasser droben im »Wässerlewald« die reinsten Äolsharfen gewesen.

Kein Vöglein sang ein Lied in der Nähe dieser Mühle, und was ich sonst noch hörte, wenn sie stille stand, waren die Reden der Menschen, das Fluchen durchziehender Fuhrleute und der Tatarengesang des Sägeknechts, eines alten Trunkenbolds.

Er hieß, weil er jahraus jahrein Dielen schnitt, der »Dillesepp«. Er war »am Ölberg« daheim, droben bei Schonach, wo sein Vater einst eine Sägmühle besessen und ihm vererbt hatte. Der Sepp hatte aber das Erbe bald vergeudet, weil er lieber im Wirtshaus als in der Mühle war.

Arm geworden, lernte er, wie viele, arbeiten und wurde Sägeknecht beim Bachjok, bei dem er aber allen Lohn in Wein und Schnaps umsetzte. Nüchtern arbeitete er wie ein Löwe, und es war ihm am Abend nicht zu spät und am Morgen nicht zu früh.

Aber wenn er zu viel hatte, so setzte er sich auf einen Dielenbaum und sang seine Lumpenlieder, bis der Bachjok, sein Meister, kam und ihn in seine Kammer auf der Sägmühle jagte, auf daß er seinen Rausch ausschlafe.

In der Kammer aber sang er noch lange, bis er einschlief, sein stehendes Trostlied:

> Dillesepp, Dillesepp,
> Uf Sonneschi kommt Rege;
> Wenn der Rusch verschlofe isch,
> No tu' m'r (wir) wieder säge.

In aller Frühe ließ er dann schon wieder seine Säge laufen und pfiff und sang in den kommenden Morgen hinein.

Sein Weib hauste droben in Schonach in elender Herberge mit den Kindern und brachte diese und sich selbst bald arbeitend, bald bettelnd durch.

Bisweilen erschien sie, um einen Beitrag vom Dillesepp zu holen für ihre Haushaltung. So oft sie kam, hörte er auf mit Sägen und zog den Leerlauf, damit das Rad still stand. Nun lauschte er dem Begehren seiner Ehehälfte, dem er aber höchst selten gerecht werden konnte, weil er kein Geld hatte. Sie fing dann an zu schimpfen, er sei ein Lump, daß er ihr allein die Kinder am Hals lasse. Jetzt wußte sich der Dillesepp nicht anders zu helfen, als daß er seine Säge wieder in Gang setzte. Diese schnarrte so kräftig, daß das scheltende Weib ihre eigenen Worte nicht mehr hörte und schließlich von dannen zog, von meinem Mitleid begleitet.

Einmal lag er an einer Lungenentzündung darnieder. Man schickte seiner Frau Bericht. Sie kam und pflegte ihn mit aller Liebe und Treue. Sie bettelte auf den Bauernhöfen des Tales das Beste, was sie erhalten konnte, damit ihr Mann wieder zu Kräften kommen sollte.

Wenn sie aber von diesen Bettelfahrten etwas später heimkam in die Kammer auf der Säge, so überhäufte der Dillesepp das arme Weib mit den gröbsten Schimpfworten.

Oft saß sie auf unserm Dielenbaum und weinte. Wenn dann der Kranke aus seiner Kammer nach ihr rief, trocknete sie schnell die Tränen und eilte wieder zu ihm.

Damals schon kam ich zur Erkenntnis, daß der bessere Teil der Menschheit das Weib sei in seiner Treue, in seiner Geduld und im Ertragen der Mühen des Lebens.

Aber bei der Sägmühle am Bach erkannte ich auch, wie wahr meine Mutter einst am Fallbach mir gepredigt hatte, die Menschen nicht zu beneiden und sich nicht darnach zu sehnen, ihre Bekanntschaft zu machen.

Die Sonne hatte im Frühling und im Sommer warm geleuchtet auf uns Tannenkinder im engen Schwarzwaldtal. Aus allen Ritzen entwich krachend das Tannenblut, und wir wurden immer toter und immer trockener, aber dadurch auch reif für den Menschen.

Unser Herr war der Bachjok; er hatte meine Mutter von der Gemeinde Triberg gekauft, so wie sie im Wasser lag unterhalb des Städtles, wohin der Fallbach sie getrieben.

Im Herbst kam nun ein oder das andere arme Schreinerlein, das auf den Höhen um Triberg in einsamer, schindelgedeckter Hütte sein Gewerbe trieb. Diese Schreiner fertigten meist Uhrenkästen für ihre Nachbarn, die ebenso vereinsamten Uhrenmacher. Sie kamen und holten Bretter beim Bachjok und plauderten an sonnigen Tagen mit dem Dillesepp.

Von ihnen hörte ich, daß der erste, so in der Vogtei Triberg eine Uhr erfunden, der Franz Ketterer von Schönwald gewesen sei. Vor siebzig Jahren habe er seine Erfindung in die Welt gesetzt. Sein Sohn gleichen Namens habe 1720 die erste Kuckucksuhr gefertigt und eine hölzerne Taschenuhr.

Die Leute alle lobten diese zwei Meister, weil sie Geld und Verdienst auf den Schwarzwald gebracht hätten.

Heute sind diese Erfinder, wie viele andere Alt- und Hochmeister der Uhrenfabrikation aus ihrer Zeit, so der Dilger-Sime aus der Schollach, der Dufner-Hans von Schönwald, der Löffler-Mathis aus dem Gütenbach und andere Patriarchen der Uhrenmacherei, vergessen.

Kein Bild, kein Stein erinnert an diese großen Naturmenschen, trotzdem der Schwarzwald voll ist von Uhrenmachern, die ihnen alle zu Dank verpflichtet wären.

Der Dilger-Fritz, des Simons Sohn, war der erste, der die Holzuhren seiner Heimat nach Paris trug und von dort mit einem roten Frack und neuen Ideen heimkehrte. Er machte jetzt Uhren mit beweglichen Figuren, die Feuer schlugen und Schwefelfäden anzündeten.

Der Kammerer-Sepp, Wirt im Hirschwald bei Triberg, fertigte 1768 die erste Uhr mit Glockenspiel.

Wie das vorige Jahrhundert in der Literatur, in der Philosophie, in der Kunst einen ganzen Wald von großen Menschen hervorbrachte, so wimmelte es damals auch auf dem Schwarzwald von Denkern und Erfindern.

Aber diese großen »kleinen Leute« dachten und erfanden in einsamen Hütten bei Milch und Haferbrot. Sie machten keinen Spektakel in der Welt, erfüllten diese nicht mit Krieg und Kriegsgeschrei, vergossen nicht das Blut von Hunderttausenden – drum sind sie vergessen und versunken und haben kein Denkmal in dieser armseligen Menschheit, die gar oft ihre größten Wohltäter vergißt und ihre größten Feinde verherrlicht.

Ich habe eben an die Erzählung meiner Freundin eine Betrachtung geknüpft, die nicht in ihrem Garten gewachsen ist; hören wir jetzt sie selbst wieder weiter erzählen:

Die Schreinerlein, welche im Herbst 1781 zum Bachjok und zum Dillesepp kamen, nahmen manches meiner Geschwister mit; mich verschmähten sie bei der Auslese. Ich hatte starke Muttermale, d.i. Astwurzeln, und die waren schuld, daß ich nicht begehrt war, so lange noch makellose Bretter vorhanden waren.

Es hat mich aber nicht gereut. Ich lernte noch manchen Schwarzwälder kennen, der, aus der Fremde heimkehrend, des Wegs daherkam, Uhrenhändler und Glasträger. Sie hatten alle Taschen voll Geld, plauderten erst einige Zeit mit dem Dillesepp bei der Sägmühle, und dann nahmen sie ihn mit zu einem Schoppen ins Wirtshaus.

Herrliche Herbsttage lagen über dem engen Tal, die Vogelbeerbäume leuchteten wie Purpur am Wege hin, und die Glocken der am Talbach weidenden Kühe und Rinder machten Musik dazu.

Die Hirtenbuben jauchzten und die heimkehrenden Schwarzwälder auch. Die Hirten kamen zur Mühle, lauschten den Erzählungen der aus der weiten Welt Gekommenen und wurden dadurch begeistert, auch einmal die »Grätze« auf den Rücken zu nehmen und mit Uhren oder Glas zu hausieren.

Eines Tages kamen zwei gar Lustige das Tal herauf. Sie setzten sich auf mich und grüßten den Dillesepp, der sie lange ansah, ehe er sie wieder erkannte; denn sie waren viele Jahre »im Land« gewesen.

Die zwei aber waren der dürr' Jokele und der Vogeljos aus dem Gütenbach. Sie kamen aus Holland, wo sie aber nicht mit Uhren, sondern mit Kanarienvögeln gehandelt hatten.

Der dürr' Jokele war der Gründer dieses Handels. Er war als der erste Wälder mit seinen Holzuhren bis nach Sachsen gekommen. Dort hatte er im Harz die ersten Kanarienvögel gesehen und ihrem Gesang gelauscht.

Flugs kam dem schlauen Jokele ein gewinnbringender Gedanke. Er handelte gegen seine Uhren Kanarienvögel ein und trug sie dem Rhein zu. Je weiter er an diesem abwärts zog, um so begehrter waren seine Vögel. So gelangte er hinab bis nach Holland, wo er die besten Geschäfte machte. Freudig kehrte er heim und teilte seinen Kameraden mit, wie leicht die Uhren in Sachsen abgingen, wenn man Kanarienvögel dafür nehme; diese Vögel aber seien in Holland um schweres Geld an den Mann zu bringen.

Jetzt gründete sein Freund, der Vogeljos, eine eigene Kompagnie von Schwarzwäldern, die das neue Geschäft des dürren Jokele in die Hand nahm und ganz Holland mit Kanarienvögeln versorgte.

Von einer solchen Reise zurückkehrend, ruhten die beiden Gründer bei mir aus und erzählten die wunderbarsten Dinge von Land und Leuten in Holland. Der Dillesepp und der Bachjok staunten, die Hirtenbuben sperrten Mund und Augen auf, und ich dachte bei mir: »Es sind doch merkwürdige Geschöpfe, die Menschen, sowohl in Holland als auf dem Schwarzwald.«

Der Vogeljos erzählte auch, wie auf großen Schiffen, die aus Indien kämen, Vögel nach Holland gebracht würden, die man Papageie nenne und die in Farben glänzten wie ein Regenbogen, und wie er diese Vögel kaufe für 50 Gulden und in Köln und Frankfurt 80 und 100 Gulden dafür löse.

So gab es in jenen Herbsttagen jeden Tag was Neues zu hören bei der Sägmühle am Bach. Aus aller Herren Länder kehrten sie wieder, die braven Schwarzwälder – aus Rußland, Polen, Spanien, Portugal,

Schweden, Dänemark und selbst aus Amerika und aus der Türkei. Der Dillesepp kam aus dem Trinken nicht mehr heraus und sang jeden Abend sein Schlummerlied, ließ aber am Morgen bei Laternenschein seine Säge wieder los.

4.

Die letzten Schwarzwälder aus der Fremde hatten das Tal passiert. Kalter Nebel lag über Wald und Weide, und eisiger Reif bedeckte am Morgen die sterbenden Gräser am Bach hin. Es war einsam und kalt geworden bei der Mühle.

Da kam eines Tages – der Bachjok und der Dillesepp standen gerade beieinander auf der Straße – aus dem Nebel heraus von Triberg her ein Mann mit einem leeren Handkarren, den er vor sich herschob.

Er war ein guter Fünfziger, blaß, bartlos mit scharfen Zügen. Auf seinem Haupte trug er einen hohen Filzhut mit einer großen, silberähnlichen Schnalle am Hutband; Kniehosen und ein langer Rock bedeckten seinen Leib.

»Da kommt, glaub' ich, der alte Löwenwirt von Triberg«, nahm der Dillesepp das Wort, als der Mann aus dem Nebel in Sehferne trat.

»Ja, der ist's«, antwortete leise der Bachjok. »Der ist auch ein armer Mann geworden ohne seine Schuld. Er wird wohl Holz holen wollen, ich geb's ihm aber billig.«

»Grüß Gott, Klaus!« rief er sodann laut dem Ankömmling zu. »Was suchst du Gutes da unten am Bach bei dem Nebel?«

»Gute Morge beisammen«, sprach der Angerufene, seinen Karren zum Stehen bringend. »Bei dir such' ich was, Bachjok, einige Dielen. Du weißt, ich treib' schon längst das Dreherhandwerk, seitdem ich um meine Sach' gekommen bin. Jetzt geht das Spinnen wieder an, und am letzten Samstag, als die Weiber aus den Bergen herab zur Wallfahrt kamen, hab' ich schon viele Spinnräder zum Reparieren bekommen. Jede pressiert mit ihrem Rad, und drum sollt' ich ein paar Dielen haben zu Trittbrettern an Spinnräder.«

»Die kannst du haben, Klaus«, erwiderte der Bachjok, »und ich geb' sie dir billig; denn ich weiß, was du mitgemacht hast an Unglück und Heimsuchung.«

»Ja, ja«, seufzte der Klaus. »Gott weiß es, ich hab' viel mitgemacht: aber man muß sich auf der Welt in alles schicken, und ich sage mit Hiob: Der Herr hat's gegeben, der Herr hat's genommen, sein Name sei gebenedeit.«

»So spricht aber nicht jeder, wie du«, fiel der Bachjok ein. »Du hast ein Gottvertrauen, wie man es selten findet. Ich könnt' mich nicht so drein schicken, wenn man mir meine Wirtschaft zum Hirschen und meine Säge nähme um einiger Lumpen willen.«

»Ich dank' alle Tage Gott«, nahm der Klaus wieder das Wort, »daß er mir die Gnade gegeben hat, mich in mein Schicksal zu finden. Es wär' sonst zum Verzweifeln. Die erste Zeit konnt' ich's auch nicht, aber mein braves Weib hat mich immer wieder aufgerichtet, und jetzt bin ich ans Elend gewöhnt durch die Jahre, die darüber hingegangen sind.«

»Ja«, meinte der Dillesepp, »ich wär' auch schon längst verzweifelt, wenn des Hirschwirts Schoppen nicht wären. Die allein lassen es mich vergessen, daß ich um Hab und Gut gekommen bin.«

»Sepp, halt' dein Maul!« sprach der Bachjok. »Du bist ein leichtsinnig's Luder, du hast deine Sache versoffen und bist durch deine eigene Schuld drum gekommen; den Löwenwirt aber haben schlechte Kerle, Lumpen von deiner Sorte, ins Unglück gestürzt.«

»Ich hab' aber doch mehr davon gehabt als der Löwenwirt«, lachte der Dillesepp mit seinem roten Weingesicht. »Ich hab' meine Sache selber versoffen, ihm haben es andere besorgt.«

»Ihr seid ein glücklicher Mensch, Sepp, daß Ihr Euch so zu trösten wißt«, meinte der Löwenwirt. »Ich hab's härter genommen, und 's hat langer gedauert, bis das Unglück verschmerzt war.«

»Die Lumpen«, sprach der Bachjok, »machen sich das Leben immer am leichtesten. Unglücklich auf dieser Welt sind eigentlich nur die ehrlichen Leute, die es mit dem Leben ernst nehmen.«

»Doch, Klaus«, fuhr er fort, »jetzt wollen wir den Bretterhandel abmachen, und dann lad' ich dich ein zu einem Morgenbrot bei einer guten Flasche. Du hast mir in deinen besseren Tagen auch manchen Schoppen umsonst eingeschenkt.«

Der Bachjok trat nun mit dem Triberger Dreher auf den Platz bei der Säge und zeigte ihm seinen Vorrat an Brettern.

»Da hab' ich«, sagte er, »eine kleine Partie trockener Ware, doch ist sie ziemlich voll von Astmalen. Ich geb' sie aber um so billiger.«

»Die Äste genieren mich nicht groß«, antwortete der Klaus, »billig ist mir die Hauptsache.«

»Ich geb' sie dir – vier Stück – um einen Gulden«, sprach der Bachjok.

»Einverstanden! Aber ich hab' keinen Heller im Sack. Du mußt mir borgen, bis ich die Spinnräder fertig habe. Ich hab' das letzte Geld, das ich für Pfeifen und Spulen gelöst, diesen Morgen hergegeben, um für meine Kinder Brot zu kaufen.«

»Klaus!« rief jetzt der wackere Bachjok, »wenn's so ist, so kosten die Dielen keinen Heller; die schenk' ich dir in dein Unglück hinein. Ich weiß, du würdest an meiner Stelle auch so handeln.«

Tränenden Auges ergriff der Klaus die Rechte des braven Mannes und sprach: »Vergelt's Gott tausendmal! Mein Weib und meine Kinder müssen am Samstag[1] hinauf zur Wallfahrt und für dich beten. So hilft unser Herrgott, wenn man sich schickt in seine Heimsuchungen.«

»Bangen Herzens bin ich diesen Morgen zu dir herabgefahren und habe gefürchtet, du würdest einem armen Mann nicht borgen; denn einem Gantmann, und wäre er noch so unschuldig, borgt niemand mehr. Und jetzt schenkst du mir die Bretter. Also nochmals – vergelt's Gott tausendmal!«

»Komm, Klaus, so oft du was brauchst von mir, ob du Geld hast oder nicht – meine Säge und mein Wirtshaus stehen dir offen« – sprach der Bachjok, des armen Mannes Hand schüttelnd, und fuhr dann fort: »Der Dillesepp hilft dir jetzt die Bretter laden, und ich geh' hinüber in mein Haus und richte unser Morgenbrot. Dazu trinken wir vom Besten, auf daß du dich wieder etwas vergissest.«

Fröhlich und weinselig fuhr eine Stunde später der arme Dreher talaufwärts, dem Städtle zu. Die Morgensonne hatte den Nebel verjagt, und licht und helle war's in Berg und Tal, wie in der Seele des Mannes, der mühsam seinen Karren bergauf zog.

Auf dem Karren aber lag ich, das Tannenkind vom Fallbach, und der den Karren schob, war dein – Urgroßvater Nikolaus Kaltenbach.

So schloß eines Abends meine Freundin die Erinnerungen aus ihrer Jugend.

---

1   Samstag ist der Wallfahrtstag in Triberg.

5.

Die treue Gefährtin meines Großvaters funktioniert bei mir, wie schon erwähnt, als eine Art Beschließerin. Sie birgt in ihrem Innern meine literarische Wäsche, d. i. alle Schriften, die ich schon im Leben verbrochen habe.

Alle weiblichen Wesen sind neugierig, und es nimmt ihre Neugierde bekanntlich mit dem Alter zu. So ist auch meine Freundin gar »wunderfizig«, wie man in Hasle sagt, und sobald sie ein neues Buch von mir zum Beschließen erhält, geht sie in nächtlichen Stunden, wenn das Mondlicht in die Stube fällt, darüber her, um seinen Inhalt kennen zu lernen.

Kaum hatte sie nun seinerzeit die Geschichte vom Eselsbeck von Hasle gelesen, in der auch mein mütterlicher Großvater, der Wälder-Xaveri und langjährige Träger der Hausierkiste, einen Platz gefunden, so fing sie an, mir noch mehr, als ich bislang wußte, von ihm zu erzählen. Was sie erzählte, schließt sich an ihre Tage bei der Sägmühle unmittelbar an. Hören wir sie drum weiter:

Der Mann, so mich drunten am Bach aufgeladen hatte und, wie gesagt, dein Urgroßvater war, führte mich, im Städtle angekommen, in eine enge Gasse. Sie hieß die Fledermausgasse, weil sie so eng und finster war, daß die Fledermäuse schon vor Abend darin hin- und herschwirrten.

Vor einem kleinen Häuschen, dessen Dach und Wände mit Schindeln gedeckt waren, hielt der Mann an. Sein Weib, eine schlanke, blasse, schwarzhaarige Frau, kam alsbald unter die niedrige Haustür und fragte: »Hast Bretter bekommen ohne Geld, Klaus?«

»Geschenkt hab' ich sie!« antwortete freudig der arme Mann. »Der Bachjok hat als alter Freund an mir gehandelt und nichts für die Bretter genommen. Er hat mir auch noch ein gutes Neune-Brot dazu gegeben.«

»Es gibt eben doch noch gute Menschen auf der Welt«, sprach gerührt sein Weib. »Ich hab' vorhin unsern Xaverli mit dem letzten Geld, das du mir diesen Morgen zurückgelassen, zum Bäcker in der vordern Gasse geschickt, damit er einen Laib Brot hole. Die Bäckerin hat ihm den Laib auch geschenkt und das Geld wieder mitgegeben.«

»Gott sei Dank!« erwiderte der Klaus. »Aber am Samstag gehst du mit den Kindern hinauf in die Wallfahrtskirche und betest für unsere Wohltäter. Und jetzt hol' mir die Säge, ich will die Bretter versägen, damit sie Platz haben in der Werkstatt und schön trocken bleiben den Winter über.«

So kam ich – fuhr meine Freundin zu erzählen fort – ins Haus deines Urgroßvaters, stand dort jahrelang in einer Ecke, hörte und sah alles, was vorging, und lernte ihn und seine Familie so gut kennen wie mich selber. Was ich dir also noch weiter erzähle, beruht auf Erfahrung.

Du bist nach deinen Büchern ein großer Freund der Schwarzwälder Bauern und der armen Leute. Das kommt meines Erachtens daher, weil du von mütterlicher Seite her von den echtesten Schwarzwälder Bauern, die es geben kann, abstammst und arme Leute zu deinen Ahnen zählst.

Dein Urgroßvater, Nikolaus Kaltenbach, war gebürtig zu Rohrbach, jenem weltfernen Walddorf zwischen den Städtchen Furtwangen und Vöhrenbach im tiefsten, abgelegensten Schwarzwald.

Als du im August des Jahres 1885 – ich hab's in deinen »Dürren Blättern« gelesen – von Vöhrenbach her über den Hirschbühl und den Rappeneckwald nach Rohrbach kamst, wo die junge Adlerwirtin die schönen Lieder sang, damals wußtest du noch nicht, daß Rohrbach die Heimat eines deiner Urahnen sei.

Unterhalb des Dörfchens zieht gegen Nordwesten ein kleines Tälchen hin, »in der Reibsch« genannt. In ihm steht gleich zu Anfang der Reibschhof, ein stattliches, altes, schindelgedecktes Bauernhaus. Hier war dein Urgroßvater Nikolaus daheim und sein Vater Thomas ein angesehener, waldreicher Bauer, der neben seiner Weid- und Waldwirtschaft noch eine Weinstube hielt.

Er hatte drei Buben: den Jörg, den Nikolaus und den Philipp. Der letztere war Erbprinz und die zwei anderen die »Enterbten«.

Drunten im Bregtal, in und um Furtwangen, hatten damals die ersten Uhrenmacher eben angefangen, ihre Holzuhren zu drehen, zu feilen und zu schnitzen, als die zwei ältesten des Reibschbauern am Weg der Entscheidung standen, ob sie Bauernknechte oder Holzmacher werden wollten.

Da kam der Vater Thomas eines Abends heimgeritten. Er war drüben in Villingen auf dem Markt gewesen und hatte auf dem Rückweg einen Schoppen getrunken im Kreuz zu Böhrenbach.

Hier hatte er Uhrenhandler aus den benachbarten Tälern Urach und Eisenbach getroffen, den Martin Winterhalter, den Andreas Bärmann und die Gebrüder Christian und Martin Grimm.

Diese waren als die ersten Schwarzwälder 1738 mit ihren Holzuhren nach Frankreich, England und Schottland gezogen und jetzt eben zurückgekehrt mit allen Taschen voll Geld und in der Absicht, alle Uhren in der Heimat zusammenzukaufen und Knechte zu dingen, die mit ihnen zögen in jene Lande.

»Werdet Uhrenmacher, ihr zwei Buben«, sprach der Alte an jenem Abend, »und geht hinaus in die Welt!« Und so taten sie – der Jörg ging »in d' Ure«, der Nikolaus »ins Isebächle« – und wurden Holzuhrenmacher, der Nikolaus nebenher noch ein geschickter Dreher.

Zwei Jahre später zogen sie hinaus in die Welt – der Jörg nach England, der Klaus nach Frankreich.

Mit einem Pack Uhren auf dem Rücken, eine unter dem Arm, marschierten sie von Stadt zu Stadt, von Dorf zu Dorf, der eine bei den Engländern, der andere bei den Franzosen.

Die Uhren wurden ihnen an einen Zentralpunkt nachgeschickt, zu dem sie immer wieder zurückkehrten, wenn sie ihre Traglast verkauft hatten.

Erst Uhrenknechte, wurden sie später selbständige Händler, und als solcher zog der Klaus hinunter bis nach Poitiers, wo er seinen Stapelplatz anlegte.

Dreißig Jahre alt, kommt er zurück in die Heimat. In Triberg landet er und kehrt im Löwen ein, bevor er bergaufwärts zieht, dem Bregtal zu. Da hört er, das Wirtshaus sei feil; er kauft's, denn er hat ja Louisdor genug in der Tasche, und kehrt als Löwenwirt von Triberg heim auf den Reibschhof.

Der alte Thomas lebt noch und freut sich. Der junge Löwenwirt sucht alsbald eine Wirtin. Drüben an der östlichen Bergwand des Rohrbacher Tales ist die »Reiners-Eck«, ein Bauernhof, auf dem das Geschlecht der Reiner sitzt.

Die »Marei« auf der Reiners-Eck sei, so sagt man dem Klaus, das schönste Meidle im Schönenbacher Kirchspiel. Die holt er und hält mit ihr Hochzeit an Sommer-Johanni 1752 draußen in dem reizenden

Schindelkirchle von Schönenbach, wohin die Rohrbacher damals noch eingepfarrt waren.

Zeugen sind sein Bruder, der Jörg, der einige Tage nach der Heimkehr des Klaus zu Besuch aus England gekommen war, und der Vater Thomas.

Am Hochzeitsabend fährt das junge Paar nach Triberg und bezieht sein neues Heim. Aber den Handel gibt der junge Löwenwirt nicht auf; er wird Uhrenpacker, d. i. er kauft Uhren, packt und versendet sie an die Händler in der weiten Welt, nach Frankreich, Preußen, Holland, Österreich.

Es geht alles gut, die Wirtschaft und der Handel. Da stirbt, nach kaum zwei Jahren des Zusammenseins, dem Klaus sein junges Weib. Er muß ein anderes suchen.

Im Löwen zu Triberg hat der Vogelhans von Gremmelsbach, einer Waldgemeinde zwei Stunden nördlich vom Städtle, seine Einkehr. Mit Weib und Kind kommt er an Markt- und Wallfahrtstagen und ißt und trinkt dort, denn der Löwenwirt ist ein Kunde vom Hans, der neben seiner kleinen Landwirtschaft mit Vögeln und mit Wildbret handelt.

Wenn die Glasträger und Uhrenhändler heimkehren aus der weiten Welt, so wollen sie bisweilen was »Extras« essen, und das liefert der Vogelhans.

Er wohnte in dem abgelegenen Hochtälchen von Althornberg, wo einst auf den »Schloßfelsen« die Burg gleichen Namens stand.

Einsam erhob sich seine Hütte zwischen Tannen und Felsen, die des Vogelhansen einzige Nachbarn waren.

Drum suchte er seine Unterhaltung bei den Tieren des Waldes und bei den Vögeln des Himmels. Er hielt sich stets eine Anzahl der letzteren in einer Stube, und mit seinen Vögeln zu sprechen, war seine Freude. Er bekam deshalb im Volksmund den Namen »der Vogelhans«.

Der Vogelhans hausierte aber auch, wie schon gesagt, mit toten Vögeln und mit Wildbret. Krammetsvögel, Schnepfen, Haselwild, Auerhahnen, Hasen und Rehe waren die Artikel seines Handels, dem er nachging, so oft der Bau seines Gütchens es zuließ, vorab zur Winterszeit.

Ob er die Tiere alle selbst fing und erlegte als rechtmäßiger Jäger oder als Wilderer, das weiß die alte Schwarzwälderin nimmer. Ich glaube, daß er fing, was er fangen konnte, ohne Jagdpaß, und das übrige teils von Wilderern, teils von privilegierten Jägern kaufte.

Daß er trotzdem, wie sie heute noch »im Gremmelsbach« von ihm erzählen, allgemein beliebt war wegen »seiner Treu und Redlichkeit«, – versteht sich im Volksmunde, der noch nie einen Wilderer einen Sünder genannt hat, von selbst.

Der Vogelhans wußte seine Ware auch an den Mann zu bringen. Wenn er nur wenig Wild hatte, hausierte er in den Waldstädtchen Hornberg und Triberg; hatte er viel, so lud er seine Beute auf einen zweiräderigen Karren und zog ihn hinab bis – Straßburg, einen Weg von fünfzehn Stunden.

Seine Begleiterin war vielfach seine Tochter, die Mariann'. Es ging talab gen Strasburg, drum war der Transport nicht so schwer, aber immerhin der Weg ein mühsamer.

Im Hin- und Herweg trafen sie oft auf Fuhrleute, die ihnen erlaubten, ihren Karren »anzuhängen« und »aufzusitzen«.

Das Meidle wurde durch diese Reisen in die große Rheinstadt gewandt und gewohnt, mit den Menschen umzugehen, und drum faßte der Löwenwirt und Witmann Nikolaus sie alsbald ins Auge mit der Absicht, sie zur Löwenwirtin zu machen.

Der Vogelhans gab ebenso gern sein Jawort, wie sein Meidle, welches, schier dreißig Jahre alt, nicht mehr geglaubt hatte, daß es noch zum Heiraten kommen würde.

Niemand im Städtle begreift, warum der Löwenwirt des Vogelhansen Tochter nehme, die immer auf der Landstraße herumfahre und hausieren gehe. Drum hielt der Nikolaus seine Hochzeit auch nicht in Triberg. Und da in Gremmelsbach, wohin Althornberg gehörte, damals noch keine Pfarrkirche war, so zog er mit seiner Braut gen Osten über den Berg und wieder nach seinem lieben Kirchlein in Schönenbach.

Zwei Jahre nach der ersten Trauung ward er da mit seinem zweiten Weib zusammen gegeben, und er hat's nie bereut; die Mariann' war eine gescheite Frau, eine christliche Mutter, eine vortreffliche Wirtin und in den Tagen der Not eine Heldin.

Der Vogelhans zog fortan allein gen Strasburg und das noch manch' Jährle, bis der Tod dem greisen Vogelsteller selbst eine Falle legte und ihn wegnahm aus seiner Waldeinsamkeit.

Seine direkten Nachkommen existieren noch in Gremmelsbach, und auch seine Hütte »im Zimmerwald« steht noch einsam unfern der

Schloßfelsen. Aber sein Geschlecht hat die malerische Hütte verlassen. Sein Urenkel, der im Herbst 1897 verstorbene »Brunnenmättler«, verkaufte das Gütle und erwarb sich eines im Dorf.

Noch hat sich vom Vogelhans in seiner Familie die Kunde erhalten, daß er fingerlange, dunkle Augenbrauen – ein Zeichen der Energie – gehabt habe.

Hier muß ich, der Schreiber der alten Freundin, diese unterbrechen und sagen, wie ich staunte, bei einem meiner Urahnen die Liebe zu den Vögeln zu finden, die auch ich hatte von Jugend an und die mich heute noch festhält.

Als Knabe hielt ich stets Vögel, so weit es mir die Eltern gestatteten; als Student hatte ich im Priesterseminar einen Vogel und, selbständig geworden, wurde ich zum Vogelnarren. Ganze Zimmer voll hielt ich in Waldshut und am Bodensee, und jetzt in Freiburg ist einer der Hausgänge stets von Vögeln bewohnt.

Auch Reden hielt ich früher gerne an die Vögel und war so in alleweg ein richtiger Vogelhans.

Ich behaupte, jeder Mensch hat irgend etwas von jedem seiner Ahnen, und so überkam ich vom Vogelhans in Althornberg meine Vorliebe für die Vögel.

Sein Enkel, der Wälder-Xaveri, hatte von ihm auch was, nämlich das Hausiertalent.

Ob ich vom Vogelhans auch meine Vorliebe für die Jagd geerbt? Als Student zog ich gerne mit den Jägern von Hasle durch die Wälder, als Pfarrer am Bodensee war ich einige Zeit Jagdpächter, und als Abgeordneter in Karlsruhe stand ich einmal einen ganzen Tag im Ettlinger Wald als Wilderer, weil ohne Jagdpaß, neben dem Gendarmerieoberst Stölzl auf dem Anstand.

Daß ich auf den Vogelhans, diesen von Poesie umwobenen Naturmenschen, als meinen Ahnen stolz bin, versteht sich, und ich freue mich, ihn anläßlich der Erinnerungen der Hausierkiste seines Enkels entdeckt zu haben.

Im Mai 1900 habe ich die Stätte, auf welcher der Vogelhans gelebt und gejagt, aufgesucht. Ich fuhr von Hofstetten weg mit meinem Leibkutscher Sepp den weiten Weg bis ins Leutschental; ein weiter, aber schöner Weg. Er zieht durchs romantische Gutachtal hinauf bis gegen Triberg. Wo der kleine Gremmelsbach in die Gutach einmündet, zweigen wir ab und folgen dem Zug des Bächleins. Der Frühling schaut trotz der Maienzeit noch kaum recht in dieses Tälchen. Hie und da ein knospender Kirschbaum und auf den Matten gelbe Schlüsselblumen. Die Gegend gefällt auch dem Sepp. Er meint, die Felsen seien hier oben so naturgemäß aufeinander gesetzt.

Um drei Uhr des Nachmittags sind wir auf dem obersten Rand des Leutschenbachs. Hier ist der Sephenhof, der Geburtshof des Vogelhansen. Aber seines Geschlechts ist kein Mensch mehr da. Ein fremder Stamm lebt heute im großen, alten, auf windiger, rauher Höhe gelegenen Hof.

Der junge Bur, eben mit Pflügen vor seiner Residenz beschäftigt, geht mit uns, um den Führer zu machen. Mit seiner Hilfe gelingt es, im Wagen bis an die Rappen- und Schloßfelsen zu kommen.

Wie war ich erstaunt, als ich auf diesen Felsen stand! Solch eine Aussicht eigenartigsten Reizes hätte ich da oben nie erwartet. Man sieht nicht weit, aber man schaut in eine so malerisch gruppierte Menge waldiger Bergspitzen, kleiner Täler und grüner Mulden, daß einem das Herz aufgeht vor Freude über dieses Stück Schwarzwald.

Dort drüben am »Zimmerwald«, mit Wagen unzugänglich, steht die Hütte, in der einst mein Urahne gehaust hat. Sie liegt so einsam und so weltverlassen da, daß man Mitleid mit ihr haben könnte ob ihrer Einsamkeit und Verlassenheit, wenn nicht die ganze Natur ringsum so reizvoll und so lebhaft redete, jene Sprache redete, die mir die liebste ist.

Ich beneidete deshalb meinen Ururgroßvater um den stillen Sitz in der lauten Natur. Vielleicht habe ich vom Vogelhans auch die Liebe zur Einsamkeit geerbt, und ich könnte mich heute entschließen, in einem wohnlichen Hause bei den Schloßfelsen zu leben und zu sterben.

Wie mir der junge Bauer sagte, wird jetzt noch auf dieser Höhe bisweilen Vogelfang getrieben, aber er rentiert sich ebensowenig mehr als die Strohflechterei. Den heutigen Vogelfängern fehlt die Ware, d. i. Vögel, und den Strohflechterinnen fehlen die Käufer.

Hochbefriedigt von der Tour kehrten der Sepp und ich am späten Abend heim.

Des Vogelhansen poesievolles Metier als Vogelsteller und Wildbrethändler ist jetzt bei den Bauern im Schwarzwald fast ganz eingegangen. Der letzte echter Art, den ich im Frühjahr 1897 auf einer Suchreise im Wolftal entdeckte, war der Vogelmichel von Rippoldsau, ein Original, das nicht unbeschrieen modern darf.

Ein himmellanger, starker Mensch, war er vielseitiger, aber nicht so rechtschaffen wie mein Urahne. Er trieb die folgenden Berufe: Besenbinden, Baumzweigen, Reifschneiden, Kübelmachen und – Wildern. In letzterer Eigenschaft hatte er es meist nur auf Federwild abgesehen.

Im Winter, wenn Schnee über dem Kniebis lag, schlug sich der Michel als armer Teufel von Hof zu Hof bescheiden durch als Besenbinder. Wenn aber der Frühling ins Land gekommen und der Schnee als Wasser die Wolf hinuntergezogen war und wenn dann in den Tälern die Obstbäume zu treiben anfingen und die Reifstecken geschnitten wurden, da überkam den Michel der Übermut. Die Bauern stritten sich darum, zu wem er zuerst komme als Baumzweiger und Reifschneider. Denn der Vogelmichel verstand alle seine Gewerbe meisterhaft.

Jetzt ging der arme Teufel vom vergangenen Winter als Rächer durch die Burenschaft im oberen Wolftal. Den Buren, welche ihn in den Wintertagen schlecht behandelt hatten, versagte er zunächst seinen Dienst, ließ auf sich warten und bediente zuerst seine Wohltäter.

Wenn er dann endlich als Baumzweiger auf einen Hof kam, in dem er schmale Kost und wenig Schnaps bekommen hatte in der Winterszeit, so spielte er dem Bauer einen Streich. Er pfropfte ihm auf seine Wildstämme Vogelbeer- und auf seine Kirschbäume Schlehenzweige.

Bald waren so die Bauern belehrt, wie der Vogelmichel im Winter behandelt sein wollte.

War das Zweigen beendigt, so ging der Michel ans »Strickeln« auf Schnepfen, Auerhahnen und Haselhühner. Nebenbei schnitt er Besenreis und Reifstecken für die Winterarbeit, um einen Vorwand zu haben, im Wald herumzustreifen.

Sein grimmigster Feind war der fürstliche Förster Ganter in Rippoldsau, der genau wußte, daß der Michel seinem Federwild Fangstricke lege. Aber nicht allzu oft ging der Schlingenleger selbst in die Falle, denn der Michel war schlau.

Wurde er aber einmal erwischt, so war der Wilderer trotz seiner Stärke harmlos und ließ sich willig arretieren.

So hatte der Oberförster eines Tags eine Schlinge gefunden. Er stellte nun seinen Jagdaufseher und Oberholzmacher, den Ländere-Karle, auch ein Original, von dem wir im »Abendläuten« erzählt haben, als Aufpasser in die Nähe.

Zwei Tage hatte dieser vom ersten Morgengrauen an im Dickicht vergeblich gelauscht, als am dritten endlich der Vogelmichel vorsichtig angeschlichen kam, um nach seiner Schlinge, die der Karle zugezogen hatte, zu sehen.

Wie der Wilderer sich bückt, um die Schlinge wieder aufzuziehen, springt der Karle aus dem Hinterhalt und erklärt den Michel als seinen Gefangenen. Da nimmt der starke Michel seinen »Ziehamriemen« (Geldbeutel) aus der Tasche und bietet dem Karle seine ganze Barschaft an, wenn er ihn laufen lasse.

Empört über diese Zumutung an seine eidliche Pflicht, führt der Karle den Delinquenten alsbald zum Förster, der ihm, obwohl es schon am Nachmittag war, befiehlt, den Strolchen sofort dem Amtsgericht Wolfach einzuliefern.

Das war ein weiter Weg – zu Fuß fünf Stunden. Sie kamen drum erst spät am Abend nach der Gerichtsstadt. Hier saß der Amtsrichter Feyerlin, auch ein Nimrod vor dem Herrn, schon beim Bier und wurde geholt, als ob ein Mörder eingeliefert worden wäre.

Er erklärte, nachdem er den Tatbestand aufgenommen, der Michel sei geständig, gerichtsbekannt und nicht fluchtverdächtig. Er könne somit wieder nach Hause gehen bis zum Tage des Gerichts.

Der Michel war seelenvergnügt über diesen salomonischen Spruch, weniger der Karle, der den weiten Weg umsonst gemacht hatte.

Beide übernachteten nun im gleichen Wirtshaus und im gleichen Zimmer und zogen am andern Morgen friedlich wieder der Heimat zu. Dort angekommen, trennen sie sich; der Karle geht zum Oberförster, um zu rapportieren, der Michel aber in den Wald, um neue Stricke zu legen.

Der Förster ist teufelswild, daß man den Strolch hat laufen lassen, und glaubt, er werde jetzt erst recht wildern. Das glaubt der Karle auch, stürmt in den Wald und findet den Michel, wie er an der gleichen Stelle seine Schlingen legt.

Fortan aber hatte sich der Michel verschworen, den weiten Weg vors Gericht nie mehr zu Fuß zu machen. Drum legte er sich, so oft er nach Wolfe transportiert werden sollte, nach kurzem Marsch mitten auf die Straße und war weder durch Zureden noch durch Schläge zum Weitergehen zu bestimmen. So blieb schließlich nichts anderes übrig, als ihn per Wagen zu befördern.

Mit dem Gefängnisleben war er jeweils sehr zufrieden, und er lobte namentlich die gute Verpflegung.

Er trug stets eine kurze Lederhose mit weiten Taschen, in welchen er seine Draht- und Roßhaarschlingen verwahrte. Die letzteren verschaffte er sich dadurch, daß er in die Ställe der Wirtshäuser schlich und den Pferden die Haare aus dem Schwanze zog.

So oft er beim Wildern erwischt wurde, visitierte man seine Taschen nach Schlingen, die dann auf den Gerichtstisch kamen. Als der Richter ihn einmal fragte, woher er die Schlingen habe, meinte der Michel, das wisse er selber nimmer, er habe dieselben wenigstens schon 20 Jahre lang in der Tasche. Nachdem der Gerichtshof sich zur Beratung zurückgezogen hatte, wollte der Staatsanwalt den Frevler necken wegen des guten Hosenstoffs, der länger als 20 Jahre ausgehalten habe.

Da höhnte der Michel und sprach: »Herr, das kennet Ihr nit, i trag' Lederhosen, und die halten länger als 20 Jahr'!«

Der Lohn für einen gewilderten Auerhahn war damals zu verlockend, als daß der Michel sein Schlingengewerbe hätte aufgeben können. Für einen Auerhahn bekam er zwei Kronentaler und ein Mittagessen mit Wein. Seine Abnehmer waren meist Wirte im Reuchtal drüben.

Bisweilen ging dem Michel, der viele Schlingen legte und nicht täglich alle besuchen konnte, ein Stück Wild im Walde zugrunde. So fand er einmal nach mehreren Tagen erst einen toten Hahn, den eine Maus oder ein Marder ausgehöhlt hatte.

Der Vogelmichel wußte Rat. Er füllte die Öffnung mit Sand, nähte die Geschichte zu und machte sich mit dem Hahn auf den Weg ins Reuchtal. Der Wirt, dem der Michel seine Beute antrug, faßte den Vogel am Kragen und prüfte ihn. »Der ist schwer«, meinte er, »den will ich alsbald nach Karlsruhe befördern.«

Der Michel bekam seinen Sold, seinen Imbiß und seinen Trunk und schied. Die Sache mit dem Sande wurde ruchbar; doch der Wirt mußte schweigen, weil der Hahn ein gewilderter war. Der Michel aber schwieg nicht und erzählte seinen guten Freunden, wie er den Reuchtäler »verwischt« habe.

So schlug sich der Vogelmichel durchs Leben, wegen seiner Originalität beliebt bei den Bauern und bei seinen Richtern, und auch die Rippoldsauer hielten was auf ihn; denn als er alt und gebrechlich geworden war und selbst das Betteln nicht mehr ging, nahmen sie den Michel, statt ihn bei den Bauern »umäzen« zu lassen, in ihr neues Armenhaus auf.

Hier starb der brave Mann – Michael Schoch hieß er – und anfangs der achtziger Jahre haben sie ihn begraben; aber heute noch erzählt der Ländere-Karle, jetzt ein Greis, vom Wilderer und die Bauern vom Baumzweiger und Besenbinder, dem Vogelmichel.

Und nun zurück in die Tage des Vogelhansen, in denen es sicher noch nicht so gefährlich war, Schlingen zu legen, wie in heutiger Zeit.

Während der Hans, so wollen wir die Hausierkiste weiter erzählen lassen, mit Wildbret handelte, handelte sein Schwiegersohn, der Löwenwirt, mit Holzuhren, die er in alle Welt sandte.

Es war immer Leben im Löwen. Von allen Bergen und aus allen Tälern der Umgegend kamen Uhrenmacher, brachten ihre Erzeugnisse, boten sie dem Löwenwirt zum Kaufe an und tranken nach abgemachtem Geschäft ihre Schoppen.

Fast täglich sah man im Löwen auch Uhrenhändler und Glasträger, die aus der weiten Welt heimgekehrt waren und in Geschäftsverbindung mit dem Nikolaus standen.

Da kam der siebenjährige Krieg, der Uhrenhandel stockte in all den Ländern, die mit diesem Krieg zu tun hatten. Die Uhrenhändler draußen kamen ihren Verpflichtungen, manche aus Leichtsinn, andere auch wegen der Geschäftsstockung, nicht mehr nach, und ihre Spediteure, von denen sie die Ware hatten, gerieten ins Schwanken.

Der Löwenwirt in Triberg wehrte sich gegen diese Krisen bis zum Jahre 1768, dann aber brach sein Glück zusammen. Er wollte nicht, daß auch nur einer der vielen armen Uhrenmacher, denen er ihre Uhren abgekauft, einen Heller verliere, obwohl er selbst nichts bekommen hatte für die fortgeschickte Ware.

Seine ganze Habe gab er hin, damit die Leute zu ihrem Geld kämen, und er selber ward ein blutarmer Mann.

Der alte Reibschbur war längst tot und der Bruder Philipp Hofbesitzer;[2] der Vogelhans, lebte noch – aber der Nikolaus wollte niemand in sein eigen Unglück ziehen, und ihre Hilfe wäre ja auch nicht imstande gewesen, dasselbe abzuhalten. In jenen Tagen gab es im Volke überhaupt keine geldkräftigen Leute: die Menschen mußten mit Wenigem zufrieden sein und waren es auch.

---

2   Der letzte Bur des Stammes, der zu Anfang des 20. Jahrhunderts noch lebte, kam um den Hof. Seine Waldungen gehören jetzt dem Fürsten von Fürstenberg, und das Hofgebäude ist Armenhaus.

Mit seinem Weib und vier Kindern zog der verarmte Löwenwirt in die Fledermausgasse in eine kleine Mietswohnung und ward ein Dreher.

Drechseln hatte er gelernt bei der Uhrenmacherei im Eisenbach und konnte es besser als Uhrenmachen, und ein Drechsler war keiner im Städtle.

Es kam ihn hart an, das Unglück, weil diese Sorte von Menschengeschick den Männern durchweg härter erscheint als dem weiblichen Geschlecht. Drum sind – und das muß zu ihrem Lob gesagt werden – die Frauen im Unglück allezeit gefaßter und mutvoller als die Mannsleute.

So war's auch die Mariann' aus dem Gremmelsbach, meine Urgroßmutter. Sie meinte, man müsse sich schicken in die Heimsuchung und nicht den Kopf hängen lassen, sonst gehe es einem noch schlechter.

Der alte Vogelhans brachte von Straßburg Pfeifenköpfe von Porzellan, der Nikolaus drechselte die Rohre und die Mundspitzen dazu, und die einst so stattliche Löwenwirtin ging damit und mit Spulen für die Spinnerinnen hausieren in Berg und Tal und brachte am Abend ihrem unglücklichen Dreher ein Stück Geld heim. Nebenbei kaufte sie »auf Borgs« Butter von den Bürinnen, verkaufte ihn wieder im Städtle an Wirts- und Bäckersleute und bezahlte bei der nächsten Hausierreise die alte Schuld.

So schlugen sich die Leute durch, schlecht und recht, wie man zu sagen pflegt. Sie waren und blieben arm, aber sie litten keine Not.

Acht Jahre nach ihrer Verarmung, am 1. Dezember 1776, wurde ihnen, die schon in den fünfziger Jahren waren, noch ein Kind geboren. Weil am 3. Dezember das Fest des hl. Franz Xaver ist, ward das Knäblein Xaver geheißen. Und aus diesem Knäblein wurde später dein Großvater. Sonst hatten sie noch drei Buben, Nikolaus, Valentin, Alois, und ein Meidle, Elisabeth Bona. Dieses holte der Tod in seinem neunten Lebensjahr, bald nach der Geburt deines Großvaters. Ich hörte noch oft seine Eltern erzählen, das Kind sei zu gescheit gewesen und darum so frühe gestorben.[3]

Als ich, die Hausierkiste, in Brettform in das Häuschen des armen Drehers kam, war der Xaverli fünf Jahre alt, ein schmächtiges, blasses Büble mit ungemein hellen, blauen Augen.

---

3   Der damalige Pfarrer Neininger von Triberg schrieb in das Totenbuch von dem Dreherskind, »es sei über sein Alter hinaus gescheit gewesen.«

Ich lernte aber auch noch die Hausfreunde des Drehers kennen, die ihn oft besuchten in seiner Werkstätte. Ich will dir auch von ihnen noch erzählen.

6.

In der Winterszeit wohnte die ganze Familie, um Holz zu sparen, in der Werkstatt des Drechslervaters. Nach Feierabend waren daselbst alle beisammen in stillem Frieden. Die Mutter erzählte den Kindern, ehe sie zu Bett mußten, oft von den Sagen von Althornberg, ihrer Heimat: vom Schloßgeist, der in der Advents- und Fastenzeit als Irrlicht über Berg und Tal ziehe und schon manch' nächtlichen Wanderer gefoppt habe; von dem Bauer, welcher den Schatz, der unter der Burg begraben liege, heben, von dem Hirtenbuben, der die schöne Frau, die oft beim Hüten zu ihm kam, erlösen wollte, aber davonlief, als er einen Drachen küssen sollte, und von den einstigen Schloßherren, wie sie die Bauern geschunden und im Übermut gelebt hätten.

Die schönsten Stücke Vieh mußten die Bauern drunten an der Gutach aufs Schloß bringen zu den Gelagen, bei denen die Ritter und ihre Damen tanzten mit ausgehöhlten Wecken an den Füßen. Selbst in der heiligen Christnacht tanzten und spotteten sie einst.

Da fuhr ein Blitz vom Himmel, tötete die Gottlosen und zerstörte die Burg. Nur eine Magd wurde verschont, weil sie allein es war, die an Sonn- und Feiertagen in die Kirche ging, weit hinüber auf die andere Talseite nach Schonach, wo damals die einzige Kirche der Gegend stand.

Sie war aber etwas eitel, diese Maid, und frisierte sich regelmäßig, wenn sie vom Schloßberg herabkam, nochmals unter der Brücke »beim vierten Bur«. Beim Abstieg von der steilen Berghalde herab war ihre Toilette in Unordnung gekommen. Ehe sie nun an der andern Seite wieder bergauf stieg der Kirche zu, machte sie ihre Kleider zurecht und kämmte ihr Haar.

So kam sie regelmäßig zu spät und, darüber zur Rede gestellt, meinte sie:

> Wenn i ou komm' z'spot,
> Wenn's nu recht stoht.

Dafür muß sie jetzt »geistern«, und in heiligen Zeiten kann man sie unter jener Brücke stehen sehen, wie sie ihre Haare kämmt und dabei den Spruch hören läßt:

Nenn i ou komm' z'spot,
Wenn's nu recht stoht.

Es ist dies die einzige Magd, von der ich, der Memoirenschreiber, gehört habe, daß sie umgehen müsse. Sonst gehen nach den Volkssagen meist nur bessere Wibervölker um, Edeldamen und Ritterfräulein.

Es ist überhaupt interessant, zu beobachten, wie das Volk sich an den Burg-, Zwing- und Schindherren rächte in seinen Sagen. In diesen und in den Geistergeschichten spielen die Sünden und das gottlose Leben der Burgherren und Burgdamen und deren Strafe die Hauptrolle.

Die einzige Rache, die das arme, gedrückte leibeigene Volk nehmen konnte, war die Sage, und von Geschlecht zu Geschlecht erzählten sich die Bauern, wie ihre Tyrannen der Teufel geholt habe, oder wie sie umgehen und geistern und die dem Volke abgepreßten Schätze bewachen müßten.

In den Sagen zeigt darum die Volksseele vielfach ihre ganze sinnige Größe.

Von den Freunden des alten Löwenwirts kam in seine Werkstätte zu Besuch am meisten Quirin Haas, der erste Löffelschmied in Triberg. Er erzählte oft von seinem Gewerbe.

Die ersten Männer, welche auf dem Schwarzwald statt der hölzernen und zinnernen Löffel solche aus Eisen zu schmieden suchten, waren der Weißer-Toni in Schönwald und der Ketterer-Hans in Schonach.

Sie erhielten um 1740 die Erlaubnis, an ihre Hütten je eine Löffelschmiede anbauen zu dürfen. Der Löffelschmiedekunst erster Lehrling aber war der Quirin Haas von Triberg. Als er ausgelernt hatte, sollte er wandern, wie es Zunftgebrauch war. Er zog landauf und landab, fand aber nirgends einen Löffelschmied.

Die Spenglergilde in Augsburg erbarmte sich endlich des arbeitslosen Wanderers, und der dortige Magistrat bezeugte ihm, daß es bei ihnen und ringsum keine Löffelschmiede gebe. Mit diesem Diplom kam der Quirin aus der Fremde heim. Der Obervogt berichtete über den Fall nach Wien an die Regierung, und es kam darauf ein »allergnädigstes«

kaiserliches Privilegium, daß die Löffelschmiede auf dem Schwarzwald vom Gesetze des Wanderns in die Fremde ausgenommen seien.

Gute, alte Zeit, in dir konnte nur ein kaiserlicher Brief die Handwerker dispensieren von der Pflicht, in die Fremde zu gehen und etwas zu lernen! Heute ist Meister, wer will, ob er was gelernt hat oder nicht.

Bald waren fünfzehn Löffelschmiede in der Herrschaft Triberg, die etwa 40.000 Dutzend Löffel durch die Glasträger und Hausierer in alle Welt sandten.

Außer dem Quirin Haas kamen auch zwei Bäcker in das kleine Häuschen in der Fledermausgasse, der Kettererbeck und der Waidelebeck. Beiden hatte der Nikolaus Kaltenbach in seinen besseren Tagen Kinder aus der Taufe gehoben. Sie holten ihn jetzt öfters ab zu einem Schoppen, den sie dem armen Dreher bezahlten.

Oft saß auch zwischen Tag und Licht, wo früher jeder Handwerksmann eine Pause machte, ein Schuhmacher beim Dreher. Er hieß Dufner und war ein Bruder des Triberger Kaplans Georg Dufner, der sich später als Volksschriftsteller und Förderer des Schulwesens im Sinne Josefs II., des großen Schulmeisters und Sakristans in Wien, in der Herrschaft Triberg auszeichnete.

Der Schuhmacher tröstete seinen Freund Nikolaus oft, wenn diesem die Armut schwer wurde, mit seiner eigenen, die noch größer sei. Er, der Nikolaus, so meinte der Schuster, habe doch noch gute Freunde, die ihn unter der Woche zu einem Schoppen holten; ihm treffe es nicht einmal am Sonntag einen solchen. Und jahraus jahrein bestehe sein »Vesperbrot« in trockenem Brot.

Der Nikolaus bekäme ferner noch Lebensmittel von seinen Verwandten, vom Vogelhans und vom Reibschbur Philipp; ihm aber, dem Schuster, schenke niemand etwas; sein Bruder, der Kaplan, sei selbst so arm wie eine Kirchenmaus.

Dies und anderes zum Trost im Unglück trug der Schuster mit vielem Humor vor, und erleichtert lächelte der arme Dreher jeweils, wenn der Nachbar ihn verließ, um seine Schusterlampe anzuzünden und bis in die Nacht hinein auf sein Leder zu schlagen. Aber auch geistliche Herren kamen noch zu den armen Leuten in der Fledermausgasse. So der Kaplan Dufner, der Pater Hippolyt Dufner und der Pater Josef Schlotterbeck, die letzteren zwei Ex-Franziskaner, der eine aus dem Kloster in Offenburg, der andere aus dem in Villingen.

Josef II. hat diese Konvente eben aufgehoben, und mehrere Franziskaner lebten nun an der Wallfahrtskirche in Triberg als Beichtiger.

Im Löwen waren die Geistlichen des Städtchens und der Umgegend jede Woche einmal zusammengekommen, und der Löwenwirt hatte sie oft umsonst bewirtet. Drum besuchten sie ihn auch noch, da er arm geworden war.

Wenn der Kaplan Dufner ins Haus ging, kamen gleich darauf auch sein Bruder Schuster und der Ketthererbeck; denn der Kaplan, ein hochstudierter Mann, konnte viel und gut erzählen.

Von ihm hörte ich auch die Geschichte der Herrschaft Triberg mit ihren zehn Vogteien und daß selten in der Welt eine Herrschaft so viele Herren gehabt habe wie sie.

In der Tat, seitdem der letzte der Dynasten von Triberg zu Anfang des 14. Jahrhunderts gestorben war, wechselten die Herren unglaublich oft. Die Fürstenberger zu Hasle, die Teck zu Schilte, die Grafen von Hohenberg bei Spaichingen stritten sich um die kleine Waldherrschaft, bis sie denen von Hohenberg zufiel und 1355 von Albrecht dem Lahmen von Österreich dem Albrecht von Hohenberg, Bischof von Freising, abgekauft wurde.

Geldbenötigt, verpfändete sie der Habsburger 1376 dem Grafen Konrad von Tübingen, der sie zwanzig Jahre später einem Grafen von Sulz überließ. 1411 eingelöst, wurde sie 1457 an den Ritter Melchior von Blumeneck wieder verpfändet. Durch dessen Tochter kam sie an die Herren von Lichtenfels, von diesen 1483 an die Grafen von Fürstenberg, um dann 1501 einen neuen Herrn in Gestalt des Ritters Hans von Landau zu Blumberg zu bekommen.

Seinen Söhnen brannten die Bauern 1525 das Schloß Triberg nieder, worauf jene die Herrschaft einem Juristen, dem Hofkanzler Dr. Jakob Jonas, verkauften um das Spottgeld von 8.667 Gulden 14 Kreuzer. Dieser trat sie gleich darauf wieder ab an den Professor der Rechte in Freiburg, Dr. Ulrich Zasius, den Sohn des berühmten Zäsi, bei dessen Familie sie blieb bis 1567. Da kaufte sie der berühmte Feldherr Lazarus von Schwendi.

Durch seine Tochter Eleonore kam sie wieder an die Fürstenberger, durch eine zweite Heirat der Eleonore aber an die Herren von der Leyen.

1642, am Stefanstag, hatten die Bauern das Schloß wieder gestürmt und verbrannt – aus Liebe zu ihrer Herrschaft.

Nach dem dreißigjährigen Krieg aber taten sich die Bauern zusammen und lösten, des ewigen Wechsels satt, die Pfandschaft um 25.000 Gulden selber ein, und da, wie immer, das Volk sich nicht selbst regieren kann und daher Herren haben muß, so schenkten sie sich wieder dem Hause Österreich unter der Bedingung, die Untertanen nie mehr zu verpfänden oder zu verkaufen.

So blieben diese Schwarzwälder österreichisch, bis der Friede von Preßburg sie badisch machte.

Es war eine schöne Sitte, daß die großen Herren ihre Herrschaften verkaufen oder verpfänden mußten, wenn sie Geld brauchten zum Kriegführen. Jetzt behalten sie ruhig die Herrschaften und überlassen es dem Volk, die Kriegskosten zu bezahlen.

Heute wären, so die Verpfändungen noch Mode, sicher die Kinder Israels die Inhaber der meisten verpfändeten Herrschaften. Denn das war in der Regel kein schlechtes Geschäft, solch eine Herrschaft in Pfandschaft zu nehmen.

So z. B. kostete die Herrschaft Triberg durchschnittlich etwa 12.000 Gulden. Dafür hatte der Pfandschaftsinhaber alle möglichen, 29 Nummern umfassenden Gefälle, Gülten, Zölle und Zinsen und außerdem 2.686 Pfund Butter und einige hundert Vögel von seinen Untertanen zu fordern.

Das alles mochte den Zins vom Kapital wohl geben.

Kaplan Dufner war der erste, den ich auch von der Entstehung der Wallfahrtskirche erzählen hörte, nach der ich als Tannenkind so oft neugierig ausgeschaut hatte.

In den achtziger Jahren des 17. Jahrhunderts, während des pfälzischen Erbfolgekriegs, lagen österreichische Soldaten in der Herrschaft Triberg; so auch in dem Walddörfchen Schonach oberhalb des Städtchens eine Kompanie des Regiments Kageneck.

Soldaten, die hinabgingen ins Städtle, hörten auf dem nächtlichen Heimweg oft einen ungewöhnlichen Gesang in den Wipfeln der Tannen. Sie stiegen deshalb einmal am Tage in die Bäume hinauf und fanden ein hölzernes Marienbild an der größten Tanne angeheftet. Ein Bürger von Triberg hatte es hundert Jahre zuvor zum Dank für die Genesung vom Aussatze dahin gebracht.

Die Soldaten nahmen das Bild herab und stellten es unten am Baume auf mit der Inschrift: »Heilige Maria, Schutzpatronen der Soldaten, bitte für uns!« Daneben stellten sie eine Opferbüchse, die so reichliche Gaben abwarf, daß die gleichen Soldaten eine hölzerne Kapelle errichten konnten.

Schon 1696 konnte der Bau der jetzigen Wallfahrtskirche begonnen werden, zu dem ein Hauptmann von Kageneck den ersten Stein legte.

Trotz der bald darauf eintretenden Kriegsläufte des spanischen Erbfolgekriegs schritt der Bau vorwärts, da es nie an Gaben fehlte, und 1700 waren die schöne, große Kirche und das Priesterhaus vollendet.

Von allen Seiten kamen nun die Wallfahrer; Fürsten und Prälaten, Bürger und Bauern besuchten das Heiligtum »Maria zur Tanne«. Auch der Markgraf Ludwig von Baden, der bekannte Türken-Louis, zog mit seiner Familie als Pilger dahin und gab kostbare Weihegeschenke.

Selbst Prinz Eugenius, der edle Ritter, brachte der Soldaten-Patronin zu Triberg seine Huldigung dar.

Dies geschah, als er im Juli 1704 von Rastatt heranzog, um den französischen General Tallard, der Villingen belagerte, zu vertreiben. Der Franzose hatte aber, als der Prinz ankam, die Belagerung bereits aufgehoben, da die Bürger sich mannhaft gewehrt.

Eugenius lobte bei seinem Eintritt in die Stadt die Tapferkeit der Villinger, und auf seine Frage, welche Gnade er ihnen beim Kaiser für ihr Wohlverhalten ausbitten solle, gaben die Ratsherren zur Antwort: »Wir wollen nichts als Brot, Pulver und Blei!«

Diese Antwort macht den Villingern heute noch alle Ehre, und es ist sehr fraglich, ob unter ähnlichen Umständen in unseren Tagen ein Eugenius eine ebenso mannhafte Antwort bekäme.

Solches und anderes erzählte der Kaplan Dufner in der Werkstatt deines Urgroßvaters, und ich lauschte mit Freuden.

Mir war es so wohlig in diesem friedlichen Heim, so wohlig, wie sich nur ein Tannenkind fühlen kann, wenn es von den Leiden und Kämpfen und Nöten der Menschen erzählen hört und selbst nichts so mitmachen muß.

Ich fürchtete nur, bald wieder hinaus zu müssen in die Welt. Meine Geschwister, so weit sie der arme Dreher vom Bach heraufgeführt, waren schon alle fort; sie dienten meist als Trittbretter an Spinnrädern, zerstreut im Städtle und in Berg und Tal. Im nächsten Winter mußte es sicher auch an mich kommen.

Da trat im Sommer 1784 eine Katastrophe ein. Es war am Abend des 3. Juni. Der Nachtwächter hatte eben vorn beim Löwen die zehnte Stunde gerufen und war dann die Fledermausgasse hinaufmarschiert, als der Schein seiner Laterne auf einen menschlichen Körper fiel, der auf der Straße lag.

Der Wächter leuchtete dem Liegenden ins Gesicht und erkannte – den Dreher Nikolaus. Der war aber schon tot. Der Wächter schlug Lärm, und bald waren Männer da, die ihm halfen, den toten Mann in sein Häuschen zu tragen. Mutter und Kinder waren schon zur Ruhe gegangen. Als sie aufwachten, brachte man ihnen den toten Vater.

Der Dr. Burkhard und der Chirurg Wild erklärten als die Ursache des Todes einen Schlaganfall. Der Kettererbeck hatte den armen Freund mitgenommen, ihm zu helfen, seine Kundenschoppen zu trinken. Auf dem Heimweg war der Tod zum vielgeprüften Nikolaus gekommen.

Der älteste Bub gleichen Namens war in der weiten Welt als Uhrenmacher. Ein Uhrenhändler aus Schonach hatte ihn mitgenommen als Gehilfen. Er kam nie mehr in die Heimat.

Der zweite, Valentin, war auch Uhrenmacher geworden. Er zog ebenfalls nach Frankreich, wahrscheinlich in die gleiche Gegend, in der sein Vater hausiert hatte. Er kam als wohlhabender Mann zurück, kaufte den Ochsen in Triberg, verlor aber sein in »Revolutions-Assignaten« angelegtes Vermögen und geriet in Armut, wie sein Vater.

Der dritte, Alois, war zur Zeit von des Vaters Tod als Hirtenbub beim Vetter, dem Reibschbur Philipp. Er wurde in seinen alten Tagen Klosterbruder bei den Ligorianern, die nach Triberg kamen, und zog mit einem Sohn seines Bruders Valentin mit diesen Vätern 1811 nach Österreich. Der Neffe wurde Pater der Gesellschaft vom heiligsten Erlöser und starb hochbetagt vor nicht langen Jahren.

Das jüngste Kind, der Xaverli, war noch nicht acht Jahre alt, da der Vater starb. Der Lehrer und Schneider Hettich gab ihm das Zeugnis, daß er »ein braves und gescheites Büble sei«.

Die Mutter Marianne, des Vogelhansen Tochter, gewann bald wieder ihren Lebensmut. Der Geist ihres Vaters war in ihr, und da sie nimmer mit Pfeifen und Spulen hausieren konnte, kam sie auf einen andern Gewerbszweig. Sie handelte mit Obst, Blumen, Zwiebeln, Setzlingen und Gemüsen.

Sie zog mit einem Karren hinab ins sommerliche Kinzigtal, wo auf dem Markt in Hasle die ersten Gemüse, die ersten Früchte und die ersten Blumen feil geboten wurden. Dort kaufte sie für billig Geld ein und führte ihre Ware gen Triberg.

Wenn sie auf dem Rückweg im Frühjahr über Kornberg hinaus kam, wollte jede Bäuerin am Weg hin von ihr Blumenstöcke – Ochsenaugen, Bejentle, Levkoien – oder Setzlinge zu Kraut und Salat.

Und in Triberg selbst wurden die Wirte ihre guten Kunden.

Oft nahm sie den Xaverli, da er größer geworden war, mit hinab ins schöne Kinzigtal, wo in der Frühjahrszeit die Blumen schon blühten, während in Triberg noch der Schnee lag.

Auf dem Hinweg durfte der Xaverli auf den leeren Karren sitzen, im Heimweg aber mußte er an einem Seile, vor seiner Mutter hergehend, ziehen helfen.

Mich, das Tannenkind, hatte das Weib des armen Drehers, dessen Werkzeug verkauft worden, behalten. Auf mich legte sie ihre Gemüse und vorab das Obst, welches sie von Hasle brachte. Und die Triberger, jung und alt, kamen in das Häusle in der Fledermausgasse, um die ersten Kirschen zu holen.

Der Xaverle war indes zehn und mehr Jahre alt geworden. Weil er brav war, kam er als Ministrant hinauf zu den Wallfahrtspriestern. Die gaben ihm wegen seiner Bravheit und wegen seines Talents auch noch Unterricht, besonders im Latein. Denn, so meinten sie, vielleicht schicke es sich später, daß der Xaverli studieren und ein geistlicher Herr werden könnte.

Das Büble wurde mehr und mehr der Liebling der greisen Ex-Mönche, die an der Wallfahrtskirche fungierten, und da er der Schule entlassen war, nahmen sie ihn ganz hinauf in ihr Priesterhaus. Er wurde eine Art Sakristan und betrieb nebenher die Studien weiter.

Er mußte all den Herren am Altar dienen, dreimal des Tags die Ave-Glocke über Berg und Tal hin läuten und alle Kommissionen besorgen fürs Haus.

In einer Nacht, so hat er später oft erzählt, wachte er plötzlich auf und meinte, es sei Zeit, die Morgen-Betglocke zu läuten, und er habe sie verschlafen. Er springt auf und eilt hinunter in das Turmgeschoß und beginnt schlaftrunken die Angelusglocke zu ziehen.

Da stürzen dunkle Männergestalten aus der Kirche, schlagen den jungen Menschen nieder und eilen davon.

Es waren Diebe gewesen, die sich in das Heiligtum eingeschlichen hatten, und kaum Mitternacht vorüber. Die Priester und die Leute, denen es am Morgen kund ward, glaubten, die Muttergottes habe den Xaveri geweckt, um die Spitzbuben zu verscheuchen.

Als Werkzeug der Himmelskönigin ward so der junge Sakristan noch mehr beliebt und belobt.

So wurde der Brave achtzehn Jahre alt, aber niemand wollte ihm helfen, sein Studium auf einer auswärtigen Schule fortzusetzen. Die Wallfahrtspriester selber waren arm, und in der ganzen Herrschaft Triberg wohnten damals meist arme Leute. In ein Kloster einzutreten, hatte keinen Sinn, da die meisten Klöster ringsum teils aufgehoben, teils der Aufhebung gewärtig waren.

Da erscheint eines Tages die Mutter im Priesterhaus und meldet den Beichtigern und ihrem Sohne, sie sei nun bald siebzig Jahr alt und könne den schweren Karren nimmer Heraufziehen von Hasle, um so ihr Brot zu holen. Sie müsse jetzt ins Armenhaus, wenn ihr sonst niemand beistehe. Ihr Sohn Valentin könne ihr auch nicht helfen; er sei, wie alle Welt wisse, unverschuldet verarmt wie sein Vater.[4]

Da trat der Xaveri vor und erklärte, er lasse seine Mutter nicht im Stich, er wolle zu ihr ziehen und für sie arbeiten. Aber was arbeiten? – das war jetzt die Frage, Mit Gemüs' und Obst handeln konnte er als »Mannsbild« nicht wohl; er war auch zu schwach zum Karrenziehen. Aber sonst hausieren wollte er, von Hof zu Hof, mit Faden, Bändeln, Helgen (Heiligenbildern), Rosenkränzen etc., um die Mutter zu ernähren.

Die Wallfahrtspriester belobten seinen Entschluß, und jeder schenkte ihm von seinem Wenigen ein Scherflein zum Anfang. Im ganzen bekam er 36 Kreuzer, was er später oft noch erzählte. Seine »Göttle« (Taufpatin), die Krämerin Schwer am untern Tor, erbot sich, ihm Waren auf Kredit zu geben, und der Schreiner-Marte, ein Nachbar seines Vaters in der Fledermausgasse, machte ihm unentgeltlich aus mir, dem großen, rauhen Tannenkind, eine Hausierkiste.

Der Schlosser Beckmann, ein entfernter Verwandter, stiftete die zwei Griffe, die heute noch an mir sind.

So waren alle Vorbedingungen zu einem Hausierleben erfüllt, und der Handel konnte beginnen.

---

4   Valentin starb jung; von seinen Töchtern aber leben heute noch zahlreiche Nachkommen in den besten Familien Tribergs.

7.

Es war ein duftiger, kalter Märzmorgen des Jahres 1794, als ich auf dem Rücken deines Großvaters die erste Hausier-Reise in die Welt machte.

Der Xaveri, eine mittelgroße, schmächtige Gestalt mit blassem, bartlosem Gesicht, dunklem Haar und blauen Augen, trug kurze Kniehosen, einen langen Rock seines Vaters und eine große Schildkappe, da ein Filzhut, wie ihn sonst die Mannsleute aufhatten, unbequem gewesen wäre für einen Kistenträger.

In der Rechten hielt er einen mächtigen Stock von Weißdorn, den ihm sein Vetter Philipp in Rohrbach zu diesem Zweck geschenkt hatte, und der heute noch existiert und in deinem Besitze ist.

Schon als wir durch die Fledermausgasse herunterzogen, rief bald aus diesem, bald aus jenem Haus eine Stimme: »Ja, wohin will denn der Xaveri mit der Kist' auf dem Buckel?« – »Ich will hausieren gehen«, antwortete der Angerufene. »Das ist ein hartes Brot«, entgegneten die Leute; worauf mein Träger, ein kluger, im Worte nicht verlegener, wenn auch schüchterner, junger Mensch, meinte: »hart oder nicht, ich muß es tun, um mich und meine Mutter ehrlich durch die Welt zu bringen. Arme Leute müssen sich ihr Brot suchen, wo sie es finden.«

Alle Leute, die uns in der Fledermausgasse und beim Gang durchs Städtle hinunter zuriefen oder begegneten, wünschten dem Xaveri Glück. Einzelne lobten auch mich und meinten, der junge Hausierer habe eine schöne, starke Kiste. Andere fragten nach dem Inhalt – und mein Träger war froh, als wir von bekannten Menschen weg und vor dem untern Tor draußen auf der Landstraße waren.

Es war zwischen ihm und seiner Mutter ausgemacht, daß er am ersten Hausiertage nach Nußbach gehe und von dort über den Berg nach Gremmelsbach. In dem einen Walddörfchen saß der Götte (Taufpate) des angehenden Hausierers und im andern der Bruder der Mutter auf des Großvaters, des Vogelhansen, Gut.

Der junge Hausierer hatte also für den ersten Gang zwei Punkte, an denen er seine Kiste niederstellen, ausruhen und unentgeltlich etwas zu essen bekommen konnte. Es war dies nötig, denn er hatte keinen Heller in der Tasche, weil der Inhalt seiner Hausierkiste jeden Kreuzer verschlungen und noch Schulden verursacht hatte.

Still wanderte der Xaveri seines Weges, kämpfend mit der Angst, abgewiesen zu werden im ersten Haus, in dem er anklopfen würde. Diese Angst wurde Meister in ihm, und drum beschloß er, erst im Hause des Götte Halt zu machen; dort werde man ihm wohl auch etwas abkaufen und ihm so Mut machen.

So kam er zu den ersten Häusern beim »Krähenloch«. Er wollte vorbei. Da rief aus einem sonnigen, mit Schindeln gedeckten Häusle eine Frau: »Guate Morge, Mesner, wona mit der Kist' uf'm Buckel?«

»Guate Morge ou«, antwortete der Hausierer, stehenbleibend und zu dem Weibe hinüberschauend. »Kennet Ihr mich?«

»Wer kennt den Mesner nit von der Wallfahrtskirch?« gab die Frau zurück. »Es kommt ja jede Samstig eins von uns in d' Kapelle.«

»Ich hab' jetzt den Dienst in der Kapell' aufgegeben«, erwidert der Hausierer. »Er hat zu wenig getragen, um mich und meine Mutter, die alt ist, durchzubringen. Die geistlichen Herren haben mir selbst geraten und geholfen, ein Hausierer zu werden, und heut bin ich auf der ersten Reis'. Aber ich bin ein schlechter Hausierer. Ich fürcht', d' Leut brauchen nichts von mir und schicken mich fort.«

»Ich schick' Euch nit fort«, meinte die Frau. »Mein Mann ist ou Husierer; er ist Knecht bei den ›Elsißträgern‹, drum schick' ich kein' Husierer fort, am wenigsten Euch, Xaveri. Denn bei der Osterbicht am Frauentag in der Fasten war' ich nimme z'bichte komme, wenn Ihr nit den Pater Josef extra g'holt hättet. – Also kommet ri ins Hus und kromet us!«

Während der Hausierer ins Haus tritt und auspackt in der Stube des Weibes, will ich die Erzählung meiner Freundin unterbrechen und etwas von den Elsißträgern erzählen.

Die Äbte der Benediktiner-Stifte St. Blasien, St. Peter und St. Georgen-Villingen hatten schon im 17. Jahrhundert in ihren Gebieten, meist einsamen Waldgegenden, wo das Holz wertlos war, Glashütten angelegt.

Arme Leute vom Wald trugen die Glaswaren, mit Stroh umhüllt, in ihren »Grätzen« ins nächstgelegene Land und zogen damit von Haus zu Haus. Sie hießen im Volke allgemein Glasträger.

Im Breisgau angekommen, waren sie am Rhein und sahen drüben das Elsaß. Bald trugen sie ihre Grätzen auch dorthin und in die benachbarte Schweiz. Jetzt bekamen sie die Namen Elsaßträger und

Schweizerträger. Den ersteren Namen trugen sie selbst im ganzen Lande Baden noch vor wenig Jahren.

Schon zu Anfang des 18. Jahrhunderts bildeten sich aber Kompagnien oder, wie sie sich selbst nannten, Gemeinden, die als Handelsgesellschaften auftraten, in allen größeren Städten des Breisgaus, des Elsasses, der Pfalz, Württembergs und der Schweiz Niederlagen errichteten und von diesen aus ihre Hausier-Knechte »ins Land« gehen ließen. Die Kompagnien, unter sich geeinigt, teilten sich in die einzelnen Länder. Es gab eine Elsässer-, eine Schweizer-, eine Breisgauer-Kompagnie, bald auch Schwaben- und Pfälzer-Kompagnien, und damit Schwabenträger und Pfalzträger. Ihre Gesetze waren ungeschrieben, die meisten von den »Gemeindern« des Lesens und Schreibens unkundig. Ihre Handelsnormen gingen von Mund zu Mund. Niemand lehrte sie eine Buchführung, noch die Gesetze des Handels, und doch haben sich ihre Kompagnien fast zwei Jahrhunderte lang erhalten und ihre Gemeinder zu vermöglichen Leuten gemacht.

Aber der einzelne gehörte ganz der Gesellschaft an. Weib und Kind mußte der Glastrager auf dem Schwarzwald lassen und durfte sie nur einmal im Jahr auf kurze Zeit sehen.

Alljährlich hielten sie Abrechnung, die im Tribergischen im Löwen zu Triberg, die in der Obervogtei Neustadt zu Saig im Ochsen.

Da ward gerechnet, gerügt, geteilt und spekuliert – aber auch gezecht und getrunken nach Herzenslust.

Was hat diese Glasträger, die daheim einst nichts besaßen als eine Hütte, eine Kuh, ein Haferfeld und eine Wiese – zu vermöglichen Handelsherren gemacht? Lediglich der gesunde Menschenverstand und ihre Arbeit, nicht die Schule und nicht die Bildung.

Und wer hat den jungen Schwarzwälder, der von der Viehweide weg ins »Uhrenland« zog, hinaus in alle Welt, dort zum gewandten Handelsmann gemacht? Das Leben, nicht die Kultur.

Und wo haben die Erfinder der verschiedenartigsten Uhren, die nie über ihr Kirchspiel hinauskamen, ferner die Schildmaler, die Löffelschmiede – ihre Kunst erlernt? Nirgends. Aus sich selbst, aus dem Gottesgnadentum des Volkes!

Unser Hausierer Xaveri hat indes die Stube betreten, seine Kiste auf die Ofenbank gestellt und angefangen, den ersten Handel abzuschließen. Lassen wir wieder seiner Kiste das Wort.

»Was habt Ihr allerhand für Sachen?« fragte des Glasträgers Weib, während der Xaveri seine Kiste öffnete.

In der Stube saßen noch die Mutter der Glasträgerin und ihre zwei Meidle – alle vier mit Strohflechten beschäftigt. »Ich hab'«, also begann der Hausierer, »Nadeln, Faden, guten, leinenen. Kämme, Knöpfe und Strähl (Kämme) von Bein, die mein Vater selig noch gemacht. Das Bein bekam er geschenkt von seinem Freund, dem Metzger Köbele; ich geb' sie drum billig. Ich hab' ferner Hosenträger, Bändel, Fingerhüte, Wachsstöcke, Rosenkränze, Wallfahrtsbilder und andere Helgen und ›Muttergottesle‹.[5] Auch eiserne Löffel, schön verzinnt, hab' ich ein Dutzend vom Quirin Haas und einige Betbücher von der Wallfahrt.«

»Ich kouf Euch Bändel und Faden ab«, meinte das Weib, »des bruch ich jeden Tag zum Einfassen der Strohhüte. Wir machen jede Woche ein halbes Dutzend ›Schîhüte‹[6] fertig. Die Elsißträger nehmen sie mit ins Land. Ein paar Wallfahrtsbilder will ich ou noch; ich hab' den Meidlen Helgen versprochen am letzten Samstig und es vergessen. Und für die Großmutter ein Muttergottesle; sie hat das in ihrer Kammer fallen lassen, und es ist ›verbrochen‹.«

»Dann zeiget mir ou die neumodischen Löffel. Ich hab' schon davon g'hört.«

Der Hausierer schnitt erst die Bändel herunter, zehn Ellen, und gab der Frau einige »Strängle« Faden, den Meidlen aber ein Päckchen Bilder zur Auswahl, und der Großmutter stellte er einige Tonfigürchen auf den Tisch. Alsdann langte er aus der Tiefe seiner Kiste die verzinnten Eisenblechlöffel.

»Aber die sind schön!« rief die Glasträgerin aus. »Schouet Muatter, die neumodischen Löffel, die man jetzt im Städtle droben macht. Die funkeln wie Silber. Was kostet einer, Xaveri?«

»Sechs Kreuzer das Stück«, antwortet der Hausierer.

»Muatter«, sprach das Weib, »wollen wir zwei kaufen, einen für Euch und einen für mich?«

»Behüt uns Gott vor solchem Überfluß«, eiferte die Großmutter. »So lang' ich leb', haben wir hölzerne Teller und hölzerne Löffel im Haus gehabt, die dein Vater immer selbst gemacht, und das Essen hat

---

5   Kleine Madonnafigürchen aus Ton.

6   Hüte gegen Sonnenschein, Scheinhüte.

uns geschmeckt. Zu was das Geld zum Fenster hinauswerfen für neumodische Löffel? Mariann', gib deinen Kindern kein so schlechtes Beispiel und mach' nicht, daß sie sich ihrer hölzernen Löffel schämen!«

»Ihr habt recht, Muatter«, sprach die Mariann', »so schöne Löffel sind nur für Herrenleut'. Mesner, packt sie wieder ein!«

Der Xaveri war kein Hausierer, der den Leuten etwas aufschwätzen konnte oder wollte. Er verbarg die glänzenden Blechlöffel wieder in seiner Kiste.

Das Weib langte aus dem Wandkästle das Geld und bezahlte den Xaveri. Die Rechnung machte 18 Kreuzer. Der Hausierer sagte »vielmal vergelt's Gott«, nahm seine Kiste und seinen Stock, gab allen in der Stube die Hand und schied. Die Glasträgerin rief ihm zum Abschied noch nach, er solle auch wieder ankehren, wenn er vorbeikomme. Eine Kleinigkeit brauche sie immer.

Mein Träger war glücklich wie ein König, daß er etwas verkauft und schon bares Geld in der Tasche hatte.

»Gottlob, der Anfang ist gut ausgefallen«, sprach er vor sich hin und schritt vergnügt weiter, dem Dorfe Nußbach zu.

Er war noch nicht bis zur Kirche gekommen, als ihm bei einem Häuschen wieder eine Stimme aus dem geöffneten Fenster zulief: »Wohin, Xaveri, mit der Kiste auf dem Buckel?« Es war ein alter Holzuhrenmacher, der am Fenster bei der Arbeit saß und im Aufschauen den Mesner der Wallfahrtskirche gesehen hatte.

Der Xaveri gab ihm Aufschluß, worauf der Uhrenmacher sprach: »Nix wie ri, Xaveri, i kouf ou ebbis!«

Und der brave Mann kaufte ein Paar Hosenträger und lud den Hausierer ebenfalls zum Wiederkommen ein, indem er hinzufügte: »Dein Vater, Xaveri, hat mir manche Uhr abgekauft und gut bezahlt, als er noch Packer war. Drum will ich auch dir gern' immer etwas abkaufen.«

Die Freude wuchs im Herzen des jungen Händlers. Als er den Uhrenmacher verlassen hatte und bei der Dorfkirche angekommen war, beschloß er, einzutreten und ein andächtig Vaterunser zu beten zum Dank für den guten Anfang seines harten Geschäftes.

Da er nach kurzem Gebet die Kirche verließ, sah ihn die alte Pfarrersköchin, die Apollonia, und beschrie ihn. Sie kannte den Xaveri besser als andere Leute in Nußbach, denn sie kam gar oft im Auftrag ihres Herrn zu den Wallfahrtspriestern, deren Diener der Xaveri gewesen war.

Sie rief – nachdem der Hausierer auch ihre Neugierde befriedigt – denselben hinauf und kaufte ihm zwei neumodische Löffel ab, da ihre zinnernen nicht so stark seien.

Während er wieder einpackte, kam der Pfarrer Lorenz Dorer, ein geborener Furtwanger und ein alter Herr, an der Küche vorbei, sah und erkannte alsbald den Xaveri. Er kaufte ihm ein Päckchen Helgen ab, um brave Kinder damit zu beschenken, und befahl der Apollonia, dem Hausierer auch ein Glas Wein zu geben.

Neu gestärkt und noch freudiger bewegt, zog der Xaveri weiter, dem »Schelmenloch« zu, wo das Haus des alten Götte stand und wo er als Knabe schon oft gewesen war, die Ostereier und den »Santi-Klaus« zu holen. Der eigentliche Götte war längst tot, erfroren auf einem Gang nach Triberg in harter Winterszeit. Aber sein Sohn, der ihn bei der Taufe des Jüngsten des verarmten Löwenwirts vertreten hatte, lebte, noch im Schelmenloch. Er hieß Xaveri, und ihm zu Ehren trug der junge Hausierer den gleichen Namen.

Der Xaveri im Schelmenloch war viele Jahre als Uhrenhändler im Welschland gewesen und hatte sich Geld gemacht, mit dem er des Vaters Gütle vermehrte. Er hatte einen Wald gekauft im anstoßenden »Pfaffenlöchle« und so viele Matten, daß er vier Kühe halten konnte. Auch an Bargeld hatte er keinen Mangel. Trotzdem machte er, wenn Schnee auf den Bergen und Matten lag, noch Holzuhren und ging im Frühjahr damit ins Land – aber nicht weit, nur hinab ins Kinzigtal oder in den Breisgau.

Er staunte, da er sein Triberger Patenkind als Hausierer daherkommen sah, lobte aber alsbald dessen wackern Entschluß, auf diese ehrliche Art Brot für sich und die kranke Mutter verdienen zu wollen.

Die Leute im Schelmenloch wollten sich eben an den Tisch setzen zum Mittagessen, als der Xaveri ankam. Er erhielt sofort einen Platz und einen Holzlöffel, auf daß er mitesse von dem einzigen Tafelgericht, einem »geschmelzten« Habermus.

Der Uhrenmacher, Götte und Vetter fragte während des Essens den Ankömmling über den Erfolg des ersten Ausmarsches. Der Xaveri erzählte, wie es ihm gut ergangen, wie er aber nicht so keck gewesen wäre, in ein Haus zu treten, wenn das Weib des Glas-Sepple im Krähenloch und die andern Abnehmer ihm nicht gerufen hätten.

Da lachte der alte Hausierer im Welschland und meinte, es wäre ihm schlecht gegangen im Land draußen und unter ganz fremden Leuten, deren Sprache er nicht einmal gekannt, wenn er so schüchtern gewesen wäre wie sein Namensvetter. Dann gab er diesem bewährte Regeln für das Auftreten und Verhalten eines rechten Hausierers.

»Ein solcher«, meinte Xaveri, der ältere, »darf kein ›verschrockener‹, aber auch kein frecher Mensch, er muß ein höflicher, aber kein kriechender Mann sein. Er muß seine Sachen bescheiden antragen, sich den Leuten nicht aufdrängen und stets bedenken, daß in den meisten Häusern die Weiber das Regiment führen, und deshalb diesen ein wenig schmeicheln. Er darf nicht ungehalten werden, wenn er nichts verkauft, und muß in diesen Fällen stets von dannen gehen mit den Worten: ›Behüt euch Gott! Bleibt gesund beisammen, bis ich wieder komme. Vielleicht kauft ihr mir dann was ab.‹«

»Wo der Hausierer auf einsamen Gehöften übernachtet um Gottes willen, da muß er etwas zu erzählen wissen, wenn der Abend kommt und die Leute auf der Ofenbank oder um den Tisch sitzen.«

»Und du, Xaveri«, schloß der Mann im Schelmenloch seine Belehrung, »bist ja ein halber Student, dir kann es nicht schwer fallen, von Dingen zu erzählen, die den Menschen auf dem Land was Neues sind.«

Nach diesen Worten hob er die Tafel auf, die große Schüssel mit Habermus war leer. Das Tischgebet wurde verrichtet. Aber ehe die Familie auseinander ging, befahl der Uhrenmacher dem Hausierer, seine Kiste aufzumachen und seinen »Kram« zu zeigen. Er wolle ihm auch noch was zu verdienen geben.

Jedes im Haus bekam was aus der Hausierkiste, und als der Hausherr den Xaveri bezahlte, legte er noch einen Kronentaler dazu mit den Worten: »Das ist ein Beitrag von mir in dein Geschäft. Möge Gott ihn segnen, auf daß du nicht nötig hast, deiner Lebtag unter fremden Leuten dein Brot suchen zu müssen.«

Dem Xaveri liefen die hellen Freuden- und Dankestränen über seine bleichen Wangen, und er fand kaum die Worte, mit denen er dem Götte dankte. Gerührt sprach er, Gott möge ihm in Zeit und Ewigkeit vergelten, was er ihm allezeit und jetzt wieder getan habe. Er weinte noch, als er die Hütte im Schelmenloch schon verlassen, weinte und dankte Gott, daß er ihn heute schon so viele gute Menschen habe finden lassen. Und dann zog er immer und immer wieder den Kronentaler aus der Tasche und betrachtete ihn; denn solch ein Stück Geld hatte er nie sein eigen genannt und auch bei seinen armen Eltern nie gesehen.

Er schritt wieder durchs Dorf hindurch und gen Norden am Sommerberg hinauf, dem Graisbach zu. Die Mittagssonne lag warm über den Bergen und Tälern, als er auf der Höhe angekommen war, von der es hinabging nach Gremmelsbach.

An der Grenze der Gemarkungen Nußbach und Gremmelsbach stand am Weg ein verwittertes, hölzernes Feldkreuz. Hier traf der Xaveri das Wallfahrts-Bärbele, eine gute, alte Bekannte des Mesners.

Das Bärbele, eines armen Taglöhners Kind vom Schafberg bei Gremmelsbach, war einst eine gefeierte Schönheit gewesen. Der Sohn des reichen Bauern »in der Stube« warb um seine Gunst, während Bärbeles Herz einem armen Burschen gehörte, der im Brunnenmättle wohnte.

Die Eifersucht hetzte die beiden Burschen aneinander bei einem Tanz im Rößle zu Gremmelsbach. Der Marte vom Brunnenmättle blieb Sieger und verletzte den Nebenbuhler derart, daß er monatelang daran zu kurieren hatte.

Die Sache wurde ruchbar bei der Obervogtei in Triberg und der Marte zur Strafe unter die österreichischen Soldaten gesteckt. Man führte dazumal den siebenjährigen Krieg, aus dem der arme Bursche nimmer heimkehrte.

Das Bärbele legte lebenslängliche Trauer um ihn an, blieb ledig und wurde so nach und nach alt und arm. Als es sein Brot mit Arbeit nimmer verdienen konnte, ward es Leichensagerin und bettelte, wenn dies Amt nicht ging, von Hof zu Hof. Am Samstag erschien es regelmäßig in der Wallfahrtskirche zu Triberg, betete für seine Wohltäter, für alle Bürinnen, so ihm die Woche über Speise, Trank und ein Quartier gegeben, und besonders auch für den braven Marte, der um seinetwillen im Kriege sein jung Leben hatte lassen müssen.

Der Xaveri und das Bärbele kannten sich darum gar wohl, denn dieses war immer die erst' und die letzt' in der Kirche, und oft hatte der junge Mesner am Abend, wenn er schließen wollte, die Beterin wecken müssen, weil sie eingeschlafen war. Dann war das Bärbele jeweils waldauf davongeeilt, um in der nächsten Hütte zu übernachten.

Als der junge Hausierer ihm am Feldkreuz begegnete, schaute es so andächtig, die Hände gefaltet, an dem Kreuze hinauf, daß es den auf weichem Rasen hinter ihm herkommenden Xaveri nicht bemerkte, bis er, die Beterin erkennend, ausrief: »Andächtig, Bärbele, andächtig?«

»Jesus Maria!« fuhr das Bärbele jetzt auf und schaute rasch um. »Ihr habt mich ›verschreckt‹! Ich meinte, es sei kein Mensch um und um, als ich eben ans Kreuz trat und ein Vaterunser betete für den Marte selig.«

»Ihr seid jo der Mesner von der Kapell'. Vor dem hätt' ich nit so erschrecken sollen.«

»Ja betet's Bärbele immer noch für den Marte?« fragte jetzt lächelnd der Mann mit der Kiste.

»Jo frili«, war die Antwort, »'s Bärbele betet für den Marte, so lang es lebt. Man hört nie auf, zu unserm Herrgott am Kreuz zu beten, weil er für uns gestorben ist, und ich bet' bis in Tod für den armen Marte, weil er wegen mir hat sterben müssen. Jetzt werden es 35 Jahre, daß sie ihn fortgeschleppt haben zu den Soldaten.«

Das Bärbele wischte eine Träne aus seinen alten Augen, und den jungen Hausierer ergriff Mitleid mit dem Weibe, das er eben gerne verlacht hätte. »Aber was tut Ihr da oben, Xaveri, mit der Kiste?« fragte jetzt das Bärbele. Und als es gehört, der Xaveri sei Hausierer geworden und habe auch Wachsstöcke in der Kiste, fuhr es zu reden fort: »Ich weiß Euch a G'schäft. Drüben im Obertal beim Grundbur ist d' Großmutter g'storben. Ich komm' von dort her und will jetzt zur Leich' sagen im Nußbacher Kirchspiel. D' Grundbüre brucht Wachsstöck und ist froh, wenn Ihr kommt; es ist ein kleiner Umweg, den ich Euch von da aus zeigen kann.«

Der Xaveri willigte ein, denn der Vetter im Schelmenloch hatte ihm Mut gemacht. Das Bärbele zeigte ihm vom Kreuz aus den Weg, und dann schieden sie, er bergab, das alte Weible bergauf.

Beim Grundbur angelangt, mußte der Hausierer sich von neuem Mut zusprechen, denn seine Schüchternheit plagte ihn wieder.

Er trat in die Stube, wo weinend die Büre mit den Kindern saß; der Bur war ins Dorf hinabgegangen zum Pfarrer, um die Leiche anzumelden.

»Grüaß Gott!« sprach der Xaveri, seine Kappe vom Kopf nehmend. »Ich hausiere mit Nadeln, Faden, Knöpfen und Wachsstöcken. Braucht Ihr vielleicht ou was?«

»Wachsstöck' könnt' ich brauchen«, meinte die Frau, ihre Tränen trocknend und von der Bank aufstehend. »Wir sind ins Leid kommen. D' Großmutter ist g'storben.«

»Gott geb ihr die ewige Ruh«, sprach der Xaveri. »Und das ewige Licht leuchte ihr«, antwortete die Büre.

»Wie alt ist sie geworden?« fragte der Hausierer.

»78 Jahr war sie an Maria Lichtmeß, ein schönes Alter, aber ich kann's doch nit fassen, daß sie jetzt tot ist. Es tut immer weh', wenn die Mutter stirbt und erst so eine brave Mutter, wie ich sie gehabt. Sie hat gebetet fürs ganze Haus. In den letzten Jahren, wo sie nichts mehr hat schaffen können, ist sie den ganzen Tag auf der Ofenbank gesessen und hat den Rosenkranz gebetet für die Lebendigen und für die Toten. Und wenn ich ihr nur in die Augen schaute, war ich glücklich, und die Kinder hingen mehr an der Großmutter als an mir.«

Die Büre fing wieder zu weinen an, und die Kinder machten mit.

Der Xaveri nahm indes seine Kiste ab und legte alle seine Wachsstöcke auf den Tisch. Die Büre trat herzu und kaufte seinen ganzen Vorrat.

Nachdem sie ihm das Geld in die Hand gezählt, schaute sie an ihm hinauf und sprach: »Ihr kommt mir so bekannt vor. Ich mein', ich sollt' Euch kennen!«

»Ich bin der Kapelle-Mesner von Triberg, aber jetzt geh' ich hausieren, um für meine Mutter zu sorgen.«

»'s ist mir do gsi«, sprach die Büre. »Aber jetzt könnt Ihr mir noch gleich einen G'fallen tun und dem Pater Hippolyt sagen, daß d' Mutter g'storben ist, und er möge auch gleich drei heilige Messen für sie lesen. Er hat sie wohl gekannt und sie hat ihn immer besucht, so oft sie wallfahrten ging. Er ist noch ein wenig in der Verwandtschaft mit uns. Aber jetzt muaß i Euch noch amol frage. In der Kapell' hab' ich Euch schon vielmol g'sehne. Seid Ihr von Triberg?«

»Jo frili«, antwortete der Hausierer, »bin i von Triberg; i bin's alte Löwenwirts Xaveri; der Vater ist um sein Sach' komme durch Unglück und dann später Dreher gsi. Vor zwölf Johr ist er g'storbe und jetzt ist ou d' Mutter kränklich, und i hab' drum 's Husiere ang'fange.«

»So, so«, sprach nun laut die Grundbüre. »Jetzt weiß i, woran i bi. Jetzt sind wir zwei noch verwandt. D' Muatter von Eurer Muatter, d' Vogelhänse im Gremmelsbach, ist G'schwisterkind gsi zu miner

Muatter. Eure Großmuatter ist uf 's Griesbachers Hof im Nußbe daheim gsi, und doher stammt ou mi Muatter.«

»Eure Muatter ist früher viel zu uns komme und het g'husiert mit Pfife und Spule. Sie het mir ou vielmol Butter abg'kouft.«

»Kommet nur zu uns, wenn Ihr in der Gegend husieret; Esse und Triftke und Schlofa kostet Euch nichts, und krome will i au jedesmol bi Euch, denn d' Vettere und d' Base dürfen einander nit im Stich lasse, besonders wenn's ei'm Teil schlecht geht.«

Dem Xaveri kamen wieder die Tränen, da die Grundbüre so wohlwollend mit ihm redete. Er gab ihr die Hand und sprach nichts als ein »Vergelt's Gott!« – Mehr konnte er im Augenblick nicht sagen.

Die Büre wollte ihm noch etwas zu essen holen oder einen Schnaps geben. Er lehnte es ab, weil er eben gegessen habe beim Götte, bat aber um ein Glas Wasser, versprach der Büre, beim Pater Hippolyt ihren Auftrag zu besorgen und schied mit dem freudigen Versprechen, bald wieder zu kommen.

Es ging schon gegen vier Uhr des Nachmittags, als wir den Hof verließen. Der Xaveri beschleunigte seine Schritte dem Dorfe Gremmelsbach zu, denn von da hatte er noch ziemlich weit bis zum Petter im Zimmerwald.

Im Dorfe angelangt, kommt ihm der Gedanke, im einzigen Wirtshaus, im Rößle – anzukehren. Er hat großen Durst. Die Frühlingssonne wärmt, trotzdem in vielen Mulden noch Schnee liegt. Die Geschäfte, so er heute gemacht, erlauben ihm einen Schoppen, und vielleicht braucht der Rößlewirt auch was.

Er kehrt also an. In der Wirtsstube ist niemand als die ziemlich bejahrte Wirtin, die spinnt. Die andern sind drunten im Tal und »räumen« die Matten, so weit sie schneefrei sind.

Der Xaveri bestellt einen Schoppen Sechser und setzt sich bescheiden in die Ecke beim Ofen. Da die Wirtin ihm den Trunk hinstellt, meint sie: »Woher des Wegs? Ich glaub', den jungen Mann hab' ich auch schon g'sehen.« »Ich komm' von Nußbach her über den Berg, und g'sehen habt Ihr mich sicher schon in der Wallfahrtskirch' in Triberg«, gab der Hausierer zurück.

»Seid Ihr net des alten Löwenwirts Sohn, der Mesner ist in der Kapell'?« fragte jetzt die Wirtin.

»Der bin ich«, antwortete der Xaveri und erzählte, was er heute schon oft hatte sagen müssen. Zum Schluß trug er der Fragerin seine

Waren an und nicht vergeblich, denn die Rößlewirtin kaufte ihm alle seine Löffel ab.

Sie erzählte ihm, wie sie seinen Großvater noch gekannt, den Vogelhans, und wie der jeden Sonntag »nach der Kirch« bei ihr eingekehrt sei und einen Schoppen getrunken habe. Sie erkundigte sich auch nach der Mutter, die sie noch »lediger Weis'« gekannt und die in ihren jungen Jahren oft im Rößle getanzt habe, da sie, die Wirtin, noch ein »Schulermeidle« gewesen sei.

»Aber«, fügte sie hinzu, »so wird man alt. Ich geh' jetzt auch schon ins sechzigst' – und mein' oft, man hab' mir die Jahre gestohlen, so schnell sind sie vorübergegangen.«

»Und was hat Eure Mutter mitgemacht!« fuhr die Wirtin fort. »Sie war so ein lustig Meidle in ihrer Jugend, und das spätere Leben hat ihr nichts gebracht als Kummer und Sorge.«

»Und mir selbst ist es auch nicht viel besser gegangen. Ich hab' allen meinen Kindern ins Grab schauen müssen. Und jetzt sind mein Mann und ich alt und bresthaft und sehen nicht, für wen wir gearbeitet haben im Leben.«

Der Xaveri nickte der Sprecherin zu und meinte, der Pater Hippolyt sage oft: »So ist es auf der Welt, und so wird's bleiben – Kummer, Sorge, Not und Tod.«

»Ja, so ist's«, schloß die Wirtin, dieweil der Hausierer einen Sechser auf den Tisch legte und aufstand, um seinen Weg fortzusetzen nach Althornberg.

Sie schob ihm das Geld wieder zu und sagte, den Schoppen schenke sie ihm, seiner Mutter zu lieb, die er von ihr grüßen solle. Und wenn er wieder vorbeikomme, möge er ankehren; sie werde ihm jedesmal was abkaufen.

Der Xaveri dankte gerührt, nahm seine Kiste auf den Rücken und wanderte über die »Kienhalde« Althornberg und dem Zimmerwald zu.

Die Sonne stand schon über der Hornberger Höhe und war im Begriff, ins Kinzigtal hinabzusinken, als der junge Wanderer sich der einsamen Hütte des Vetters näherte.

Dieser und sein Weib wußten schon von dem Vorhaben des Xaveri, ein Hausierer zu werden; denn sie kehrten jedesmal bei seiner Mutter an, wenn sie ins Städtle kamen, was nicht selten der Fall war. Sie staunten jetzt nur, daß er so fröhlich daher kam mit seiner Kiste, und meinten: »Du mußt gute Geschäfte gemacht haben, daß du so lustig dreinschaust.«

»Gottlob, Vetter und Bas«, sprach der Xaveri, ihnen die Hand reichend, »es ist gut gegangen heute. Wenn's so fortgeht, ist für mich und die Mutter gesorgt.« Und nun erzählte er ihnen seine Wanderfahrt, und der Vetter und die Bas freuten sich mit dem braven jungen Mann.

»Willst übernachten, Xaveri?« fragte die Bas. »Ich will dir gleich ein Bett richten in der Kammer droben.«

»Nein, nein!« entgegnete der Hausierer. »Ich muß heim, die Mutter wird's, ›blangern‹, bis ich komm'. Sie tät kein Aug' zu, wenn ich nit heimkäm'. Ich wollt' nur ankehren und Grüßgott sagen, weil ich der Mutter versprochen habe, nach ›Althormet‹ zu gehen.«

»'s isch besser, du gehst heim, der Mutter wegen«, meinte der Vetter, »aber abkaufen muß ich dir noch was, wenn du das erstemal als Hausierer zu uns kommst.«

»Wege dem komm' ich nit, Vetter. Ihr braucht mir nichts abzukaufen«, wehrte der Xaveri.

Der Vetter war aber schon an die Kiste getreten Und hatte sie geöffnet. Er zog die Waren selbst heraus und legte sie seinem Weib auf den Tisch. Die Base nahm einen Strähl, der Vetter einen Hosenträger, und beide zahlten ohne zu markten.

In die Kiste bekam der Xaveri dann obendrauf von der Bas noch einen Laib Brot und ein Stück Speck für die Mutter. Dann eilte er das Tal hinaus und Triberg zu.

Eben wollte der Schwersepp, der alte Nachtwächter, das untere Tor schließen – denn tiefe Nacht lag schon über dem Städtle – als der Hausierer gerade rechtzeitig anlangte. Er sah noch Licht beim Metzger Köbele innen am Tor und holte ein Pfund Fleisch. Im Löwen nahm er eine Botell' Wein mit für die Mutter und schritt dann der Fledermausgasse zu.

»Wie ist dir's gegangen, Xaveri?« war die erste Frage der alten Frau.

»Gut, Mutter«, antwortete der Sohn und stellte die Botell' Wein auf den Tisch und das Fleisch dazu. »Das ist von meinem Profit heute für dich, damit du wieder was Kräftiges zu essen und zu trinken hast, Mutter!«

»Ich hab' meine Waren«, fuhr er, die Kiste abstellend, fort, »fast alle verkauft und viel Geld im Beutel, der diesen Morgen ganz leer war. Vom Götte im Schelmenloch hab' ich einen ganzen Kronentaler geschenkt bekommen. Und in der Kist' ist noch ein großer Laib Brot und ein Stück Speck vom Vetter und von der Bas in Althormet.«

»So hab' ich also doch was erbetet«, rief die alte Mutter freudig aus. »Ich hab' aber auch den ganzen Tag den Rosenkranz nicht aus der Hand gelegt und gebetet, du mögest doch einen guten Anfang haben mit deinem Hausierhandel, auf daß deine Mutter nicht darben und nicht betteln muß in ihren alten, kranken Tagen.«

»Das hat auch viel gemacht, Mutter«, nahm der Xaveri wieder das Wort, »daß die Leute alle mich gekannt haben von der Kapelle her.« Und nun berichtete er über den Verlauf des ganzen Tages; dann legte er der Mutter sein Geld auf den Tisch und auch den Kronentaler vom jungen Götte im Schelmenloch. Er bestellte die Grüße von der Grundbüre und von der Rößlewirtin und erzählte, was die mit ihm geredet.

»Gott und seine heilige Mutter seien gelobt und gebenedeit«, sprach die Mutter, »daß sie dich so gesegnet haben heute.«

»Welchen Kummer hatte ich, als ich dich, das jüngste Kind, in meinen alten Tagen noch aufziehen mußte, und wie oft wünschte ich, unser Herrgott möchte dich holen. Und jetzt bist du meine einzige Stütze und mein einziger Trost im Alter, Xaveri. Aber so geht es im Leben: der Mensch denkt und Gott lenkt!«

Sie holte dem Xaveri eine Mehlsuppe, die sie für ihn gekocht hatte, und betete mit ihm, als er sie gegessen, laut zu Nacht und noch fünf Vaterunser und den Glauben extra zum Dank für den heutigen Tag.

Der Xaveri war müde. Froh legte er sich in der Kammer nebenan zu Bett, während die Mutter in der Stube ihr Lager hatte. Sie spülte noch des Xaveris Suppenschüssel und trank ein Gläschen von seinem Wein, ehe auch sie sich zur Ruhe begab.

Ich, die Hausierkiste, stand in einer Ecke der Stubenkammer und hörte die Mutter noch lange im Bett beten, nachdem sie die Öllampe gelöscht hatte.

Sie betete für den Xaveri und dankte Gott, daß er ihr einen so braven Sohn gegeben.

Endlich schlief auch die alte Frau. Ein Engel des Friedens schwebte durch Stube und Kammer, und ich beneidete die Menschen um ihren süßen Schlaf nach vollbrachtem Tagewerk.

Ich allein wachte in der dunklen, totenstillen Stube.

Um Mitternacht fiel noch ein Lichtstrahl durch die kleinen Fenster. Der Schwersepp ging als Nachtwächter mit seiner Laterne vorbei und rief unfern vom Häuschen die zwölfte Stunde an.

> Höret, was ich euch will sagen:
> Die Glock' hat zwölfe g'schlagen;
> Zwölfe ist die Geisterstund,
> Lobet Gott mit Herz und Mund.
> Ave Maria!

Ich lauschte und freute mich, daß, während alle anderen schliefen, ein Mensch für die Schlafenden Gott lobte, der ewig wachend über die Welt geht.

Als die schweren Schritte des Wächters und Rufers verhallt waren, hüllte auch ich mich, so gut es ging, in Ruhe und Finsternis.

8.

Fortan zogen der Xaveri und ich jede Woche zwei bis drei Tage auf den Hausierhandel, bald bergauf, bald talab. Auf allen Höhen und in allen Tälern der Herrschaft Triberg ward ich so bekannt.

Überall wurden wir gut aufgenommen, und brauchte man in dem einen Hause nichts, so kauften die Leute im andern etwas, und froh und fröhlich kehrte mein Träger jeweils am Abend heim zur Mutter.

Über Nacht blieben wir, so lange die Mutter lebte, nie aus. Sie betete und wartete in ihrem matt erhellten Stüblein, bis wir heimkamen, und wenn es noch so spät wurde.

Sie meinte oft: »Xaveri, ich leb' nimmer lang; mach' mir drum die Freud' und komm' jeden Abend heim, damit ich nicht in Angst leben muß wegen dir.«

Schon längst kam sie nimmer in die Wallfahrtskirche, weil sie es den Berg hinauf nicht mehr »erschnaufen« konnte. Aber daheim betete sie um so eifriger, und von Zeit zu Zeit spendete ihr der Pater Hippolyt die heilige Kommunion.

Der Xaveri ließ es ihr an nichts abgehen. Nach jedem Hausiergang brachte er ihr ein Schöpple Wein und ein Pfündle Fleisch heim. Aber die Kräfte der Siebzigerin wollten doch nicht mehr kommen, und der Tod wurde mehr und mehr Meister in ihrem alten Leib.

Sie konnte bald nimmer den ganzen Tag aufbleiben und oft sich nicht einmal mehr etwas kochen. Das Weib des Schuhmachers Dufner stand ihr bei, gab aber bald den Rat, die Mutter solle doch ins Spital gehen, wo sie stete Pflege habe und vielleicht wieder besser werde.

Endlich willigten Mutter und Sohn ein. Der Xaveri ging zum Bürgermeister Hilser und bat um Aufnahme, er wolle alles bezahlen.

»Behalt' dein Geld, Xaveri«, gab ihm der Bürgermeister zur Antwort; »unser Spital hat der Feldmarschall Lazarus Schwendi gestiftet vorab für ehrsame Bürgersleute, die unverschuldet in Not kommen, und zu denen gehört in erster Linie deine brave Mutter. Bring' sie, sobald du kannst, sie soll eine besondere Stube haben.«

Am andern Morgen führten der Xaveri und des Schusters Weib die alte, kranke Frau hinaus vors untere Tor, wo das Spital lag.

Jeden Morgen, ehe wir auf den Handel zogen, besuchte der Xaveri fortan die Mutter, um zu fragen, wie es ihr gehe. Am Sonntag aber saß er den ganzen Tag an ihrem Bett, und an gutem Wein ließ er es ihr nie fehlen.

Eines Morgens, es war Ende Mai des Jahres 1794, kam er ins Spital und traf sie in einem Ohnmachtsanfall. Eine alte Spitälerin wusch ihr eben das Gesicht mit Essig.

Bald schlug die Kranke wieder die Augen auf und fragte, was vorgegangen sei. »Es ist mir auf einmal ganz schwarz geworden vor den Augen, und seither weiß ich nichts mehr«, meinte sie.

Der Xaveri wollte bei ihr bleiben und nicht hausieren gehen, weil er fürchtete, »es könnte nochmals etwas an die Mutter kommen«. Diese duldete es jedoch nicht.

»Geh' du nur, Xaveri«, sprach sie. »Du bist jung und mußt dein Brot verdienen; ich bin alt und kann nichts mehr verdienen als den Tod, und den fürcht' ich nicht. Ich weiß, was an diesem elenden Leben ist, und sehne mich nach einem besseren. Erst vorgestern hab' ich gebeichtet und kommuniziert und wüßt' jetzt nicht, was ich noch zu fürchten hätte.«

»Um dich und um deine Zukunft, Xaveri, ist es mir auch nicht angst. Du bist ein braver Mensch, hast Gott vor Augen, und drum wird es dir nicht schlecht gehen, auch wenn ich nicht mehr bin. Und im Himmel kann ich noch mehr und besser beten für dich, als da unten.«

»Also nimm deine Kiste und geh' in Gottes Namen und mach' dir keinen Kummer meinetwegen. Was Gottes Wille ist, soll geschehen.«

Die Mutter ließ dem Xaveri keine Ruhe, bis wir gingen. Er schied mit Tränen, welche die Worte der Mutter ihm erpreßt hatten. Er war überhaupt, wie auch du, leicht zu Tränen geneigt, dein Großvater.

Vor der Krankenstube sprach er noch mit der Pflegerin und meinte: »Ich weiß nit, aber die Mutter hat eben mit mir gesprochen, als wollte sie Abschied von mir nehmen für immer.«

»Es geht was mit ihr um«, erwiderte die alte Spitälerin. »Sie g'fallt mir schon ein paar Tag nimmer. Aber erfüllt ihren Wunsch und geht jetzt Eurem Handel nach, Xaveri, ich will d' Mutter gut hüten, bis Ihr heimkommt, und am Abend schaut Ihr noch nach ihr.«

Wir gingen, Schonach zu. Als wir an der Wallfahrtskapelle vorüberkamen, trat der Xaveri einen Augenblick ein und verrichtete ein Gebet für die Mutter; denn er war nur ungern heute von ihr fort, und es durchzog seine Seele eine Ahnung von ihrem baldigen Tod.

Vor dem Dorfe Schonach begegnete uns ein armseliger Leichenzug. Vier Männer trugen in einem ungehobelten, tannenen Sarg eine Leiche, und hintendrein gingen nur wenige Leute; niemand weinte.

Der Xaveri zog seine Kappe ab und schritt mit den wenigen Personen laut betend dem Dorfe zu.

Ein altes Weiblein, das neben uns herging, flüsterte dem Hausierer ins Ohr: »Ma vergrabt heut' den Dillesepp. Soll ihm kein Nachteil geben in der Ewigkeit, aber er hat sein Sach vertrunken und ist als Ortsarmer gestorben. Unser Herrgott mög' ihm doch die ewig' Ruh' geben.«

Der Xaveri nickte dem Weiblein zu und betete weiter; mich aber ergriff es, dem Leichenzug des Dillesepp anwohnen zu müssen. War er ja der erste Mensch gewesen, den ich kennen gelernt, und verlebte ich bei ihm die einsamen Tage »am Bach«, wo er mich manchmal erheiterte durch seine lustigen Lieder.

Jetzt hat auch der Dillesepp ausgesungen und ausgerungen, sagte ich mir. Und hierin beneide ich euch Menschen, die ihr sonst wahrlich nicht beneidenswert seid. Es leuchtet euch eher der Tag der irdischen Vernichtung als einer alten Hausierkiste, welcher meist erst spät die

Stunde kommt, in welcher der Feuertod sie erlöst von diesem Dasein und sie flammend emporsendet gen Himmel.

Als die Leute, bei der Kirche angekommen, mit dem toten Dillesepp dem Gottesacker zugingen, trennten wir uns vom Zug, und der Xaveri begann zu hausieren mit bekanntem Erfolg.

Wir kamen im Verlauf des Tages weit das Tal hinauf bis zum »Herrenwälderhof«. Da hörte ich zum erstenmal von Krieg und Revolution. In der Stube waren Schwarzwälder, die als Uhrenhändler im Welschland und als Glasträger in der Pfalz gewesen und flüchtig geworden waren.

Sie erzählten greuliche Dinge von Mord, Blut und Raub, und daß die Freiheitsmänner in der Pfalz gehaust hätten wie wilde Tiere, und wie man keinen Tag sicher sei, daß sie auch über den Rhein herüberkämen.

Ich wußte von meiner Mutter her, daß die Menschen nicht bloß gegen ihre Mitgeschöpfe, als da sind Tiere und Pflanzen, erbarmungslos sind, sondern auch sich selbst plagen unter einander. Aber das, was ich auf dem Herrenwälderhof hörte, nahm mir alle Achtung vor der Menschheit, und ich war wieder froh, ein Tannenkind zu sein und der Pflanzenwelt anzugehören, in welcher Baum neben Baum und Blume neben Blume steht, friedlich und still, und in der eins dem andern neidlos den Platz gönnt in der Sonne und im Dasein.

Spät am Abend kehrten wir heim. Ohne zuerst ins Häuschen in der Fledermausgasse zu gehen, eilten wir zum Spital hinab.

Der Spitalmeister, den wir am Eingang trafen, rief gleich: »Xaveri, deine Mutter ist gestorben. Kaum warst du diesen Morgen fort, als sie noch einmal einen Anfall bekam, von dem sie nimmer aufgewacht ist. Der Pater Hippolyt hat ihr noch das heilige Öl gebracht und bei ihr gebetet, bis sie verschieden ist.«

Die Füße trugen den braven Sohn kaum die Stiege hinauf in der Mutter Stube. Hier lag sie schon angekleidet fürs Grab. In ihren kalten Händen hielt sie ein kleines Kruzifix und den Rosenkranz.

Der Xaveri sank nieder an ihrem Totenbett und weinte so laut, daß es zum Erbarmen war. Er fühlte jetzt ganz und voll, in welcher Not seine Mutter ihn geboren und erzogen, und es tat ihm furchtbar weh, sie verlieren zu müssen in dem Augenblick, da er ihres Lebens Leid zu lindern begonnen hatte.

Er wollte die ganze Nacht bei der toten Mutter bleiben, aber die Leichenfrauen duldeten es nicht. Sie drängten ihn, seine Kiste, die er erst in der Totenstube abgestellt hatte, wieder aufzunehmen und heimzugehen in die Fledermausgasse.

Hier hörte ich ihn die ganze Nacht auf seinem Lager weinen und seufzen und stöhnen. Ich hatte tiefes Mitleid mit seinem Schmerz und seinem Weh.

Damals schon und oft noch in meinem langen Leben hab' ich gedacht: Es ist, wenn man all das Elend, all den Schmerz und all das Weh sieht, so euch Menschen in eurem kurzen Leben auf die Seele sich legt, – es ist auch eine Wohltat, ein Stück Holz zu sein und an sich selbst nicht erfahren zu müssen, was es heißt, ein armseliger Mensch sein.

Wie gerecht hat der Schöpfer es eingerichtet mit seinen Geschöpfen. Je weniger er einem Wesen gegeben, um so mehr hat er es von Schmerz befreit, und je höher er ein Geschöpf gestellt, um so mehr hat er es dem Schmerz überliefert. »Wem die Götter zu viel geben«, so hab' ich einmal in einem deiner Bücher gelesen, »dem legen sie immer einen Fluch dazu.«

So ist es bei euch Menschen. Ihr seid die Könige in der irdischen Schöpfung. Euer Geist schaut in die Unendlichkeit und schafft Wunder; aber ihr habt auch euern Fluch dabei, den Fluch der größeren Schmerzen und der tieferen Leiden. Ihr leidet nicht bloß in der Gegenwart und für euch allein, ihr leidet auch in die Vergangenheit zurück und in die Zukunft hinein, leidet auch für andere und um ihretwillen.

Ja, euer Geist und euer Herz, so viel Großes und Schönes sie euch bringen, sind euch auch zur Qual gegeben. Und wie seid ihr leiblich geplagt uns Tannenkindern gegenüber. Welche Sorgen machen euch Kleidung, Wohnung und Nahrung, während uns, ohne daß wir eine Hand rühren, der Tau des Himmels und der Sonne Licht nähren und der Herr selbst uns kleidet!

Drum hab' ich oft schon im Anblick all eurer Qualen und Kämpfe zu mir selber gesagt: »O selig, eine Hausierkiste zu sein!« und selten in meinem mehr als hundertjährigen Dasein hab' ich einen Menschen beneidet um sein Menschsein.

Wenn ich irgend welche Geschöpfe beneiden wollte, wären es die Steine, die Mineralien. Sie sind noch glücklicher als wir Pflanzen und weit glücklicher als ihr Menschen.

Sie sind leb- und darum schmerzlos, und schmerzlos sein und ewiges Leben, ewige Ruhe und ewigen Frieden haben, ist alles. Und das haben sie, die Steingebilde Gottes in der Natur.

Rings um sie und unter ihnen stürzen die Generationen der Pflanzen, Tiere und Menschen in Staub und Moder, während die Felsberge und die Steine des Feldes ruhig weiter existieren und in die Jahrtausende schauen, unbekümmert um die Wetter, Stürme und Donner, welche über sie hinfahren.

Daneben hat der Schöpfer sie zum Lebensprinzip aller organischen Wesen gemacht. Menschen, Tiere und Pflanzen verdanken ihr Leben und Dasein nur ihnen; ihr ganzer Organismus besteht aus flüssigem Gestein, das durch ihre Gefäße rollt und ihnen selbst Gestalt und Leben gibt.

So ist das niedrigste Gebilde der Natur eigentlich das höchste und das glücklichste, und weder wir Pflanzen, noch ihr Menschen haben Grund, die Steine zu verachten, denn diese sind die Urkinder der Schöpfermacht und haben das Vorrecht, daß die später Geborenen nur durch sie leben.

Wer darum die Gerechtigkeit und die Allmacht Gottes bewundern will, der schaue auf die Steine des Feldes und auf die Felsen der Berge.

Am letzten Maientag des Jahres 1794 haben sie in Triberg vom Spital aus die siebzig Jahre alte Maria Anna Kaltenbach geborene Faller auf den nahen Friedhof getragen.

So starb deine Ahnfrau als Armenpfründnerin; vergiß darum die Armen nicht und trage deine eigene Armut, die nicht so groß ist wie die ihre, mit Geduld.

Das Mütterlein des Xaveri war tot und begraben. Er stand allein in der Welt. Was tun? Bei den Priestern an der Wallfahrtskapelle, seinen alten Gönnern, sucht er Rat und bekommt ihn. Sie beschließen, daß er zu ihnen hinaufkomme, bei ihnen eine Kammer beziehe und von da aus seine Wanderfahrten als Hausierer fortsetze.

So kam ich, seine Wanderkiste, aus der Fledermausgasse hinaus in das Priesterhaus neben der Kapelle.

In einer feuchten Kammer im untersten Stockwerk war unser Quartier. Nebenan hauste der Sakristan-Nachfolger des Xaveri, ein alter Klosterbruder, Sebald seines Namens und Schneider seines Zeichens.

Er war nach Aufhebung des Franziskanerklosters zu Offenburg einige Zeit in der Welt gewesen, hatte dann aber, weil er sich nirgends ordentlich durchbringen konnte, gerne die Stelle Xaveris übernommen.

Von ihm lernte dieser das Schnupfen und trieb es bis in den Tod. Er bekam aber von dem Schneider-Nachbar auch den guten Rat, mit Schnupf- und Rauchtabak zu hausieren.

Bald wurden diese neuen Artikel am meisten begehrt. In jeder Hütte und auf jedem Hof rings um Triberg saß ein Raucher oder ein Schnupfer, und jeder war, so oft ihm das Material ausgegangen, herzlich froh, wenn der Xaveri mit seiner Kiste in die Stube trat.

Der findige Schneider und Ordensbruder setzte dem jungen Hausierer aber noch einen andern Plan in den Kopf, dessen Ausführung jetzt so leicht war, so nahe lag und ebenfalls Gewinn versprach.

Eines Abends – wir waren eben vom Hausierhandel heimgekommen – trat Bruder Sebald in unsere Kemenate und sprach zum Xaveri: »Ich habe heute dem Pater Joseph seine Kutte geflickt, und da ist mir, weil ein Schneider an allerlei denkt, der Gedanke gekommen, du, Xaveri, solltest an großen Wallfahrtstagen, wo viele Leute kommen, auch einen Krämerstand aufschlagen vor der Kapelle und Waren auslegen: Bilder, Muttergottesle, Betbücher, Rosenkränze und Wachsstöcke.«

»Die Leute kennen dich von früher als Mesner und jetzt als Hausierer und werden dir lieber was abkaufen als den alten Jungfern vom Städtle drunten, welche neben dir feilhaben.«

»Die werden zwar teufelswild sein über deine Konkurrenz, aber auf so was darf ein rechter Handelsmann nicht schauen.«

Der Plan fiel beim Xaveri, der ein kluger Mensch war, nicht auf schlechten Boden. Er hielt dem Bruder Sebald seine große Dose hin zu einer Prise und meinte: »Daraufhin müssen wir eins schnupfen, denn Ihr habt mir ein Licht aufgesteckt, Bruder Sebald. Und am ersten Wallfahrtstag, an dem ich feil habe, trinken wir, wenn der Markt gut verlaufen ist, eine Flasche vom Besten.«

Am nächsten großen Wallfahrtstag – es war Maria Himmelfahrt und der 15. August 1794 – stand der Xaveri als Handelsmann vor der Kapelle. Ein großes Brett auf zwei Holzböcken war sein Präsentierteller, auf dem er seine Waren ausgelegt hatte.

Ich, seine Kiste, stand mit Reserveartikeln gespickt zu seinen Füßen neben ihm.

Jetzt konnte ich, was ich schon in meiner Jugendzeit am Wasserfall gewünscht, einmal einen Wallfahrtstag in der Nähe sehen.

Maria Himmelfahrt war vor hundert Jahren in Triberg das Hauptfest und wird es wohl heute noch sein.

Da kamen zu meiner Zeit die Buren und die Bürinnen und ihre Völker in hellen Scharen viele Stunden weit her von den Bergen herunter und von den Tälern herauf.

Schon um vier Uhr mußte Bruder Sebald die Kirche öffnen, und die Völker stauten sich vor den Beichtstühlen, um ihre Sünden zu bekennen, den Leib des Herrn zu genießen und ihre Seelen zu heiligen.

Am frühesten kamen die entferntesten, die aus dem Kinzigtal. Sie waren schon vor Mitternacht daheim aufgebrochen und hatten nüchtern den weiten Weg gemacht, um noch in der Kapelle die Sakramente empfangen zu können.

Gegen acht Uhr, da die Sonne schon voll und ganz über dem Wässerlewald stand, rückten die Prozessionen der umliegenden Dörfer an. Die von Schonach und Schönwald kamen von den Bergen herab, die von Nußbach und Gremmelsbach zogen das Tal herauf durchs Städtle.

Von allen Gehöften, Weilern, Zinken und Hütten hatten sich die Leute am frühen Morgen in ihren Dorfkirchen zusammengefunden, um gemeinsam zu Maria »zur Tanne« zu wallen und deren Fürbitte zu erflehen in ihres Daseins Nöten.

Viele Hunderte von Frauen, Mädchen und Kindern trugen Blumen und Kräuter in den Händen, die sie am Tage zuvor oder noch am Morgen, ehe die Sonne »über den Wald« hereindrang, gesucht hatten an den Berghalden hin.

Muttergotteshaar und Tausendgüldenkraut waren die vornehmsten Kräutlein, die sie zur Kapelle trugen.

Maria Himmelfahrt ist ja auch Maria Kräuterweih', und wenn die Kräuterbüschel in der Wallfahrtskapelle geweiht waren, hatten sie beim Volke doppelte Kraft gegen alle leiblichen und geistigen Gefahren in Haus und Hof, in Feld und Wald und heilbringende Wirkung für Menschen und Tiere.

Am Schlusse von Predigt und Amt trat der Pater Joseph Schlotterbeck, ein ehrwürdiger Priestergreis, auf den Platz vor der Kapelle und betete über die Kräuterbüschel, die das Volk in den Händen hielt, also: »Allmächtiger Vater, der du den Menschen nach deinem Ebenbild und Himmel und Erde, Sonne und Mond und Sterne und alles Irdische und Himmlische geschaffen, der du Gewalt hast über Meere und Abgründe und über alle Elemente, segne und heilige an diesem Feste der heiligen und ehrwürdigen Gottesgebärerin Maria diese Kräuter, die du mit heilsamen Säften aus der Erde hast sprießen lassen, – segne sie, damit, wer sie, wie immer, frommen Sinnes gebraucht, befreit werde von allem Bösen, von aller Krankheit, von aller Pestilenz und von allem Schmerze.«

Nach diesem Gebet besprengte er die zahllosen Büschel mit Weihwasser. Die Kräuter neigten sich in den Händen der Menschen; diese selbst beugten ihr Haupt, und Sonne, Berge und Wälder schienen in ehrfurchtsvoller Stille zu lauschen – denn der Segen des allmächtigen Gottes ging über das Land, über alle Kreatur und über die Seelen der Menschen.

In diesem feierlichen Augenblicke, in dem auch die Hausierer und Krämer schwiegen und in Andacht sich neigten – in diesem Augenblicke beneidete ich Tannenkind euch Menschen wieder um eure Größe und um das Fühlen der Nähe Gottes in euern Herzen.

Ja, ihr tragt viele Not und viel Elend und viel Leid, das wir anderen Geschöpfe nicht kennen, aber euch ist Gott auch viel näher mit seinem Trost und mit seiner Gnade!

Viele Jahre hab' ich mit deinem Großvater das Fest Maria Himmelfahrt vor der Bergkapelle zu Triberg gesehen und nie so, wie gerade an diesem Festtage, gefühlt, was ihr Menschen habt an der Religion, an ihren Segnungen, Sitten und Gebräuchen. Wie heiligt sie euch alles, und selbst die Pflanzen und Blumen segnet sie um euretwillen, und wie verklärt sie euern Schmerz und euere Leiden, indem sie euch die Mutter der Schmerzen zeigt in ihrer Glorie!

O, in wie vielen Augen habe ich an jenen Tagen den Frieden, den die Welt nicht geben kann, leuchten sehen, wenn die Menschenkinder aus der Kapelle kamen, in die sie mühselig und beladen eingetreten waren!

Das waren von den seltenen Augenblicken meines Lebens, in denen ich als hätte ausrufen mögen: »Selig, ein Mensch zu sein, ein Kreuzträger, aber voll Trost und Hoffnung und darum voll Frieden!«

An jenen Himmelfahrtstagen habe ich aber auch das gläubige »gemeine« Volk kennen und lieben und schätzen gelernt. Und es freut mich, so oft ich nächtlicher Weile in deinen Büchern lese, von Kerzen, daß auch du ein warmer Freund dieses gemeinen, verachteten Volkes bist und alle jene Menschen und Dinge hassest, die dieses Volk verderben, ihm seine Einfachheit rauben, seine Ideale zerstören und es unglücklich machen wollen.

Und wie genügsam war dieses Volk in jenen Zeiten noch, da ich mit deinem Großvater vor der Kapelle stand!

Waren zum Schlusse die Kräuter gesegnet und alles vorüber, so lagerten sich die Menschen in ihren bunten Trachten auf dem Rasen um die Kapelle, verzehrten ihre von daheim mitgebrachten Speisen, als Käse, Butter, Eier, Speck, kauften, wenn's hoch her ging, einen »Wecken« von den feilhaltenden Brotweibern aus dem Städtle, löschten den Durst am Wallfahrtsbrunnen, kromten ein Andenken an den Krämerständen und zogen dann wieder der Heimat zu, neugestärkt für ihr hartes, mühevolles Leben. – Wenn alles fort war, nahmen auch die Hausiererinnen und der Xaveri ihre Sachen zusammen, und bald war's totenstill in und um die Kapelle.

Der Rat Sebalds, des Klosterbruders, war gut ausgefallen am ersten Himmelfahrtstag, an dem der Xaveri feil hielt vor der Wallfahrtskirche. Er hatte mehr verkauft, als wenn er eine ganze Woche hausieren gegangen wäre.

Freund Sebald hatte aber auch für ihn geworben, sich unter die Landleute gemischt und sie aufmerksam gemacht, daß sein Vorgänger, der Xaveri, auch feil habe. Er verdiene ihre Unterstützung, sei ein armer Anfänger und habe erst seine Mutter verloren.

Die alten Triberger Jungfern, meinte er weiter, so noch als Händlerinnen auf dem Platz wären, hätten Geld genug und bei der Wallfahrt schon mehr verdient, als sie brauchten für Leben und Sterben.

Die Worte des Klosterbruders hatten gewirkt, und der Xaveri zeigte sich dankbar. Er ging gegen Abend hinab ins Städtle und holte im Löwen eine gute Flasche Wein, beim Ketterer-Beck ein paar Wecken und beim Metzger Köbele für einen Sechser Schwartenmagen und lud den Schneider Sebald dazu ein.

Die Abendsonne beschien in der feuchten Stube des Xaveri zwei glückliche Menschen.

Fortan standen dein Großvater und ich jahrelang an jedem Marienfeste auf dem Kapellenplatz, und in der übrigen Zeit zogen wir auf mühsamen Wegen in Wind und Wetter, in Kälte und Schnee in der Herrschaft Triberg umher.

Diese umfaßte außer dem Städtle noch zehn Waldvogteien: Niederwasser, Gremmelsbach, Nußbach, Rohrbach, Furtwangen, Neukirch, Gütenbach, Schönwald, Rohrhardsberg und Schonach.

Nur drei dieser Waldvogteien liegen teilweise im Tal, alle andern im Gebirg, im dichtesten, wildesten und rauhesten Schwarzwald. Und es war keine Kleinigkeit, vorab zur Winterszeit, in die auf Bergen und Halden und in Schluchten zerstreuten Höfe und Hütten zu wandern.

Aber im Winter, wo der Weg am beschwerlichsten war, ging das Geschäft am besten. Da kamen die Landleute selten herab ins Städtle, und viele warteten mit Schmerzen auf den Xaveri, den ersten und einzigen Hausierer in der Herrschaft.

In der einen Hütte wurde er begrüßt mit den Worten: »Ich bin froh, daß Ihr kommt, ich hab' schon zwei Tag keinen Tabak mehr« – in der andern hieß es: »Xaveri, Ihr kommt mir grad' recht, ich hab' keinen Faden und keine Knöpfe mehr und sollt' den Mannsleuten die Hosen flicken.«

Bis über die Knie stampfte dein Großvater, mit der schweren Kiste beladen, im Schnee auf den Höhen von Rohrhardsberg und Neukirch, Furtwangen, Nußbach und Gremmelsbach.

Aber die Leute versüßten ihm sein schweres Dasein. Er mußte gleich auf der Ofenbank sich wärmen, bekam warme Strohschuhe an die Füße und eine gute Milchsuppe und für die Nacht einen »röschen« Laubsack hinter den Ofen.

Seit der Xaveri mutterlos war und unser Handel sich auch auf die entfernteren Vogteien erstreckte, blieben wir, besonders im Winter, oft in den Bergen übernacht. Das war jeweils meine Freude. Je kleiner die Hütte war, in der dies geschah, um so lieber war es mir, denn da herrschte nachts ein Friede, den ich nie vergesse.

Die wenigen Menschen schliefen, kein Hündlein bellte, die Tannen über den Hütten flüsterten leise, und die Sternlein des Himmels guckten durch die kleinen Fensterchen in die Stube, in der ich allein wachte.

In einem solchen Häuschen am Rohrhardsberg traf ich einst zwei Geschwister von mir, die, zu einem Wandschrank vereinigt, als Aussteuerstück der Braut eines armen Uhrenmachers da heraufgekommen waren.

Wir hatten uns bald erkannt und unterhielten uns während der Nacht über unser Schicksal. Wir sprachen von der Mutter und von unserer Jugend am Wasserfall und von unseren seitherigen Erlebnissen. Sie waren mit ihrem Los zufrieden und hätten keine Lust gehabt, zu tauschen mit mir, die ich in Regen und Sturm über Berg und Tal ziehen und frieren müsse.

Ich aber sagte ihnen stolz, ich möchte nicht an ihrer Stelle sein, denn sie beleuchte weder Sonne noch Mond, sie sähen nicht die Schönheit der Natur und lernten nicht das volle Menschenleben kennen.

Während wir so in den Bergen herumstiegen und todmüde nach der Wallfahrtskapelle heimkehrten, sann der Bruder Schneider immer wieder aufs neue über die Ausbreitung des Geschäftes seines Freundes Xaveri nach.

Eines Abends trug er diesem den folgenden Plan vor: »Xaveri«, meinte er, »du verdienst dein Brot, schlägst dich ehrlich durch, und wenn das Jahr um ist, hast du ein paar Gulden Überschuß. Aber zu einem vermöglichen Mann bringst du es nie, so lange du nur im Tribergischen hausierst.«

»Da wohnen meist nur arme Uhrenmächerle oder Bauern, die große Wälder haben, aber nichts fürs Holz lösen, weil sie es in keinen Bach bringen und nicht dem Rhein zustoßen können.«

»Drum mußt du deinen Hausierhandel mit der Zeit weiter hinab verlegen – ins Kinzigtal. Na hat es reiche, stolze Bauern. Du kannst es ja an den Wallfahrtstagen sehen, wie sie daherstolzieren und wie ihre Weiber goldene Kappen tragen, während es den Schwarzwälderinnen bei uns da oben nur zu Strohhüten und Fuchspelzkappen langt.«

»Ich, der Schneider Sebald, war Bruder im Kloster Offenburg und kam mit dem Bettelsack das ganze Kinzigtal hinauf und kenne die dortigen Bauern, namentlich die im mittleren und unteren Tal. Die pflanzen Wein und Frucht im Überfluß und führen ihre Tannen in mächtigen Flößen Straßburg zu und bringen ganze Ledergurten voll Fünf-Livres-Taler heim.«

»Bei denen mußt du hausieren, und du wirst ein vermöglicher Mann werden mit deinem Fleiß und deiner Solidität.«

»Sebald«, antwortete der Xaveri, ihm wieder eine Prise anbietend, »Ihr könntet recht haben. Schon oft haben an Marientagen vor der Wallfahrtskirche Bürinnen aus dem Kinzigtal mich eingeladen, mit meiner Hausierkiste auch einmal zu ihnen zu kommen.«

»Das hat aber«, nahm der Sebald wieder das Wort, »noch seine Zeit zur Ausführung. Es muß nit gleich sein. Du frägst jetzt, so oft Buren und Bürinnen aus dem Kinzigtal zu uns auf die Wallfahrt kommen, wo sie wohnen, wie ihr Hof heiße, und versprichst dann, sie bald einmal zu besuchen. Hast du dann eine ordentliche Liste, so wird hinabgewandert ins Kinzigtal. Ich ginge gern einige Wochen mit dir, um dich bei den Buren im mittleren Kinzigtal, im Reichstal, im Harmersbach und im Gengenbachischen einzuführen, aber ich bin alt und bresthaft und kann es nimmer erschnaufen an den Bergen hinauf.«

»Doch ich schreib' dir auch eine Anzahl Höfe auf, in denen ich wie daheim war, und wenn du da einen Gruß sagst vom Bruder Sebald, so bist auch du daheim.«

Oft und viel erzählte der Bruder fortan am Abend von den Bauern im Kinzigtal, so daß der Xaveri und ich ganz Heimweh bekamen nach diesem gelobten Land.

9.

Jahr und Tag vergingen, bis die Auswanderung dahin vor sich ging. Die geistlichen Herren hatten dem Xaveri gesagt, es wäre nicht schön, die Leute im Tribergischen so kurzer Hand zu verlassen. Er müsse auch nochmals überall gewesen sein und bei den Kunden in Ehren sich verabschiedet haben.

Das sah der Xaveri ein, und er tat so. Alle seine Kunden, denen er sagte, wir kämen zum letztenmal, weil wir ein besseres Fortkommen suchten, billigten den Entschluß und wünschten uns Glück.

Aber das versprach der Xaveri überall, alljährlich wenigstens an Maria Himmelfahrt aus dem Kinzigtal heraufzukommen, vor der Kapelle einen Stand zu errichten und feil zu halten: dann hoffe er seine Kunden wieder begrüßen zu können.

Wo der Xaveri aber am wärmsten Abschied nahm, das war drunten auf dem Kirchhof vor dem unteren Tor – beim Vater und bei der Mutter.

Jeden Samstag waren wir bisher regelmäßig heimgekommen ins Kloster, und jeden Sonntag Nachmittag machte der Xaveri einen Gang hinab zu den Gräbern seiner Eltern.

Fünf Jahre lang hatte dein Großvater seine Hausierkiste in der Obervogtei Triberg herumgetragen, als wir – es war im Frühjahr 1799 – durchs untere Tor hinauszogen dem Kinzigtal zu. Seine Barschaft, die schon über hundert Gulden betrug, deponierte er beim Bruder Sebald.

Schwerbeladen mit neuen Waren zog der Xaveri talab, aber nimmer so schüchtern wie damals, als wir den ersten Hausiergang antraten.

Der Bruder Sebald hatte ihm zum Abschied wieder eine gute Idee eingegeben, die nämlich, seinen Waren auch Kalender beizulegen. »Die sind jetzt was Neues und Seltenes, und auf jedem Hof ist ja bald eine oder die andere Person, die lesen kann« – meinte er.

Er hatte dem Xaveri auch die Adresse angegeben, wo er einen guten Kalender bekommen könne, zu Rastatt bei I. Sprinzing, hochfürstlich, markgräflich badischem Hof- und Kanzlei-Buchdrucker.

Und da der junge Hausierer beim Obervogt Huber einen Heimats- und einen Hausierschein geholt, hatte auch der ihm einen geschäftlichen Auftrag mitgegeben, welcher bald seine Früchte trug. Der Obervogt wollte, der Xaveri sollte im Kinzigtal auch mit Strohhüten hausieren, damit seine, des Vogts, Flechterinnen in ihm einen weiteren Abnehmer hatten.

Das war einer, dieser Obervogt Huber, ein Beamter von Gottes Gnaden! Drum will ich, der Schreiber dieser Erinnerungen, auf einige Zeit der Hausierkiste das Wort abnehmen und von diesem seltenen Manne reden.

Er war in dem jetzt württembergischen Dorfe Nendingen an der Donau 1758 von bäuerlichen und armen Eltern geboren. Zwanzig Jahre später ist er in Freiburg Student der Theologie und absolviert alle theologischen Fächer mit Eminenz. 1781 wendet er sich von der Theologie ab und will Lehrer werden. Er besucht die »kaiserliche Normalschule« und bekommt nach kurzer Zeit das Patent eines »Privatlehrers«.

1782 aber beginnt er mit einem Sapienzstipendium von jährlich 120 Gulden die Jurisprudenz zu studieren und liegt diesem Studium ob bis 1788, wo er »die drei scharfen Prüfungen aus allen Teilen der Rechtswissenschaft« glänzend besteht und Doktor beider Rechte wird.

Seine Dissertation hatte zum Gegenstand: »Der Einfluß der Mathematik auf die Rechtswissenschaft«.

Huber fungierte sodann als Praktikant beim Magistratsgericht der Stadt Freiburg und wurde ein Jahr später Regierungsadvokat daselbst.

Sein schneidiges, energisches Wesen scheint er hier schon gezeigt zu haben; denn als 1795 der breisgau'sche Landsturm gegen die Franzosen organisiert wurde, finden wir ihn als Kommandeur des Bataillons, das die Bauern des Dorfes Merdingen bildeten.

Im gleichen Jahr wird er provisorisch und im folgenden definitiv Obervogt der österreichischen Herrschaft Triberg. Und hier beginnt seine soziale Tätigkeit, eine Tätigkeit, wie weder vor noch nach ihm je ein Obervogt oder ein Oberamtmann sie ausgeübt hat.

Sein Bezirk war einer der kältesten und unfruchtbarsten auf dem Schwarzwald. Huber sah die Not und die Armut der Leute und suchte fortan dem Volke zu helfen, so gut er konnte und mit eigenen Opfern an Gesundheit und Vermögen.

Kaum war er Obervogt, so machten die Schwarzwälder, welche in und nach Rußland mit Uhren handelten, bankrott, und die Uhrenmacherei ging sehr schlecht in seiner Herrschaft. Er war deshalb nicht nur bemüht, ihr neue Absatzgebiete zu eröffnen, sondern sann auch auf neue Erwerbsquellen, indem er die Strohflechterei zu heben suchte.

Er ließ auf seine Kosten einen Strohflechter aus Toskana kommen, um mit seiner Frau von diesem Italiener die dortige Strohflechterei zu erlernen. Und alsdann begann das obervogtliche Ehepaar, die armen Leute selbst zu unterrichten.

Huber ließ trotz des Widerspruchs der Leute das Korn auf dem Felde schneiden, ehe es reif war, damit es besser zu bleichen und weniger hart wäre.

Er kaufte die ersten Halmquantitäten mit eigenem Geld, ließ sie unter seiner Aufsicht und Anleitung bleichen, mit metallenen Schneidnadeln spalten, und dann lehrte seine Frau, eine geborene Freiin von Gleichenstein, Tochter des St. Blasischen Obervogts zu Staufen, die Kinder und Frauen im Amthaus zu Triberg das Flechten dieser seinen Halme.

Sobald die Triberger eingeübt waren, ging das würdige Paar in die Dörfer der Herrschaft und gab seinen Unterrichtskurs den dortigen armen Leuten.

Das Geflecht kaufte der wackere Obervogt zuerst selbst den Leuten ab und suchte es zu verwerten. Später nahm ein einfacher Schwarzwälder seiner Obervogtei, der Weißerjok von Schönwald, ihnen die meisten

Geflechte ab und sandte sie nach Frankreich, den Niederlanden, Westfalen und Rußland.

Kinder von sechs Jahren an und Frauen neben ihrer Haushaltung her verdienten so 60–120 Gulden jährlich, ein schönes Stück Geld für die armen Leute in jener Zeit.

Jetzt half der unermüdliche Vogt auch den Bauern, die schlechte Wiesen und keine Wege hatten, um ihr Holz abführen und verkaufen zu können.

Der Bauer ist Lehren zu Verbesserungen seiner Landwirtschaft schwer zugänglich, so lange er nicht den Erfolg sieht. Drum ging der Obervogt mit gutem Beispiel voran. Der Staat – seit 1806 Baden – hatte bei Triberg Wiesen, die unter des Vogts Verwaltung standen, gab diesem aber keine Mittel, sie zu verbessern.

Nun griff der energische Obervogt abermals in seine eigene Tasche, ließ das Felsgestein aus den Matten entfernen, Erde darauf führen und eine Berieselung anlegen. Und als das Gras mächtig gewachsen war, führte er die Bauern seiner Herrschaft an Ort und Stelle und zeigte ihnen, was sie erreichen könnten ohne Opfer, da sie alle Arbeiten selber zu tun imstande wären.

Die Bauern gingen jetzt freudig an die Verbesserungen, und der Obervogt kam gerne auf jeden, auch den entferntesten Hof, um die Sache selbst zu leiten und zu überwachen.

Dann ging er an die Wege. Zahllose Pfade hat er geebnet für Fuhrwerke und, ohne eine andere Unterstützung als die Hände der von ihm gewonnenen und begeisterten Bauern, zwei große neue Bergstraßen, eine nach Villingen und die andere nach Haslach, gebaut.

Jetzt konnten die Bauern vom Rohrhardsberg, denen das Holz im Walde verfaulte, weil sie keine Abfuhrwege hatten, ihre Hollanderstämme nach Haslach an die Kinzig bringen und verflößen. Der Weg, den er auf den Höhen von Triberg bis auf die Elzacher Eck, wo die alte Verkehrsstraße vom Breisgau ins Kinzigtal durchging, anlegen ließ, heißt heute noch der Huberweg. Wie praktisch er bei seinen Wegbauten zu Werk ging, zeigt folgende Tatsache. Er verwandelte alle Strafen, die er amtlich auszusprechen hatte, in so und so viel Tage Arbeit an einem der neu anzulegenden Wege.

Auch die Obstbaumzucht nahm der unermüdliche Vogt in die Hand. Zwar gedieh und gedeiht bis heute kein rechter Obstbaum auf den kalten Höhen von Triberg; aber zu Hubers Zeit gehörte einige Jahre noch die Waldgemeinde Prechtal im obersten Elztal zur Obervogtei Triberg, und dort gedeiht der Obstbaum.

Der Obervogt lehrte nun den Bauern das Veredeln, Zweigen der Holzäpfel-, Holzbirnen- und Waldkirschbäume. Oft saß er auf einem Baum und zweigte, und die Bauern standen unten und schauten zu oder saßen neben ihm in den Ästen.

In seinem Garten in Triberg, welchen er der alten Burgruine abgewonnen, hatte er eine Baumschule angelegt und schenkte ans derselben seinen Bauern die jungen Bäume.

Aber auch geistige Not suchte der brave Mann zu heben. Er animierte seine Gemeinden, den fahrenden Lehrern, die da und dort auf den Höfen saßen, Schulhäuser zu bauen, damit die Leute ein sicheres Obdach und die Kinder gemeinsamen Unterricht bekämen. Das alles hat der Mustervogt ausgeführt in Kriegszeiten; denn von 1795 bis 1816, wo er starb, lagen schwere Kriegsjahre im Land, und diese brachten Not und Bedrängnis.

Aber überall stand der Obervogt Huber auch in diesen Nöten seinen geplagten Bauern helfend und schützend zur Seite. Wenn er hörte, daß da oder dort Militär sei und Unordnung und Gewalttaten vorkämen, eilte er hin, um für seine Leute einzustehen und sie zu schützen.

Obwohl er als Obervogt nach damaligen Rechtsbegriffen frei war von jeder Quartierlast, so nahm er doch stets die Kommandeure in sein Haus auf, um bei ihnen besser für die Schonung seiner Untertanen wirken zu können. Er beschenkte die französischen Raubgenerale mit Uhren, um sie für seine Bitten günstiger zu stimmen. Tag und Nacht war er dann unterwegs, um, mit den Vollmachten der Generale ausgestattet, bald in diesem, bald in jenem Ort den Bedrückungen der Soldaten Einhalt zu tun.

Im Jahre 1800, als General Moreau wieder in Oberdeutschland eingefallen war, gürtete der Obervogt von Triberg selbst sein Schwert um, holte sein Bataillon Merdinger Bauern, zog durch das Simonswalder Tal in die Herrschaft Triberg und, als der Feind weiter gezogen war, ihm nach bis nach Lauingen in Bayern.

Wenn vorübergehend Ruhe im Lande war und während die Schlachten fern vom Schwarzwald geschlagen wurden, übte der unermüdliche Mann außer den genannten Werken des Friedens sein Amt als Obervogt und Richter in geradezu idealer Weise aus.

Bei ihm gab es keine Amtsstunden, in denen allein der Bezirkspascha zu sprechen war; seine Türe stand zu jeder Zeit einem jeden seiner Schwarzwälder offen.

Und wenn noch so viele Parteien erschienen waren, er hörte alle an und ließ keine ungehört und unverrichteter Sache den weiten Weg wieder zurückmachen. »Er war«, wie ein Zeitgenosse von ihm schreibt, »so begabt und geschickt, daß er mit sechs und mehr Parteien zu gleicher Zeit verhandeln konnte.«

Bei Prozessen drang er immer auf einen Vergleich, und in den 21 Jahren, da er Obervogt war, kam es nicht in ebenso vielen Fällen zu einem Prozeß, so sehr hatte er Macht über die entzweiten Gemüter. Warum? Weil er der Vater seiner Bauern und der Wohltäter aller Armen war und sich um seine Leute kümmerte auch außerhalb der Amtsstube.

Als mit den Jahren 1806 die baden-durlachische Bureaukratie mit ihren Amtsengeln in die so patriarchalisch und gemütlich regierten vorderösterreichischen Herrschaften ihren Einzug hielt, setzte man neben den braven Vogt noch einen zweiten Beamten. Der schnauzte die Bauern ab und hieß sie fortgehen, wenn es Mittagszeit war, so daß bald niemand mehr zu diesem Bureaukraten wollte und alles beim Obervogt anklopfte, welcher die Leute in aller Väterlichkeit aufnahm.

Dafür ward er denunziert von dem feinen Kollegen, und das großherzoglich badische Kreisdirektorium in Freiburg erteilte dem wackeren Obervogt einen Rüffel.

Wahrlich, der schrecklichste der Schrecken und die Quintessenz aller Borniertheit ist der Bureaukratismus, sei er geistlicher oder weltlicher Art. Er ist der Herr und Vater aller Knechtsseelen, der Tod alles wahren Lebens, der Untergang des Volkswohls in jeder Hinsicht, der Henker aller Poesie und der Fluch aller Institutionen, die unter seinem Zeichen stehen!

Der obengenannte Zeitgenosse und Freund des braven Mannes, ein Domänenverwalter Beck im benachbarten Schwarzwaldflecken St. Georgen, schreibt nach dem Tod des Obervogts: »Sein einziges Bestreben war, die Schwarzwälder seiner Vogtei so glücklich als möglich zu machen, und zu dem Zweck scheute er weder Mühe noch Opfer. Bei allen seinen Strapazen schlief er nie mehr als vier Stunden. Keine Hütte fand sich in seiner Herrschaft, die er nicht besucht hatte, und Tag und

Nacht war er unermüdlich bestrebt, Erfahrungen zu sammeln und Gutes zutun.«

Die Leute wußten, daß keine Stunde in der Nacht war, in der nicht ihr Obervogt draußen zu finden gewesen wäre.

Einst begegnete er in einem Hohlweg um Mitternacht einem seiner Bauern und rief in der Finsternis demselben mit mächtiger Stimme zu: »Halt! Wer da?«

Da antwortete der tapfere Schwarzwälder: »Das ist entweder der Teufel oder unser Obervogt!« Nur einer von beiden, dachte der Mann, könne um diese Zeit an solchem Orte einem begegnen.

Wie furchtlos der Obervogt Huber war, zeigt der folgende Vorfall. Eines Tages besuchte ihn der benachbarte Kreisdirektor von Villingen, von Gulat, und traf ihn, wie er neben einem offenen Licht kleine Säcke siegelte.

Auf die Frage des Besuchers, was in diesen Säcken sei, gab der Obervogt ruhig zur Antwort: »Das sind Pulversäcke für meine Bauern, die Felsen sprengen, um Wege anzulegen.«

Wie aber die Bureaukratie diesen Tapfern ehrte, werden wir gleich unten sehen.

Ein Mann, der ein Herz fürs Volk hat und für dessen Not, zeigt auch Sinn für Poesie und Kunst, welch' beide ihre letzten Wurzeln im Volke haben.

Darum ist es der Obervogt gewesen, der die Schönheit der Triberger Wasserfälle entdeckte und sie den Menschen zugänglicher machte. Er lichtete den Wald rings um die tosenden Wasser und ließ einen bequemen Weg bauen an den Felsen hinauf.

Seine von Natur aus reich begabten Schwarzwälder, die sinnend in ihren Hütten saßen, munterte er immer und immer wieder auf zu künstlerischem Schaffen. Er kaufte ihnen die Modelle zu neuen Erfindungen ab und suchte dieselben lediglich im Interesse der Erfinder zu verwerten.

Denkende, kunstfertige und vorwärts strebende Leute behandelte er wie seine Freunde. Er lud sie zu sich zu Tisch und verkehrte mit diesen armen Leuten aus dem Volke wie mit seinesgleichen.

Wen immer eine Not drückte, der ging zum Obervogt. Mittellosen Dorfschullehrern, bedrängten Familienvätern gab er Geld; arme Kinder, die zur Winterszeit keine Kleider hatten, um in die Schule zu kommen, beschenkte er mit solchen. Seinen schlecht besoldeten Aktuaren gab er die Kost unentgeltlich an seinem Tisch.

Was dem großangelegten, idealen Mann verhaßt war, das war die trockene Bureaukraten- und Schablonen-Arbeit, die ewige Schreiberei und Aktenwirtschaft, kurzum das verfluchte Papierregiment, das leider schon existierte, als die babylonischen Großkönige ihre Willkür-Akte auf Ziegelsteine eingraben ließen, sonst müßte man bedauern, daß es Papier gibt auf Erden.

Der größte und beseligendste Gesetzgeber, der König und Mittelpunkt aller Menschen und aller Zeiten, Christus Jesus, er hat ein einzigesmal einige Worte geschrieben, aber auf Sand, wohl damit sie bald wieder verwischt waren. Er hat keinen Buchstaben schriftlich hinterlassen und seinen Aposteln befohlen, mündlich seine Lehre und seine Gesetze zu verkünden. Und doch hat er ein Weltreich aufgerichtet für ewige Zeiten.

Je kleiner das Land, je kleiner der Fürst, je kleiner und je geistig armseliger der Beamte, um so größer der Bureaukratismus und das Papierregiment.

Das zeigte sich auch dem idealen Volksmann in Triberg gegenüber. Mitten in Kriegszeiten, wo, wenn auch keine Einquartierungen um den Weg waren, doch täglich Lieferungen von Gespannen und Vieh nach auswärts befohlen wurden, wo es stündlich galt, des Volkes Not zu sehen und zu lindern – bekam der große Obervogt, der nur vier Stunden Schlaf sich gönnte, von den Bureaukraten in Freiburg Mahn- und Strafzettel, weil die oder jene Gemeinde-Rechnung noch nicht gestellt oder dieser oder jener papierne Nachweis und Bericht noch nicht eingelaufen war bei den Kanzleihelden an der Dreisam.

Wie es dem Obervogt zu Mute gewesen sein mag angesichts dieser Monitorien und Strafzettel, kann ich mir wohl denken – aus eigener Erfahrung. Ich will nur ein Beispiel anführen. Vor Jahren baute ich unter vielen Mühen und Opfern einen Turm an meine Pfarrkirche zu Freiburg. Einen großen Teil des Geldes hatte ich erbettelt. An demselben wurde Jahr und Tag unter den Augen der geistlichen und weltlichen Obrigkeit gebaut. Als er bereits zwei Jahre fertig stand, der Turm, bekam ich vom katholischen Oberstiftungsrat in Karlsruhe ein Schreiben, worin es hieß, ich sollte nachweisen, wer mir die Genehmigung erteilt habe, einen Turm zu bauen.

In China werden, so viel ich weiß, die Mandarinen, Urbilder der Bureaukratie, mit Knöpfen ausgezeichnet. Wenn dies bei uns auch der Fall wäre und die ärgsten Bureaukraten die meisten Knöpfe bekämen, brächte man trotz unserer zahllosen Fabriken nicht Knöpfe genug auf.

Der brave Obervogt machte es, wie es jeder ehrliche Mann in solchen Fallen macht; er gab entweder gar keine oder eine grobe Antwort, auch bezahlte er keinen Strafzettel. Eine Sozialdemokratie gab es damals noch nicht, sonst hätte er wohl bisweilen gesagt: »Sozialdemokrat komm' und mach' dem Regiment des Papiers und der absolutesten Geistlosigkeit ein Ende!«

Wie hat der große Apostel des großen Befreiers Jesus von Nazareth, Paulus, gesagt? »Der Buchstabe tötet; der Geist ist's, der lebendig macht.« Die Mörder des Geistes durch Buchstaben und Akten, das sind die Bureaukraten, und sie morden deshalb, weil ihnen der gesunde Menschenverstand und der Geist abgeht, morden, vexieren und quälen alles, was Geist, Poesie, Volkstum, Recht und Wahrheit heißt oder vertritt.

Auch einer Vorliebe für Württemberg und Österreich wurde der unvergleichliche Obervogt geziehen, als ob es ihm zu verübeln gewesen wäre, wenn er nach solchen Leistungen und Anerkennungen geschwärmt hätte für neubadische Zustände. Er mag wohl bisweilen gedacht und gesagt haben: »Lieber Bettler sein im nahen Württemberg oder im alten Österreich, als badischer Obervogt in Triberg.«

Unermüdlich schritt er trotz alledem fort auf dem Wege der Fürsorge für seinen Bezirk. Doch nagten die vielen Strapazen und der Ärger stark an seinem Leben.

Am 15. Juli 1815 schrieb ihm sein nächster Nachbar, der Obervogt Jägerschmidt von Hornberg, es sei eben ein Kurier von Paris bei ihm durch[7] mit der Nachricht, daß die Verbündeten am 10. Juli in Paris eingezogen wären. Das sei gewiß Lebenselixier für Freund Huber. Er möge jetzt die Wallfahrtskanonen krachen lassen, damit sie harmonierten mit den Böllern, die vom Hornberger Schloß abgefeuert würden.

Diese Nachricht mag den wackern Volksmann gefreut haben um der Ruhe und des Friedens willen, die dem Volke endlich zuteil wurden und ihm selbst es ermöglichten, neue Werke des Friedens zu schaffen.

---

7 Die Landstraße führte damals nicht über Triberg, sondern zweigte bei Hornberg östlich ab.

Es sollte ihm aber nicht lange vergönnt sein, sich in dieser Hoffnung zu wiegen. Am 16. März des folgenden Jahres schloß ihm der Tod die Augen.

Daß der Mann groß war, zeigt der Umstand, daß sich in seinem Nachlaß fünfzehn weiße Zipfelkappen befanden, jene Kopfbedeckung, für die ich, wie ich anderwärts dargelegt, eine besondere Vorliebe habe.

Unter den Zipfelkappen steckten ehedem allgemein Köpfe – von Schiller, der sie trug, bis hinab zum Bauersmann. Heute lachen Hohlköpfe über die Zipfelkappe, die in der Tat für die vielen Zipfel und Gigerl unserer Tage unpassend, weil viel zu gut wäre.

Daß der Obervogt Huber kein Bureaukrat war, dafür spricht auch das vollständige Schreinerwerkzeug in seinem Nachlaß.

Für seine Naturliebe reden die neunzehn Vögel, die er zurückließ, und für die Arbeitsamkeit seiner Frau Klara von Gleichenstein die vier Spinnräder des obervogtlichen Inventars.

Daß er kein Geld für Luxus ausgab, ersehen wir an seinem Reitpferd, das für 44 Gulden versteigert wurde.

Daß er es nicht scheute, Schulden zu machen, um seinen Untergebenen zu helfen, zeigt seine Hinterlassenschaft ebenfalls. Der Hauptgläubiger war sein jüngerer Bruder, ein geistlicher Herr, der durch ihn Pfarrer in der Obervogtei Triberg, in Schönenbach, und später in Rothweil am Kaiserstuhl geworden war.

Dieses Pfarrers hartes Geltendmachen seines Guthabens beweist, daß er mit seinem verstorbenen Bruder sonst nicht verwandt war.

Daß aber ein ehrlicher Mann, der keine Knechtsseele, aber ein Herz fürs Volk hat und sonst nichts erstrebt, als des armen, geplagten und geschundenen Volkes Wohl, nur ein Märtyrerleben hat und selbst nach seinem Tode nicht anerkannt wird, wenn er nicht die vorgeschriebenen Schablonen-Wege der Obrigkeit gewandelt ist, das zeigte die Bureaukratie nach Hubers Hinscheiden, wo sie Rache nahm an des großen Toten Weib und Kind.

Von der Witwe wurden alsbald etwa 200 Gulden »Legal-Strafgelder« gefordert und noch dazu einige Tausend Gulden, weil in verschiedenen Gemeinderechnungen keine Belege für die gemachten Kriegsleistungen zu finden waren.

Zweiundzwanzig Jahre lang, von 1816 bis 1838, baten und flehten die Witwe und der Sohn des Verstorbenen um Nachlaß und wiesen nach, was der Tote im Leben aus eigenen Mitteln für das allgemeine

Wohl getan habe. Die Legal-Strafen wurden endlich gnädigst erlassen, aber von der andern Forderung mußte die Witwe 600 Gulden bezahlen. Sie bekam keine Pension, ihr Sohn aber einmalig »400 Gulden aus Rücksicht auf die Verdienste, welche sich sein Vater um Hebung der Agrikultur und Belebung der Industrie mit *eigenen Opfern* erworben habe.«

Wenn der Obervogt Huber in jener Zeit ein Armeekorps kommandiert, Tausende von Bauernbuben auf dem Schlachtfeld geopfert, Städte und Dörfer geplündert und gebrandschatzt und Millionen eingesackt hätte – würde er dann auch Strafzettel und Nachforderungen wegen Mangels an Belegen erhalten haben?

Nein, da wäre er als Millionär gestorben; das dankbare Vaterland hätte ihm an seinem Geburtsort noch ein Standbild errichtet, und die Geschichte und die Professoren in den Schulen sprächen von seinen Taten!

So ist die Welt, und solche Schafe, Lämmer, Esel, Kamele, Füchse und Wölfe sind die Menschen!

Die vielgeprüfte Witwe des Obervogts schrieb am Ende ihres Lebens: »Der liebe Gott möge es meinem Sohn vergelten, was sein Vater Gutes tat, da die Welt ihn mit Undank lohnte.«

Gott lohnte es. Sein Sohn wurde der Freiherr Marquard Huber von Gleichenstein, und seine Enkel und Urenkel sind gesegnete, angesehene Leute. –[8]

Als Knabe stand ich an Sommerabenden oft am Schoße meiner Großmutter, wenn sie mit den Nachbarn und Nachbarinnen auf der Bank vor ihrem Haus saß. Da erzählte sie vielmal vom Obervogt Huber, den sie wohl gekannt und von dem ihr Xaveri so viel Schönes und Gutes zu sagen gewußt hatte.

Vergeblich hab' ich, alt geworden, in den »Badischen Biographien« nach einem Lebensbild des braven Mannes gesucht.

Die alte Hausierkiste hat es getan mit ihrem Singen, daß ich die Gelegenheit benützte, dem großen Obervogt einige Gedenkblätter zu widmen.

---

8   Sein Enkel Victor, Major a. D. zu Freiburg, auch ein Mann des Volkes und der Armen, der sich sehr darauf gefreut hatte, daß ich seinem Großvater einen kleinen Denkstein setzen wollte, starb zum Leide aller derer, die ihn kannten, Ende Januar 1898.

Wenn die Triberger und die Bauern und die Uhrenmacher in der ehemaligen Herrschaft Triberg meine Gesinnung hätten gegen den Obervogt Huber, von dem sicher noch heute in vielen Höfen und Hütten erzählt wird, dann würden sie irgend einen erratischen Block der Gegend auf eine Höhe wälzen, die eine Sicht bietet über die Berge und Wälder, durch die einst Segen bringend der Vogt schritt und ritt, und würden auf den Stein schreiben: »Dem unvergleichlichen Obervogt Huber, dem großen Wohltäter des Volkes – die Bürger und Bauern der ehemaligen Herrschaft Triberg.«

Die Menschen verwenden in unseren Tagen Millionen zu Denkmälern für Könige, Generäle und Staatsmänner; es würde sie ehren, wenn sie auch an Männer wie Huber dächten, die das wahre Wohl des Volkes mehr im Auge hatten, als viele derer, die heute auf Standbildern verherrlicht werden. –[9]

Doch jetzt zurück zum Xaveri und seiner Kiste, die wir schon allzulange auf der Landstraße unterhalb Triberg haben stehen lassen.

Die alte Tante ist als eine »Sie« längst ungeduldig, daß ich sie unterbrochen habe in ihrer Erzählung. Aber jetzt soll sie wieder das Wort haben:

Als wir – ich erinnere mich noch, wie wenn's erst gestern gewesen wäre – beim »vierten Bur« oberhalb Niederwasser vorbeikamen, rief uns die Büre hinein.

Sie war noch ein wenig verwandt mit Xaveris Mutter, denn gerade über dem Berg drüben lag Althornberg, wo des Vogelhansen Hütte stand.

»Der Xaveri wird stolz«, meinte die Büre, als wir in die Stube traten. »Ich glaub', er wär' diesmal vorbei, wenn ich ihm nit g'rufe hätt'!«

---

9 Mein Wunsch ging unerwartet in Erfüllung. Der evangelische Pfarrer Bähr in Oberprechtal hat im Herbst 1900 einen wirksamen Aufruf erlassen zur Errichtung eines Denkmals für den großen Vogt. Die Landeskommissäre, die Oberamtmänner, die Schwarzwaldvereine des nördlichen Schwarzwalds traten dem Aufruf bei, und die Errichtung des Denkmals konnte in Angriff genommen werden. Es wurden zwei gewaltige Felsen am Huberweg, bisher Spitzfelsen genannt, in Huberfelsen umgetauft, mit dem Medaillonbild Hubers geschmückt und mit einer Inschrift versehen. Im August 1902 wurde das Monument unter großer Beteiligung eingeweiht.

»Ich bin so in Gedanken heute«, antwortete der Xaveri, »daß ich's nit g'merkt hab', daß ich schon bei Eurem Hof bin. Ich will ins Kinzigtal hinab und dort den Handel probieren. Aber 's isch mir doch lieb, daß Ihr mir g'rufen habt, denn ein wenig ausruhen tut gut; so schwer wie heut' hab' ich noch nie getragen.«

»Ins Kinzigtal wollt Ihr?« fragte hastig die Büre. »Da seien ja die Franzosen«, heißt es; »unsere Mannsleute und die vom »dritten Bur« sind alle an den Burgfelsen von Althornberg, von wo man weit die Straße hinabsieht gen Hornberg. Sie wollen schauen, ob die Kerle auch in unser Tal kommen.«

»Vor drei Jahren sind sie auch da durch und haben gehaust wie Mordbrenner, geraubt und geplündert und jede Schandtat verübt.«[10]

»Aber als sie bald darauf wieder flüchtig zurückkamen, haben ihnen die Buren im Kinzigtal aufgebrennt.«

»Und jetzt ist es gerade wieder so. Sie sollen auf dem Rückzug[11] sein, und da stehlen sie gerne noch, so viel sie schleppen können, um es mitzunehmen über den Rhein.«

Kaum hatte die Bäuerin so gesprochen, als vom Berg herab der Hirtenbub gesprungen kam und rief: »Büre, d' Franzose kommet von Hornberg her. Ihr sollt das Haus schließen und mit den Meidlen hinauf kommen zu den Schloßfelsen!«

»Jesus, Maria und Josef, steht uns bei!« jammerte die Büre. »Kommet, Xaveri, wir müssen fliehen.« Sie eilte davon, den Meidlen zu rufen. Der Xaveri aber war in großer Verlegenheit wegen mir, seiner schwer gefüllten Hausierkiste. Mit der konnte er nicht den steilen Felsberg hinaufkommen. Aber wohin sie, die einen namhaften Teil seines Vermögens enthielt, retten?

Die Büre und die Meidle stürzten in die Stubenkammer und machten Bündel aus ihrem Sonntagshäs, um es mitzunehmen. Der Xaveri aber suchte einen Schlupfwinkel für mich und, schlau wie er war, entdeckte er einen solchen alsbald in der Küche, im großen Backofen. In den schob er mich und legte Holz davor, als ob alles gerichtet wäre zum Heizen des Ofens. Er gelobte aber in seines Herzens

---

10 Unter General Moreau, dessen Soldaten ein so schlechtes Andenken hinterließen, daß zu meiner Knabenzeit noch viele Hunde in Hasle seinen Namen trugen.

11 Unter Jourdan, nachdem er bei Stockach geschlagen worden war.

Angst fünf Kerzen auf den Muttergottes-Altar zu Triberg, wenn die Franzosen mich nicht fänden.

Jetzt ging's bergauf, die Meidle, große Bündel auf dem Kopf, voran, dann die Büre, im Schurz das bare Geld und die Kostbarkeiten des Hofes: silberne Nister (Rosenkränze) und granat'ne Halsketten. Den Zug schloß der Xaveri; er trug auf seiner großen Kappe den Bündel, der seiner Base Sonntagsstaat enthielt.

Das Vieh hatte der Hirtenbub schon am Morgen unter die Schloß-felsen hinauf zur Weide getrieben. So war das Wertvollste im vierten Hof in Sicherheit.

Ich in meinem Backofen sah nicht, was draußen vorging, und hörte nur den Hahn krähen und das Wasser in den Brunnentrog rollen. Aber Angst stand ich wahrlich genug aus, denn die Furcht, einem Franzosen in die Hände zu fallen, über den Rhein ziehen und den braven Xaveri verlassen zu müssen, raubte mir fast die Besinnung.

Eine Stunde mochte vorüber gegangen sein, als ich draußen plötzlich Gewehre knallen und welsche Stimmen reden hörte. Jeden Augenblick erwartete ich jetzt die Franzosen. Aber es wurde still und blieb still bis in den Nachmittag hinein. Meine Ungewißheit steigerte sich zur Verzweiflung.

Endlich hörte ich Schritte im Hof und deutsche Laute. Es waren der Bur, die Büre, der Xaveri, die Knechte und die Meidle.

Der Xaveri zog mich aus meiner Finsternis und brachte mich in die Stube. Hier hörte ich, daß die Franzosen vor dem vierten Hof Kehrt gemacht hätten. Es waren nur einige zwanzig Marodeure gewesen, die sich in Hornberg, wo damals die Straße aus der Baar mündete, abseits gemacht hatten, um zu plündern.

Ein Teil war im dritten Hof eingekehrt, und als die übrigen dem vierten zuzogen, ließen die Bauern in den Felsen droben eine Salve ins Tal krachen.

Diese machte an den Bergwänden, die sehr nahe beisammen stehen, solchen Spektakel, daß die Welschen an eine Übermacht glaubten, einen Überfall fürchteten und darum schleunigst wieder talab zogen, auch diejenigen mit sich fortreißend, welche im dritten Hof zu plündern angefangen hatten.

War das eine Freude im vierten Hof, nachdem die Gefahr vorüber; wie dankten die Leute Gott und wie gelobten sie Gebet und Wallfahrt!

Der Xaveri und ich mußten dableiben, damit wir nicht doch noch den Franzosen in die Hände liefen. Erst am andern Nachmittag, als ein auf dem Hof fechtender Handwerksbursche gemeldet hatte, die Franzosen seien das Kinzigtal hinunter, brachen wir dahin auf.

10.

Es war Abend, da wir beim »Turm« an die Mündung der Gutach in die Kinzig kamen. Die erste Büre im Kinzigtal, welche den Xaveri eingeladen, lebte in der Frohnau auf dem »unteren Hof«, unweit vom Turm auf dem rechten Kinzigufer.

Ein Bauersmann zeigte uns den Weg zu ihr, und wir fanden in dem großen Hof am Eingang in das enge Tälchen Frohnau freundliche Aufnahme, trotzdem noch alles in Unordnung war. Alle im Hause waren beschäftigt, die Habe wieder beizuschaffen, welche man vor den Franzosen geflüchtet hatte.

Belehrt durch die Banden des Generals Moreau, hatten die Buren im Kinzigtal diesmal ihr Vieh und ihren Hausrat und ihre Lebensmittel in die Wälder, in die Viehhütten auf den Bergen oder in alte Erzgänge, die zahlreich an den Halden hin sich befanden, in Sicherheit gebracht.

So oft noch später die Kunde kam, die Franzosen seien bei Kehl über den Rhein, waren die Buren auf ihrer Hut.

Gestern waren Jourdans Völker auch an der Frohnau durchgezogen, hatten aber nur weniges gefunden, das man ihnen gerne ließ, damit sie nicht den roten Hahn auf das Dach setzten.

Der Xaveri und ich wurden übernacht behalten, und am Abend erzählten die Leute von dem Schrecken der letzten Tage und von den Schandtaten der ersten französischen Banden, die 1796 ins Kinzigtal eingefallen waren. Was ich früher schon in Schonach gehört, heute in der Frohnau hörte und später noch oft vernahm, zwingt mich, dir, meinem Freund, eine kurze Standrede zu halten.

Wie ich, die alte Hausierkiste und dermalige Beschließerin deiner Schriften, aus diesen erfahre, bist du Demokrat, was mich gar nicht freut. Ich denke oft, wenn der, welcher in seinen Büchern so demokratische Ansichten ausspricht, das Elend gehört und gesehen hätte, welches vor 100 Jahren die Franzosen im Namen der Freiheit, Gleichheit und Brüderlichkeit nur im Kinzigtal verübt haben, er würde seine Demokratie an den Nagel hängen und mit Schiller sagen:

Wo sich die Völker selbst befrei'n,
Da kann die Wohlfahrt nicht gedeih'n.

Laß also deine demokratischen Sprünge und werde ein loyaler Mann und Untertan!

Ich, der Schreiber dieser Erinnerungen, will auf diese Rede der Holztante, die sie mir schon oft gehalten, gleich antworten und sage: Alte Tante, das verstehst du nicht! Die Revolutionen kommen nie von den Demokraten, sondern stets von den Aristokraten, d. h. sie kommen immer von oben und nie von unten, stets von den Regenten und nie von den Regierten.

Selbst der Geheime Rat Wolfgang Goethe sagt: »Eine große Revolution ist nie die Schuld des Volkes, sondern der Regierung.«

Die Revolutionen sind die politischen und sozialen Krankheiten der Völker. Die Krankheiten kommen aber nach den neuesten medizinischen Forschungen allermeist von außen, durch Infektionen, und nicht von innen. So entstehen auch die Revolutionen nicht im Volke, sondern werden in dieses hineingetragen.

Und die echten Demokraten sind jene braven Männer, die da warnen, dem armen Volke zu viele Lasten aufzuladen, es mit unheilvollen Lehren anzustecken, sonst könnte eine akute politische Krankheit kommen, d. i. die Revolution.

Die Revolutionen zeigen die gleichen Erscheinungen wie die leiblichen Krankheiten: Aufregung, Fieber, Delirium. Und im Delirium begehen dann die Menschen im Namen der Freiheit die größten Ungerechtigkeiten und Niederträchtigkeiten, wie die Franzosen sie in ihrer großen Revolution verübt haben.

Aber diese Delirien hat nicht der arme Kranke verschuldet, sondern diejenigen, die es bewirkten, daß der kranke Mann ins Fieber und ins Delirium kam.

Die Aristokraten von Geblüt und die Aristokraten des Geistes haben jene Revolution des vorigen Jahrhunderts hervorgerufen; die ersteren, indem sie das Volk schamlos ausbeuteten, und die letzteren, indem sie das Fundament der Gesellschaft untergruben, den religiösen Glauben angriffen und die sittlichen Grundsätze verkehrten.

Die dem zwanzigsten Jahrhundert drohende soziale Revolution wird fast die gleichen Ursachen haben, nur ist der Schuldanteil mehr auf Seite der Geistes-Aristokraten und der Plutokraten, d. i. der Geldmenschen. Die einen infizieren den Mann aus dem Volke mit dem Bazillus, der Mensch sei lediglich auf der Welt, um sich hier ein möglichst behagliches Dasein zu verschaffen, und die andern, die Geldmenschen, opfern den Schweiß und die Arbeit des armen Mannes ihrem Mammon und ihrer herzlosen Selbstsucht.

Die Aristokraten von Geblüt aber, die auf den Thronen sitzen, machen den Fehler, daß sie glauben, man könne heutzutag noch Kronen stützen auf Bajonette, auf Byzantiner und servile Knochen oder gar auf politischen Absolutismus. Die beste Thronstütze ist ein freies, gesittetes Volk.

Die Zukunft gehört der Demokratie, d. i. dem Volke, seiner Freiheit und seiner Wohlfahrt. Ihm hat Jesus von Nazareth die Lehre vom Himmel gebracht, daß alle Menschen vor Gott gleiche Rechte haben. Drum ruft der heilige Paulus schon den Korinthern zu: »Ihr seid Freigelassene des Herrn. Ihr sollt keine Knechte sein!«

Jesus kam, um, wie er selbst sagte, den Armen, d. i. dem Volke diese frohe Botschaft zu verkündigen. Er selber hat sich auf die Seite der Demokratie gestellt, indem er sprach: »Mich erbarmt des Volkes«, und – »Kommet alle zu mir, die ihr mühselig und beladen seid.«

Der Wahrheit und der Freiheit in Gott gehört die Zukunft, und noch jede Revolution hat einen Schritt vorwärts getan in diesem Sinne, selbst die Delirien der französischen Revolution nicht ausgenommen.

Während sie die Menschenrechte mit Füßen traten, die Revolutionsmänner des vorigen Jahrhunderts, und die Freiheit in die blutigste Tyrannei verkehrten – das Laster vergöttlichten und alles Heilige entehrten, haben sie doch der Freiheit und der Wahrheit zum Siege verholfen. Sie haben der bürgerlichen Freiheit in Europa eine weite Gasse gemacht und zugleich die Menschen überzeugt von der Wahrheit, daß sie ohne den Glauben an einen Gott nicht existieren können.

Schiller hat die obigen Worte unter dem Eindruck der Delirien der französischen Revolution geschrieben. Er war sonst ein guter Demokrat, der große Schwabe, aber die Eierschalen des Hofrats hingen ihm bisweilen noch an.

In seinem Tell hat er selbst gezeigt, daß die Befreiung der Völker von diesen ausgehen müsse und daß das Volkswohl nie von Landvögten à la Geßler zu erwarten sei. Und die Geschichte der Menschheit lehrt das Gleiche. Ich wüßt' auch gar nicht, wie das anders sein könnte. Wahrheit und Freiheit sind Ideale, und Ideale, das heißt große, erlösende und befreiende Gedanken, stammen fast allezeit aus dem gemeinen Volke und machen von da aus den Weg nach oben und nicht umgekehrt.

Selbst die göttliche Wahrheit und Freiheit hat sich, da sie sich den Menschen verkünden wollte, in die Krippe von Bethlehem gelegt unter Hirten und Bauern und von da – nicht von einem Palast in Rom oder Jerusalem aus – die Welt erlöst.

Die segensreichste Revolution, die auf Erden je ausgebrochen ist, hat die Lehre Jesu Christi hervorgebracht. Diese Revolution haben arme Fischer, Männer aus einem verachteten Volke, in die Welt getragen. Sie hat die alte Weltordnung gestürzt und eine neue gebracht – voll Wahrheit und Freiheit. Aber ging diese beseligende Lehre nicht unter Wut und Leiden durch die Welt?

Der auf Golgatha starb, war der erste große Märtyrer für die Sache des Volkes, für Wahrheit und Freiheit, und ihm nach haben die Märtyrer des Christentums diesen zwei höchsten Genien der Menschheit durch ihren Tod den Weg gebahnt durch den Götzendienst, durch den Absolutismus und durch die Sklaverei der alten Welt hindurch.

Aber seitdem zahlen jene zwei Genien auch nur Märtyrer unter ihren größten Verehrern und Bekennern.

Die Märtyrer der Freiheit und Wahrheit haben ihren Lohn nie hienieden, die späteren Geschlechter aber erfreuen sich der Früchte ihres Martyriums.

Die deutschen Bauern, welche von den französischen Revolutionssoldaten ausgeplündert und malträtiert wurden, sie litten für die Freiheit ihrer Nachkommen. Ihre Enkel sind freiere Menschen als sie, und der deutsche Bauer ist heute ein anderer, ein freierer Mann als vor hundert Jahren, wo die Fürsten ihre Untertanen noch verkaufen konnten wie eine Schafherde.

Benutzt der Bauer nun diese Freiheit und sein gutes Recht, das er in unseren Tagen genießt und jenen Franzosen, die seinen Großvater geplündert haben, verdankt, dann wird er sich auch erwehren können der Fesseln, die ihm heute der Götze Mammon mit seinen Fabriken anzulegen im Begriff ist. Er darf übrigens sicher sein, daß die Zeit kommen wird, in der die Menschen prozessionsweise aus den Fabriken wieder ihren Dörfern zuwandern und dem Bauer helfen werden das Land zu bebauen, auf daß sie nicht Hungers sterben, diese Opfer der holden Teufelin und Revolutionsmutter »Industria«.

So spreche ich hier und oft von meinem Ruhebett aus zu der alten Hausierkiste, wenn sie nur die Demokratie zum Vorwurf machen will.

Aber sie begreift es nicht, die alte Holztante. Sie war ihr Lebtag, d. h. so lange sie draußen in der Welt war, gewohnt, von meinem Großvater sich tragen zu lassen, bergauf und bergab, und die Dinge mit ihrem hölzernen Gehirn anzusehen. Doch ist es ihr nicht zu verübeln, wenn sie mich nicht versteht. Gibt es ja selbst in der Menschen- und Männerwelt alte Weiber genug, die sich von der alten Waschfrau, Tagesmeinung genannt, auf- und abtragen lassen und in ihrem ganzen Leben mit dem Strom schwimmen, wie alte Waschlumpen, die das eben genannte Weib in dem Schlamme der öffentlichen Meinung auf- und abschwenkt!

Doch lassen wir jetzt der Begleiterin des Xaveri wieder das Wort:

Die unter' Büre in der Frohnau behielt uns nicht bloß übernacht, sie kromte auch am andern Morgen namhaft beim Xaveri, und dann schickte sie uns das Tälchen hinauf zu den andern vier Bürinnen, die, wie sie meinte, alle nach Triberg wallfahrteten und den Xaveri wohl kennten. Es sei bei ihnen zwar auch alles durcheinander vom »Franzosen-Rumpel« her, aber den Wallfahrtskrämer ließen sie doch nicht leer ausgehen.

In den Zeiten, da mein Großvater und seine Kiste hausieren gingen, gab es noch nicht so viele Hausierer wie heutzutag, wo mancher Faulenzer hausiert und bettelt, und wo alle Welt, vom Bäcker bis zum Kleiderhändler, die Höfe heimsuchen läßt mit ihren Waren.

Damals war der Hausierer ein gern gesehener Mann, auf den man wartete, wie der Wächter auf den Morgen; denn die Leute zogen in jenen Tagen nicht so oft am Werktag hinab in die Städtle im Tal, und es saßen damals noch nicht in jedem Dorf zwei bis drei Krämer, so daß man bei jedem Kirchgang das Notwendige mit heimnehmen konnte.

Der Xaveri und seine Kiste wurden deshalb überall freundlich aufgenommen, auch da, wo man den ehemaligen Sakristan von Triberg nicht kannte.

Die Frohnauer Buren kamen zwar jeden Sonntag ins Städtle Hufen, weil sie ins dortige Kirchspiel gehörten: aber sie kauften doch dem Xaveri ab als einem alten Wallfahrtsbekannten.

Und was meine Großmutter mir oft erzählt, bestätigt mir seine Kiste, die da heute noch berichtet:

Auf den fünf Höfen in der Frohnau hat der Xaveri bei seinem ersten Gang ins Kinzigtal seinen ganzen Vorrat verkauft. Jung und alt, Buren und Bürinnen wollten was haben vom Triberger »Wallfahrtskrämer« und freuten sich, daß er einmal in die Frohnau komme; denn alle waren schon öfters bei der Muttergottes zur Tanne gewesen.

Der alte Basilisbur, zu dem wir um die Mittagszeit kamen und der den Xaveri sofort zu Tisch lud, fragte ihn während des Essens nach seinen Eltern. Und als er hörte, er sei der Sohn des ehemaligen Löwenwirts von Triberg, da wachte der Bur auf und meinte: »Den hab' ich noch wohl gekannt, der hat meinem Vater selig manch Malter Weizen abgekauft, und ich hab's ihm hinaufgeführt. Auch wenn er vom Weinland heimfuhr und Vorspann brauchte, kam er in die Frohnau, und ich hab' ihm vorgespannt bis Triberg. Jedesmal hab' ich ein gut Trinkgeld und gut Essen und Trinken von ihm bekommen.«

Und als der Basilisbur vom Xaveri hörte, wie der Löwenwirt gänzlich verarmt und als armer Dreher gestorben sei, und warum sein Sohn habe müssen Hausierer werden, da wurde sein Herz warm, und er befahl seinem Weib, zum Vorrat zu kaufen, damit des Löwenwirts Sohn von Triberg nicht umsonst auf den Basilishof gekommen sei.

Was die Bürinnen im Kinzigtal am meisten kauften, – und das war in der Frohnau schon der Fall – waren Rosenkränze. Diese wohlhäbigen »Hofdamen« sind in der Regel für zwanzig und mehr Kinder im Umkreis Göttlen, d.i. Patinnen.

Es war damals – und wird noch heute so sein – Sitte, daß die Göttle oder die Gotte, wie sie auch heißt, vier Wochen nach »dem heiligen Tauf« den Täufling besuchte. Es hieß das »der Gottegang«.

Bei diesem Gang brachte die Göttle dem Neugeborenen als erste Gabe ihrer Patenliebe einen Rosenkranz, das Symbol des katholischen Gebets.

Wie sinnig ist das Volk auch hierin wieder! Dem jungen Erdenbürger und künftigen Kreuzträger überreicht die Göttle als erste Liebesgabe das Symbol des Gebets, als der ersten und wirksamsten Waffe in den

Kämpfen dieses Lebens, und verbindet ihn durch den Rosenkranz mit dem Leben, Leiden und Sterben seines Gottes.

Tausende von Rosenkränzen, so sagt die alte Kiste mir oft, hat dein Großvater verkauft, aber zahllose auch selbst gebetet. Wenn er mühsam mich über Berg und Tal schleppte und unter der Last seufzte, da hat er stets, den Rosenkranz in der Hand, gebetet und gebetet – auf einsamen Bergpfaden, wie auf Landstraßen.

Dein Großvater, obwohl er nicht Priester war, liebte das Gebet mehr als du, sein Enkel. Er betete, wenn er oft vor Müdigkeit nicht schlafen konnte, nachts auf den Ofenbänken der Bauern seinen Rosenkranz. Dich sehe ich zwar täglich mit demselben vor mir auf- und abgehen, weil du ihn beten mußt statt der priesterlichen Tageszeiten; aber nachts hab' ich dich noch nie nach dem Rosenkranz langen sehen. Na simulierst du in deiner Schlaflosigkeit über die zu schreibenden Bücher nach, anstatt an Gott und an die Ewigkeit zu denken und zu beten.

Diesmal hat die alte Freundin unrecht. Aber so ist es, wenn man mit einem weiblichen Wesen zu intim steht, dann will es selbst unsere Gedanken lesen.

Ich denke nie mehr an Tod und Ewigkeit, als in schlaflosen Stunden, und werde dann von diesem Denken so überwältigt, daß ich es oft nicht mehr der Mühe wert halte, am Morgen noch aufzustehen, und am liebsten gleich sterben möchte.

Freudig kam der Xaveri am Nachmittag auf den unteren Hof in der Frohnau zurück. Die Kiste war leer. Aber wo sie wieder füllen? Daran hatte weder der Sebald noch der Xaveri gedacht, als der letztere in Triberg abzog.

Es blieb nichts übrig, als wieder heimzukehren, die Kiste neu zu beladen bei den Triberger Krämern und zugleich mit Sebald zu beraten, wie es in Zukunft zu halten sei, wenn die Kiste so schnell leer und der Heimweg so weit wäre.

Der Sebald staunte nicht wenig, als sein Freund sobald zurückkam mit leerer Kiste.

»Ich hab' dir's ja g'sagt, Xaveri«, meinte er, »daß im Kinzigtal ein G'schäft lauft!«

Und er wußte alsbald Rat, damit wir nicht immer heimkehren müßten, um Waren zu holen.

»Du mußt dein Geschäft vergrößern, Xaveri«, so begann er, eine Prise versorgend, »und im Mittelpunkt des Kinzigtals ein Warenlager

errichten, wo du jederzeit deine Kiste wieder füllen kannst.« »Ich geb'
dir jetzt all dein Bargeld mit und dazu ein Brieflein an den Großkaufmann Bilet in Offenburg. Bei dem hinterlegst du dein Geld und nimmst
von ihm Waren im Großen: Tabak, Nadeln, Faden, Messer, Scheren,
Zundel, Feuersteine, Hosenträger, Bändel. Und ich schicke dir von
Zeit zu Zeit ein paar Dutzend Rosenkränze und andere Wallfahrts-
Artikel.«

»Deinen Vorrat legst in Hasle, das in der Mitte des Tales liegt, bei
den Kapuzinern nieder. Die kennen dich ja alle von der Wallfahrt her
und heben dir deine Sachen gut auf. Hast du deine Kiste leer, so
marschierst Hasle zu und füllst sie wieder.« Sprach's, und so geschah's.

Am andern Morgen zog der Xaveri mit leerer Kiste gegen Offenburg,
machte in Hasle Halt bei den Kapuzinern und trug ihnen sein Anliegen
vor. Es ward gerne gewährt.

Auch der Handelsherr Bilet nahm den einfachen Hausierer gnädig
auf, und von Stund' an begann des Xaveris Geschäft zu florieren, bis
er selber ein kleiner Handelsherr wurde.

11.

Der Guardian des Kapuzinerklosters, P. Irenäus, hatte dem Xaveri
gerne eine alte, unbenutzte Zelle unten im Kreuzgang eingeräumt als
Lagerraum für seine Waren und als Wohnung für uns zwei, wenn wir
vom Hausierhandel zurückkehrten.

Eine Bettstatt mit einem Strohsack, ein Stuhl und ein Tisch bildeten
das ganze Möbelment der Zelle.

In ihr saß der Xaveri mit dem Kloster-Pförtner Bruder Daniel im
Frühjahr des Jahres 1799, und sie machten den Feldzugsplan für die
Hausierkampagne mit dem Zentrum Hasle.

Der Bruder Daniel kannte jeden Hof ringsum, weil er jahrelang in
Berg und Tal den Bettelsack fürs Kloster getragen hatte.

Der Xaveri zeigte ihm seinen Zettel mit den Namen derjenigen
Buren und Bürinnen, welche ihn anläßlich des Wallfahrens nach Triberg eingeladen hatten.

Darnach gab der Bruder Daniel seine Marschroute und seine Dispo-
sitionen an.

Mit diesen versehen, zogen wir aus ins gelobte Land um Hasle rum, zogen hinaus volle 15 Jahre lang, Sommer und Winter, Frühjahr und Herbst, bei Sturm und Wetter, in Regen und Sonnenschein.

Es verging kein Jahr, so war der Wälder-Xaveri, wie er bei den Kinzigtäler Bauern hieß, überall bekannt, und Buren und Bürinnen und ihre Kinder und Völker freuten sich, wenn wir zwei auf einem Hof erschienen.

Dreimal im Jahre kamen wir in der Regel auf einen und denselben Hof. Und trotzdem alle unsere Wanderjahre in Kriegszeiten fielen, unser Geschäft ging immer, weil der Xaveri nur Waren feil bot, welche die Leute notwendig brauchten.

Meist hatten wir aber eine Woche zu wandern, bis die Kiste leer war, und dann ging's von den Bergen hinab nach Hasle zum Warenlager im Kloster.

So brachten wir die Sonntage in der Regel bei den Kapuzinern zu im stillen Frieden des Klösterleins vor dem untern Tor.

Die guten Mönche hielten große Stücke auf den Haveri und staunten über seine Belesenheit und über seine Kenntnisse im Latein. Da er zudem ein frommer Mensch war, so redeten sie ihm in den ersten Jahren oft zu, Kapuziner zu werden, wozu er auch nicht übel Lust hatte.

Die Mutter war tot und gut aufgehoben, und er hatte für niemanden mehr zu sorgen, außer für sich. Er schwankte manchmal, was er tun wollte. Als aber 1806 die Kapuziner mit Hasle badisch und auf den Aussterbe-Etat gesetzt wurden, hatte sein Schwanken ein Ende, Er blieb, was er war.

Mit neuer Kraft ging's an den Hausierhandel, der jetzt vergrößert und in die Bezirke von Wolfe und Zeil ausgedehnt wurde.

In Wolfe in der Sonne und in Zeil im Hirschen errichtete der Xaveri Stationen für seine Waren-Vorräte, und drunten bei den Bauern in den Reichstälern Harmersbach und Nordrach und droben in den Bergwerken von Wildschapbach und auf den Höfen im Wolftal war der Wälder-Xaveri bald ebenso bekannt, wie in der Gegend von Hasle.

Und Geld verdiente er wie Heu. Essen und Trinken kostete ihn fast nichts und das Nachtquartier gar nichts: denn wo er abends bei einem Bauer einfiel, da war er Freigast. Und wenn er bei den Wirten in den Tälern, die seine Kunden waren, auch einen oder den andern Schoppen trank, so war das eine kleine Ausgabe.

Ein üppig Leben führten wir allerdings nicht auf den Burenhöfen: morgens Suppe, mittags Kraut und Knöpfle oder Speck und abends wieder Suppe – das war damals allgemein Bauernkost. Wer Durst hatte, trank Wasser und in der Winterszeit morgens einen Schnaps, den aber der Xaveri allzeit verschmähte, so oft die Buren ihn auch anboten.

Dagegen hat er selber manchen Buren zum Schnupfen verführt durch die Prisen, die er immer und immer wieder präsentierte, wenn wir auf einen Hof kamen.

Jeder seiner ländlichen Schnupfer und Kunden erhielt einmal im Jahre eine Dose von Birkenrinde, die ein altes Männlein auf dem Rohrhardsberg fertigte, das Hundert zu fünf Gulden, und dem Hausierer am Weihnachtsmarkt nach Hasle brachte.

Den Kapuzinern lieferte der Xaveri, nachdem er einmal geldkräftig war, allen Schnupftabak, den sie brauchten, gratis, was nicht wenig war. Denn bekanntlich dürfen die Kapuziner nicht rauchen, wohl aber schnupfen, so viel sie wollen.

Einen Zeitvertreib muß jeder Mensch haben in müßigen Augenblicken. Schiller sagt:

Etwas muß der Mensch sein eigen nennen,
Sonst wird er morden, sengen und brennen.

So ist's auch mit dem Zeitvertreib; etwas muß der Mensch haben, die Zeit zu vertreiben und die Langeweile und die Gefahren des Müßigseins zu verscheuchen. Der eine raucht in solchen Momenten, der andere schnupft, der dritte singt und der vierte pfeift. Zu den Pfeifern und Sängern gehöre ich, der Freund der Hausierkiste. Ich pfeife und singe in meinen alten Tagen, wie früher, fast immer, wenn ich allein bin, – und ich bin oft allein – pfeife neben dem Schreiben und Lesen her.

Dadurch, daß mein Großvater so manchen seiner Mitmenschen auf dem Schwarzwald zum Schnupfen verführte, hat er ein gutes Werk getan. Denn Schnupfer sind fast in alleweg friedliche Leute, – obwohl der Kanonenkaiser Napoleon auch in ihre Zunft gehörte – während die Raucher zu den Hitzköpfen zählen.

Selbst schnupfende Wibervölker sind meist gutmütiger Art, und eine alte, schnupfende Dorfnäherin ist ein Monumental-Bild weiblicher Zufriedenheit.

Nur steht neben den Schnupferinnen gerne auch das Gläschen, und das rote Näschen schwankt dann, wem es die Schuld geben will an seiner Röte, dem Döschen oder dem Gläschen.

Der Friede verläßt den rechten Schnupfer selbst angesichts des Todes nicht. Ich habe einst einem alten Schnupfer und kreuzbraven Mann die Sterbsakramente gereicht. Als wir damit zu Ende waren, sprach der sterbende Schnupfer: »Aber jetzt, Herr Pfarrer, müssen wir noch eine Prise nehmen.« Mit zitternder Hand langte er vom Nachttisch seine Dose, präsentierte sie mir zuerst und nahm dann auch eine Prise, seine letzte, wie er sagte.

»So«, meinte er, »jetzt kann's kommen, wie's will.«

Ich bewunderte den Mann wie einen Helden. Am andern Morgen war er tot.

Wenn, so erzählt die alte Kiste weiter, der Xaveri und ich nach drei bis vier Monaten wieder auf einen Hof kamen, so war Freude bei jung und alt.

»Der Wälder-Xaveri kommt!« so rief eins dem andern zu, wenn wir von ferne her dem Hof zuschritten. Und bald stand alles um die Hausierkiste des wackeren jungen Mannes. Jedes wollte etwas haben, der Bur und die Knechte Tabak, Messer, Hosenträger, die Büre und die Meidle Nadeln, Faden, Bändel und geblümte seidene Halstücher.

Diese letzteren waren Kabinettstücke, an denen die Meidle ihr Lebtag hatten, weil sie dieselben nur an Sonn- und Feiertagen trugen.

Sie bezog der Wälder-Xaveri von dem Handelsmann Castelli in Elze drüben. Der Castelli war ein Savoyarde und brachte die seidenen Tücher direkt aus Italien.

Diese Halstücher und ein Tuchschoben für den Hochzeitstag, gekauft bei den Tuchmachern von Freudenstadt auf dem Jahrmarkt in Hasle, waren fast die einzigen Kleidungsstücke, welche die Wibervölker auf dem Lande damals kauften: alle andern, von den wollenen Strümpfen angefangen, hatten sie selbst gestrickt und selbst gesponnen.

Im Sommer trug der Xaveri über seiner Kiste noch ein Dutzend Triberger Strohhüte, die er an die reicheren Bürinnen und Dorfwirtinnen absetzte.

Waren die Käufe abgeschlossen, so baten die Leute, selbst wenn wir am Morgen auf dem Hof angekommen waren, einstimmig: »Aber, Xaveri, Ihr müßt bei uns übernacht bleiben und erzählen!« Wenn der Xaveri dieser Einladung immer gefolgt wäre, hätten wir jeden Tag, besonders zur Winterszeit, nur eine Familie besuchen und nicht jedes Jahr einmal auf jeden Hof kommen können. Im Sommer, wo die Buren und ihre Völker müde waren von der Arbeit, ließen sie sich die Einrede des Hausierers, er müsse geschäftshalber weiter ziehen, noch eher gefallen als im Winter, wo es um fünf Uhr Nacht war und um sechs Uhr zu Nacht gegessen wurde. Da war es den Mannsvölkern noch zu früh, um ins Bett zu gehen, während die Wibervölker sich an die Spinnräder machten. Drum hätten sie jeweils ums Leben gern den Hausierer übernacht behalten.

Denn der Xaveri konnte erzählen, was sie noch nie gehört. Die alten Sagen der Umgegend, die Ritter-, Hexen- und Gespenster-Geschichten von Berg und Tal hatten sie sich schon oft und längst selbst erzählt. Der Wälder-Xaveri aber wußte ganz neue Dinge aus vergangener Zeit, von den alten Deutschen, vom Bauern- und vom Schwedenkrieg und auch von dem, was eben in der Welt vorging, vom Napoleon und von der Guillotine.

Denn kaum war der Xaveri zu Mitteln gekommen, so schaffte er sich Bücher an, köstliche, d. i. teure Bücher. Sein Lieferant war der Hof- und Kanzlei-Buchdrucker Sprinzing in Rastatt, von dem er die Kalender bezog.

Immer trug er ein oder das andere neue Buch mit sich in der Kiste. Zur Sommerszeit stellte er an Waldrändern hin oft seine Last ab, ruhte aus und las – und im Winter zündete er eine Unschlittkerze an, die er stets mit sich führte, und las in der Bauernstube, in der er übernachtete, wenn alles längst zur Ruhe gegangen war.

Solcher Bücher, an die du dich noch wohl erinnern könntest, denn sie lagen zu deiner Knabenzeit verstaubt und vermodert neben mir auf dem Speicher der Großmutter – hatte er sich die folgenden angeschafft und kannte sie fast alle auswendig:

Schmidts Geschichte des deutschen Volkes, sechs Büchlein über den Bauernkrieg, Försters Reise um die Welt, Iselins historisches Lexikon, der Bund des armen Konrad, deutscher Regierungs- und Ehrenspiegel, Buses vollständiges Handbuch der Geldkunde, Geschichte der Landvogtei Ortenau, Dr. Johannes Faustus, Übersicht über die neuesten Kriegsbegebenheiten, Flögels Geschichte der Hofnarren, Bauernphilosophie oder Belehrungen über mancherlei Gegenstände des Aberglaubens, Gaunerlisten von 1753 an, Reisebeschreibungen in und aus dem Alpen-Lande.

Aber auch Gebetbücher hatte der Xaveri für sich und andere. Sein religiöses Lieblingsbuch war »Gott ist die reinste Liebe« von Hofrat von Eckartshausen. Dies trug er stets in der Kiste mit sich. Den Bauersleuten verkaufte er: Der glückselige Tag oder die Weise, den Tag zu heiligen, kurzer Begriff der notwendigsten Gebete eines katholischen Christen, die allerbesten Gebete Papst Pius des sechsten, Nachfolge Jesu Christi auf dem schmerzhaften Kreuzwege u.a.

Für sich hielt er noch das Donaueschinger Wochenblatt.

Kein Wunder also, wenn der Xaveri erzählen konnte, wie keiner in den Städtchen, keiner in den Tälern und keiner auf den Bergen des Kinzigtals.

Ich, die Kiste, stand, wenn mein Herr irgendwo auf einem Hof nächtigte, in einer Ecke bei der Ofenbank; um den Tisch saßen die Büre und die Mägde und die Meidle mit den Spinnrädern, im Herrgottswinkel hatte der Xaveri seinen Platz und neben ihm der Bur.

Auf der Ofenbank hatten die Knechte und die Buben Platz genommen, und auf dem Ofen droben lag der Hirtenknabe; denn er wollte auch »losen«, hatte aber sonst nirgends Raum gefunden.

Der Lichtstock mit dem brennenden Buchenspan war von der Mitte der Stube näher an die Spinnerinnen gerückt worden und beleuchtete wunderbar den Erzähler und seine Zuhörer.

Und sie lauschten, der Bur und die Knechte; und die Bürin und die Meidle vergaßen oft das Spinnen und stellten ihre Räder still, um kein Wort zu verlieren.

Am meisten horchten sie auf, wenn er über die damals lebenden größten Gauner, die alljährlich im Douaueschinger Wochenblatt genannt und geschildert waren, etwas vorlas oder erzählte.

Oft erkannten die Leute auf dem oder jenem Hof, daß der oder jener, auf den der Beschrieb paßte, auch schon bei ihnen übernachtet sei.

»Berühmt« war in den Tagen des Wälder-Xaveri auf dem Schwarzwald »der Schneckensepp«, ein Schwyzer. Er trug sich stets grün, gab sich als Jäger aus und war mit einer Flinte bewaffnet. Hatte er als Dieb gute Beute gemacht, so verkleidete er sich als Hausierer und machte dem Xaveri Konkurrenz, bis die Ware verkauft war.

Sein Weib war eine geübte Marktdiebin.

Bisweilen ging auch der kleine »Wienerpfennig« durchs Kinzigtal, aber nur die Landstraße hinauf. Er fuhr mit Pferden, Wagen und

Diener und war auf dem Weg von der Leipziger zur Zurzacher Messe am Oberrhein. Er war ein berühmter Falschwechsler und Beutelschneider.

Der »Schufti« und sein Weib, »die schöne Viktor«, zwei Schwaben, besuchten gerne als Langfinger die Jahrmärkte im Kinzigtal. Der Schufti machte auch Kniffe auf Kegelbahnen mit den Buren, die zu Markt kamen. Beide waren gebrandmarkt mit dem Diebszeichen.

Der »alte Dorfsrucker«, ein Jude, verübte gerne unsaubere Geschäfte beim Viehhandel und stand ebenfalls auf der Gaunerliste.

Der »großlippet Jokele«, mit Galgen und Rad gebrannt, stahl auch gern auf dem Schwarzwald, wo er sich zeitweilig als Krämer sehen ließ, um zu spionieren, wo und wie was zu stehlen war.

Wegen nächtlicher Diebstähle waren damals im Kinzigtal noch berühmt der »groß Hatschier« und sein Weib, »die dreieckig Ursch« (Ursula).

Als Spielmann erschien auf den Höfen in jenen Tagen auch der »Schlesingerbub«; er spielte auf der Geige, bat um Nachtquartier, stahl in der Nacht und empfahl sich wieder.

Ähnlich schlich sich sein Zeitgenosse, der »bucklig Xaveri«, als Pfeifer bei den Bauern ein.

Der »groß Franz«, sein Weib, die »großlockig Sabi«, und sein Bruder, »der Sepp«, waren auf dem Walde bekannte Beutelschneider.

Als Falschspieler verdiente auf dem Schwarzwald sein Brot der »Lehnschupfer«. Seine Gattin, die »groß' Liesel«, bestahl die Krämer auf den Märkten, während ihr Mann in den Wirtshäusern mit den Buren spielte.

Von diesen und vielen anderen wußte der Xaveri zu berichten und zu warnen. In einem alten Donaueschinger Wochenblatt, das aus seinem Nachlaß stammt, habe ich, der Schreiber dieser Erinnerungen, diese Volkshelden gefunden.

Im Volke umgab solche Leute alle ein gewisser Nimbus, der ihnen Bewunderung verschaffte. Der Bauer fühlte die Poesie, die auch um diese Gaunerleben sich wob; er bekam Respekt vor ihrer Kühnheit und Schlauheit, aber auch vor ihren Leiden, vor den Galeerenstrafen, die sie erduldet, und vor dem Rad und Galgen, die ihnen mit Feuer auf den Leib gezeichnet waren.

Drum hat die Volksseele große Verbrecher und große Gauner stets, was das Anstaunen betrifft, in die gleiche Reihe gestellt mit großen Fürsten, Königen, Kaisern und Helden.

Man führe heute noch unten durchs Kinzigtal einen großen Verbrecher, von dessen Übeltaten viel geredet worden; die Leute werden, jung und alt, von den Bergen kommen und ihn sehen wollen, wie sie einen berühmten Helden, der vorüberzöge, anschauen würden.

Ähnlich war's beim Volk in den Städten.

Man sage aber, ein berühmter Professor ziehe durch, – außer den Studenten wird keine Katze sich bemühen, ihn zu sehen.

Das Volk will Taten, Großtaten, seien es gute oder böse, selbst wenn sie mit seinem Blut auf seinen eigenen Leib geschrieben wären. Taten imponieren ihm und mit Recht, aber nicht »Geschwätzwerk«, wie die Haslacher sagen. Ich aber sage: Gute, alte, brave Zeit, in der die Gauner genau signalisiert und mit dem Diebszeichen gebrannt waren, und in der die Schelme bloß im Kleinen stahlen und betrogen!

Heutzutag tragen oft diejenigen, welche das Volk durch Börsenschwindel, Ringe und Gründungen um Hunderttausende und Millionen gebracht haben, statt, wie sie es verdienten, Rad und Galgen auf dem Rücken, Orden auf der biederen Brust, haben ehrende Titel und gehören zu den angesehensten Leuten.

Und wenn einmal einer oder der andere dieser Millionendiebe vor Gericht kommt, wird er, wie die Helden von Panama, freigesprochen und ins Parlament gewählt.

O, welch' poetische Gestalten und welch' ehrliche Leute sind die oben genannten Gauner alle gewesen gegen die vielen Ehrenmänner, welche in unsern Tagen das Volk aussaugen und sich zu Goldkönigen machen!

Oft erzählte der Xaveri den Buren im mittleren Kinzigtal auch vom Obervogt Huber von Triberg und seinen Großtaten fürs Volk. Immer wußte er seine Zuhörer zu fesseln. So war dein Großvater ein Erzähler.

Du weißt, ich habe deine Bücher alle gelesen, aber in der Art des Erzählens hast du von ihm nichts geerbt. Er machte keine boshaften Bemerkungen wie du, keine »Schlenkerer«, keine Ausfälle und keine schlechten Witze. Er erzählte ruhig, sachlich, vornehm und maßvoll.

Deine Art zu erzählen stammt vom Eselsbeck von Hasle, deinem väterlichen Großvater, der nichts erzählte ohne Seitenhiebe und Randglossen.

Überhaupt sind dein »böses Maul«, deine spitzige Zunge und dein demokratisches Wesen Eigenschaften, die deinem Haslacher Familienblut entstammen. Vom Wälder-Xaveri hast du nur das Gesicht geerbt, dein gutes Gedächtnis«, die Liebe zum Lesen und Studieren und zur Einsamkeit.

Am wohlsten war's deinem mütterlichen Großvater, wenn wir an einem schönen Frühlings-, Sommer- oder Herbstabend einsam auf einer Höhe saßen und ausruhten, während die Sonne hinter den Bergen hinabsank, die Glocken der Heiden zu uns herauftönten und drunten von den zerstreuten Gehöften friedlich der Rauch aufstieg. In solchen Augenblicken strahlte die hellste Zufriedenheit aus seinen blauen Augen. Er nahm dann seinen Rosenkranz aus der Tasche, betete und dankte Gott für diesen Frieden.

Unermüdlich war er darin, seine Habe zu mehren, und keine Gelegenheit versäumte er, seine Waren anzubringen. Nicht bloß, daß wir von Hof zu Hof zogen, an jedem Wallfahrtsort, bei jedem Patroziniumsfest, auf jedem Jahrmarkt in und um Hasle war er zu treffen.

In Zeil am Harmersbach bei der Wallfahrtskirche Maria zur Ketten, zu Biberach im Kinzigtal bei den vierzehn Nothelfern, zu St. Roman auf den Höhen zwischen Wolf und Kinzig, am Afra-Fest in Mühlenbach, an Michaeli zu Weiler, am St. Moriztag zu Husen, an Laurenzi in Wolfe, an Kreuzerhöhung in Steine – überall war der Wälder-Xaveri mit seiner Kiste zu sehen, die aber dann nur »heilige Waren«, Rosenkränze, Bilder, Gebetbücher und Muttergottesle, enthielt. Auf den Jahrmärkten in Husen, Wolfe, Zell und Kaste und im Reichstal Harmersbach schlug er einen eigenen Stand auf mit weltlichen Waren, vom »Zundel« bis hinauf zum seidenen Halstuch.

Die besten Jahrmärkte waren ihm der Martins- und der Weihnachtsmarkt in Hasle, der Kuchenmarkt in Wolfe, der Klausenmarkt in Hufen, der Galli-Markt im Reichstal und der Simon- und Juda-Markt in Zell.

Sie fielen alle in den Spätherbst, und da verkaufte der Wälder-Xaveri Hunderte von Kalendern; denn in jeder Hütte waren schon Leute, die lesen konnten, weil in jedem Dorf irgend ein fahrender Student oder ein Natur-Schulmeister als Lehrer fungierte.

Der Kalender aber, den der Xaveri absetzte in seinem Gebiet, das war der schon oben erwähnte »hochfürstlich markgräflich Baden-Badische gnädigst privilegierte Landkalender« von Sprinzing in Rastatt.

Privilegiert hieß dieser Kalender nicht umsonst; denn sein Herausgeber hatte Brief und Siegel vom Markgrafen Karl Friedrich und seinen vier Ministern, daß kein badenbadischer Untertan bei Strafe von 50 Reichstalern einen andern Kalender kaufen dürfe als den privilegierten.

Der Kalender war so unschuldig, daß er auch von einem Ministerium des 18. Jahrhunderts privilegiert werden konnte.

Außer der Genealogie des »jetzt lebenden altreichsfürstlichen Hauses Baden« und dem Kalendarium enthielt er ein paar Blätter des fadesten Textes nebst Angabe der Jahrmärkte und der ankommenden und abgehenden »Ordinari- und Reichspostwägen«.

Aber auf der letzten Seite stand für die Bauern im Kinzigtal die Hauptsache, um deretwillen der gnädigst privilegierte badische Landkalender bei ihnen so beliebt war – nämlich ein Verzeichnis der Monatstage, an denen es gut oder bös ausfiel, wenn man sich zur Ader ließ. Die Menschen des 17. und 18. Jahrhunderts hielten bekanntlich, vom König bis herab zum Bettler, alles darauf, jeden Monat einmal ihr Blut »anzustechen«. So verlangte es die medizinische Wissenschaft, die dem alten, sicher auch heute noch nicht zu bestreitenden Grundsatz huldigte, daß jede Krankheit im Blute stecke und von schlechten Säften herkomme.

Drum hielten Herren und Bauern viel aufs Aderlassen, vergaßen aber mit ihren Ärzten, daß beim Aderlassen nicht nur das schlechte, sondern auch das gute Blut ablaufe, und daß bei blutarmen Leuten der Körper geschwächt werde.

Item das Aderlassen war Mode – und sicher nicht die schlechteste Mode, der die Menschen schon gehuldigt – und ein Aderlaß galt für ein Schutzmittel gegen jede Krankheit.

Drum interessierten sich die Leute sehr dafür, an welchem Tage es zu geschehen habe. Und das sagte ihnen der badische Privilegierte, und deshalb war er so beliebt. Wie er das sagte, wollen wir an einigen Beispielen hören. »Den ersten jeden Monats ist Aderlassen bös, der Mensch verliert die Farb. Auch der zweite ist bös, macht Fieber, ebenso der dritte und vierte. Der letztere Tag droht gar mit ›gählingem Tod‹.«

»Gut ist der elfte, macht starken Appetit. Der siebzehnte ist der beste Tag im Monat, der Mensch bleibt gesund. Der 21. ist gut zu allen Dingen; am 22. fliehen alle Krankheiten, der Aderlaß am 25. dient zur Weisheit.«

Als allgemeine Regel gibt der Privilegierte noch den folgenden Spruch:

Dem Aderlassen schadet die Kält',
Die Zeit sei schön und hell erwählt.
Das macht dir frei und frisches Blut;
Viel Bewegung ist bös, die Ruh' ist gut.

Zum Schlusse gab der Kalendermann noch eine Anweisung, wie nach dem Aussehen des abgelassenen Blutes die Leibesbeschaffenheit zu beurteilen sei. Ist z. B. das Blut blau, so ist die Milz siech: ist es gelb, so stellt sich die Leber übel: ist das Blut rot und liegt ein wenig laut'res Wasser darüber, das macht ein fröhlich Angesicht und bedeutet alle gute Gesundheit.

Noch in meiner Knabenzeit kamen die Landleute an Sonn- und Markttagen scharenweise ins Städtle und ließen sich zur Ader oder schröpfen, und die alten, badischen, privilegierten Landkalender konnte man noch auf allen Höfen aufbewahrt finden von wegen des Aderlaßkalenders.

Wer aber sehen will, welch sogenannten Fortschritt die Welt in den letzten 100 Jahren gemacht hat, der braucht nur zwei Kalender zu vergleichen, einen aus jenen Tagen und einen jetzigen, neuen.

Seinen Jahrmarktsstand in Hasle hatte der Wälder-Xaveri vor dem Kreuz, damals noch ein altes, hölzernes, dreistöckiges Gasthaus.

Kreuzwirt war in jenen Tagen mein, des Schreibers, Urgroßvater, Zachmann, dessen Tochter Marianne anno 1792 mein Großvater, der Eselsbeck, heimgeführt hatte.

Die blutjunge Kellnerin im Kreuz brachte dem Xaveri am Mittag jeweils eine Fleischsuppe und einen Schoppen Wein in seinen »Stand«, den er tagsüber nicht verlassen konnte.

Ob die schönen, dunkeln Augen der Kellnerin oder das vergrößerte Geschäft den Xaveri bestimmten, sein Quartier im Kloster zu verlassen, im Kreuz eine große Stube zu mieten und darin seine Herberge aufzuschlagen, darüber werden wir bald Näheres erfahren.

Hier nur so viel, daß die Auswanderung um das Jahr 1808 geschah und im tiefsten Frieden mit den Kapuzinern.

So oft wir, erzählt seine Begleiterin, nach unserem Auszug aus dem Kloster über einen Sonntag in Hasle waren, besuchte der Xaveri die

Mönche wieder und brachte ihnen Schnupftabak; denn die Kapuziner hatte er so ins Herz geschlossen, daß er darüber fast seine ersten Wohltäter, die Franziskaner in Triberg, vergessen hätte.

Doch kamen wir, wie versprochen, alljährlich an Maria Himmelfahrt nach Triberg, hielten feil, beglückten den Bruder Sebald und besuchten die Ex-Franziskaner, von denen aber jedes Jahr einer weniger da war, weil der Tod ihn geholt.

Nie vergaß der Xaveri auch, sich dem Obervogt Huber vorzustellen, der, erfreut über das gute Fortkommen des Hausierers, ihn jeweils zum Essen einlud und sich von ihm über seinen Geschäftsgang erzählen ließ.

Von 1808 – 1811 aber kam der Xaveri fast an jedem Marientag in seine alte Heimat, um die neuen Wallfahrtspriester zu hören, die Ligorianer, welche unter ihrem jetzt selig gesprochenen Pater Klemens Hofbauer in Triberg pastorierten.

Alles Volk lief ihnen zu, aber der Neid der Weltgeistlichen und ihre Mißliebigkeit bei der neuen badischen Regierung vertrieb die braven und eifrigen Missionspriester zum Leidwesen des Volkes und auch des Wälder-Xaveris, dem, wie er später oft sagte, die Augen erst aufgingen über das Christentum, als er die Redemptoristen predigen hörte.

12.

Als wir aus dem Kapuzinerkloster auszogen, war der Xaveri nach damaligen und in Hasle geltenden Begriffen bereits ein vermöglicher Mann.

Beim Großkaufmann Bilet hatte er sechstausend Gulden Kapital stehen, welche dieser ihm aus Wohlwollen bei sich verzinslich angelegt hatte. Die drei Warenlager in Hasle, Wolfe und Zell waren sein freies Eigentum und der Wälder-Xaveri so ein gemachter Mann.

Acht Monate im Jahr trieben wir uns in den Bergen und Tälern der Herrschaft Hasle herum, zwei Monate in den Reichstälern Harmersbach und Nordrach und ebensolang im obern Kinzig- und Wolftal.

Drum kamen wir oft ins Kreuz nach Hasle, fast jeden Samstag. Nur wenn der Handel ausnahmsweise schlecht ging, oder wir im Winter wegen des Schnees nur mühsam von einem Hof auf den andern kamen, blieben wir auch an Sonntagen in den Bergen. Dann zog mein Herr, wenn der Bahnschlitten den Kirchweg freigemacht hatte, mit den Buren und deren Völkern hinab in die Dorfkirche, so gut ihm auch völlige Ruhe am Sonntag getan hätte.

Waren wir aber an diesem Tag ganz eingeschneit, so las der Xaveri am Morgen etwas aus seinen Gebetbüchern, und am Nachmittag betete er mit den Leuten den Rosenkranz.

Auf jedem Hof, wo wir übernachteten, machten wir auch jederzeit am Abend die üblichen Gebete nach dem Essen mit. Na knieten die Mannsvölker auf die Bank, welche ringsum an den kleinen Fenstern hinlief, während die Wibervölker hinter ihnen standen, und alle beteten.

Zur Sommerszeit wurden die Schiebfensterchen geöffnet, und das Gebet tönte hinaus in Wald und Flur; aus den Tannen lispelte es Antwort, und die Halme neigten sich im milden Sommerwind.

Mich, die stumme Zuschauerin und Hausierkiste, überkam in solchen Stunden wieder einiger Neid über die Erhabenheit von euch Menschen, die ihr für euch und alle Kreatur zum Schöpfer beten könnt.

Ich staunte, wie das »gemeine Volk« auf den Höfen und in den Hütten, gebeugt unter der Last der täglichen Arbeit, ohne Bildung und Kultur, in grobe Leinwand gehüllt und von rauher Kost sich nährend, so zart und vornehm in seinem Gemüte war und an seinem Gebet die ganze Natur ringsum teilnehmen ließ.

Ja, dieses gemeine Volk war in jenen Tagen noch der Träger eines Idealismus, den die Welt- und Stadtmenschen und heute selbst viele Landleute nimmer kennen.

Das gemeine Volk war es, nicht die Priester der Kirche, welche diesem Verlangen des Volkes nur nachkamen, das die Weihen und Segnungen von allem dem, was mit seinem Leben zusammenhing, verlangte. Es ließ seine Wohnung segnen, seine Kleider, sein Haus, den Stall für die Tiere und diese selber.

Es bat um den Segen für seine Felder und Fluren, für Früchte und Blumen, für sein täglich Brot, für die wichtige Speise des Salzes, für Wein und Öl – und zeigte auch hierin wieder, daß es von Gottes Gnaden sei und dies in alleweg anerkenne.

Das ist Religion, wahre Religion, wenn der Mensch sich und alles, was um ihn ist und zu seines Lebens Not gehört, mit dem höchsten Wesen in Verbindung setzt und unter dessen Segen stellt.

Du hast, so spricht zu mir die Hausierkiste weiter, schon in deiner Erzählung, »Der Eselsbeck von Hasle«, davon gesprochen, wie der Wälder-Xaveri mit seiner Kiste am Samstag abend müde nach Hasle gekommen und im Kreuz eingekehrt sei.

Bescheiden habe er hier seine Kiste auf dem hintersten Tisch abgestellt und neben ihr Platz genommen.

Vorn in der großen Stube krakeelten die Bürger von Hasle und beachteten den Hausierer nicht. Denn ein solcher gilt in der Welt als ein armer Mann, sagt das Sprichwort, ist ein toter Mann, d. h. er muß schweigen.

Unbeachtet und still saß der Xaveri, welcher übrigens mehr sein eigen nannte, als mancher Haslacher, der stolz dort vornen hinter seinem Schoppen das große Wort führte, – in der Stubenecke. Gesellschaft leistete ihm nur, soweit ihr Amt es erlaubte, die junge Kellnerin, die ihm an Markttagen seine Suppe gebracht, ehe er im Kreuz logierte.

Was alles hat dir deine Großmutter selber erzählt; aber kleinen Buben erzählen alte Leute nicht alles. Ich, des Wälder-Xaveris Kiste, weiß noch mehr.

Nicht bloß wegen seines stillen, braven Wesens gewann er das Herz der jungen, schöben Luitgard, eines armen Schlossers Tochter; er machte, nachdem er einmal ein Auge auf sie geworfen hatte, ihr auch Geschenke aus seiner Hausierkiste, kleinere und größere.

Geschenke unterhalten aber nicht bloß die Freundschaft, sie sind auch die besten Boten Amors, des Gottes alles Unheils, und schon manch Gänslein hat sein Herz auf diese Art verloren und vielfach auch den Verstand.

Einmal war der Xaveri drüben in Elze gewesen beim Savoyarden Castelli, um seidene Halstücher für die Wibervölker auf dem Land zu kaufen, und hatte der Kellnerin im Kreuz auch eins mitgebracht. Das war dreimal größer als ein Burenhalstuch und gelb und rot gefärbt. Nur die besten Bürgersfrauen trugen solche. Die Luitgard kam vor Freude ganz in Schrecken und meinte: »Des isch zua schö für mich, des getrau i mir nit amol anz'lege. Des isch kei Halstuch für a arme Kellnere.«

»Nehmet's«, meinte der Xaveri, »Ihr werdet doch noch eine rechte Frau, und dann brauchet Ihr Euch nit zu geniere.«

Es wurde später ihr Feiertagstuch und blieb es, und als sie 25 Jahre später sich vom närrischen Maler porträtieren ließ, trug sie es noch.

Wo sind heutzutag nach 25 Jahren die ersten Liebes-Pfänder und die Liebe selbst?

Zwei Jahre hatten sie »Bekanntschaft«, der Wälder-Xaveri von Triberg und des armen Schlossers »Gärde« von Hasle, ohne ein Wort von Liebe oder vom Heiraten zu reden. Der Xaveri kam und ging und ging und kam. Sie brachte ihm sein einfaches Essen und Trinken und redete mit ihm über Woher und Wohin und wie der Handel gehe, und er zeigte sich erkenntlich durch kleine Geschenke. Und dabei blieb's.

Eines Samstag abends – wir waren von einem Hausiergang heimgekehrt – kamen die Haslacher Bürger, die im Kreuz beim Schoppen saßen, auf den Xaveri zu. Sie hatten gehört, daß er dem verarmten Baron von Gebele einen Teil seines alten Palastes abgekauft, bar bezahlt und auf dem Rathaus bei der Anmeldung zum Bürger viel Vermögen nachgewiesen habe. Jetzt kamen sie und gratulierten dem Hausierer, den sie bisher nicht beachtet.

Auch die Garde sprach, blaß und rot werdend, ihren Glückwunsch aus. Der Xaveri dankte den Bürgern und empfahl sich für gute Aufnahme in ihrem Kreise. Der Garde aber sagte er, als sie allein am Hinteren Tische saßen, er werde morgen zu ihrem Vater gehen, dem Schlosser Heim, und um sie anhalten; er hoffe von ihm und dann auch von ihr das Jawort zu bekommen.

Sie wäre ihm allezeit gut gewesen, da er noch als armer Hausierer vor dem Hause feil gehabt habe und müde von seinen Hausier-Gängen ins Haus gekommen sei. Auch habe noch kein Weibsbild auf ihn solchen Eindruck gemacht, wie sie, die Garde.

Diese war rot und immer röter geworden bei dieser Rede. Daß sie, eine arme Kellnerin, eines vermöglichen Mannes und Hausbesitzers Frau werden sollte, konnte sie nicht gleich fassen. Sie fing an zu weinen und ging hinaus in die Küche, wo ihre ältere Schwester, die Lene, deiner Knabenzeit Schutzengel – Köchin war, und erzählte ihr unter Freudentränen, was der Wälder-Xaveri ihr eben gesagt, und bat die Lene, ihm die Antwort zu geben, sie wisse nicht, was sie sagen wolle und sagen solle.

Die Lene, die den Xaveri gar wohl kannte und ihm schon manche gute Fleischsuppe gekocht und gebracht, ging in die Stube zum Xaveri und sagte ihm, er solle morgen zum Vater gehen, es werde wohl alles recht werden, die Garde habe jetzt das Herz zu voll, um sich aussprechen zu können.

Der Xaveri wußte nun schon, daß er keinen Korb bekomme von der Tochter. Am andern Morgen ging er zum Vater, dem Schlosser-Jörg, und hielt um sein jüngstes Maidle an.

Kein Haslacher Bürger hätte damals einem armen Hausierer seine Tochter gegeben; aber der Wälder-Xaveri hatte sich auf einmal als ein reicher Hausierer entpuppt, der ein Haus kaufen und bar bezahlen konnte. Drum waren die Luitgard und ihr Vater bald entschlossen.

Sie war neunzehn und der Xaveri 34 Jahre alt; aber bekanntlich schauen die Wibervölker nicht aufs Alter, sondern auf den Mann. Und dafür verdienen sie ausnahmsweise einmal Lob und Anerkennung.

Die Männer, weil von Natur aus viel verliebter als die Wibervölker, legen den meisten Wert auf Gestalt und Figur, aufs Alter und aufs Gesicht. Und wenn aus einem schönen Lärvle, was in der Regel der Fall ist, auch ein großes Schäfle schaut, die Mannsleute fallen doch, blind vor Liebe, d'rauf 'rein.

Die Wibervölker dagegen schauen auf den Mann, auf seinen Charakter, allerdings auch, und das ist nicht unvernünftig, auf seine Stellung und sein Einkommen. Wenn diese Punkte stimmen, so kommt's nicht drauf an, ob der Angebetete jung oder alt, klein oder groß, g'rad oder bucklig ist.

Sie sind dann aber bisweilen so wenig wählerisch, daß es ans Unbegreifliche und Unwürdige streift.

Der Xaveri hatte den östlichen Seitenflügel des großen Hauses der letzten Patrizier von Hasle, der Gebele von Waldstein, gekauft. Er ließ ihn größtenteils niederlegen und baute an seiner Stelle ein neues Haus.

Während des Baues, nach dessen Vollendung erst Hochzeit gehalten werden sollte, hatte ich, seine Kiste, viel unfreiwillige Muße. Ich stand tagsüber einsam und verlassen in der Stube, die mein Herr im Kreuz bewohnte, und sah ihn nur am Abend, wenn er sich zur Ruhe legte.

Die Hähne ins Kreuzwirts Hof und in den Nachbarhäusern krähen, bisweilen eine Kuh brüllen und die Knechte fluchen hören, das waren die einzigen Stimmen, so in meine düstere Kemenate drangen, die unmittelbar über dem Hof lag.

Ich hatte Langeweile, aber keine Ahnung, daß es später noch schlimmer werden sollte.

Wie froh war ich, wenn der Xaveri mich bisweilen wieder auf den Rücken nahm und hinaustrug in Gottes schöne Welt, vorbei an rauschenden Wäldern, an springenden Bachen, an werdenden Herden, hinauf auf die Höhen, wo die Hirten jauchzten und gottfrohe Menschen wohnten und arbeiteten.

Stadt- und Städtleleben macht alles krank und siech und müd' und matt; das sollte auch ich nur allzusehr erfahren, trotzdem ich nur eine Holzkiste bin.

Als das Haus fertig war, nahm mich der Xaveri als erstes mit in seinen Laden und trug in mir die Waren vom Kreuz herab in sein neues Heim.

Die Warenlager in Zell und Wolfe wurden beibehalten, da mein Herr als seßhafter Krämer im Gebiet von Hasle nicht mehr zu hausieren gedachte, wohl aber noch in den Reichstälern und an der oberen Kinzig und Wolf, weil von dort die Leute selten nach Hasle kamen.

Wie staunte die Garde, als er ihr zum erstenmal das Haus und seine Einrichtung zeigte, und wie dankbar war sie dem Xaveri, daß er sie von allen Evastöchtern in und um Hasle erkoren, mit ihm dies schöne Anwesen zu bewohnen.

Am 11. Juni 1811 hielten sie Hochzeit. Brautführer und Zeugen waren der alte Schlosser Heim und der Buchbinder Gottfried Hinterskirch, Stadtrat und Bürgermeisteramts-Adjunkt, derselbe, der mir 37 Jahre später die erste Papier-Krone machte zum Dreikönigstag und zur Sternenfahrt. Als Priester fungierte der alte Pfarrer Schuhmacher.

Im Kreuz wurde das Mahl gehalten, dem auch der greise Bruder Sebald beiwohnte. Der Xaveri hatte ihn, den Begründer seines Glücks, extra mit einem Wagen holen lassen. Und vom Zimmerwald in Althornberg war der Vetter da, der Sohn des Vogelhansen. Der Reibschbur Philipp konnte altershalber nicht kommen. Er sandte seinen Sohn Thomas mit einem Ballen »risti Tuach« für den neuen Hausstand.

Auch der Bruder Valentin war erschienen und hatte als seine Gabe eine Holzuhr in der Stube des jungen Paares aufgehängt.

Kaum waren acht Tage nach der Hochzeit vorüber und die Luitgard imstande, die Waren zu verkaufen, so nahm der Xaveri wieder den Hausierhandel auf.

Wir zogen an fünf Wochentagen hinaus zu den Bauern und blieben nur am Sonntag und Montag daheim. Am Montag war Wochenmarkt in Hasle, und da kamen die Landleute der Umgegend von selbst zum Xaveri und »kromten«.

Wir hatten jetzt weitere Wege, und todmüde kam der Krämer an Samstag-Abenden heim. Oft sagte ihm dann sein junges Weib: »Xaveri, du könntest auch daheim bleiben, brauchst dich nimmer so zu plagen, es langt uns doch zum Leben.« Dann legte sie ihm, um ihn zu überzeugen, die Einnahme der Woche vor.

Der Xaveri aber meinte: »Man muß arbeiten, so lange man jung ist. Es wär' eine Schande, wenn wir beide zusammensäßen und daheimblieben wegen des kleinen Kramladens.« Dann zog er seinen großen Lederbeutel heraus und zählte seinem Weib das Geld auf den Tisch, das er eingenommen, und es war weit mehr, als sie selbst ihm vorgezählt hatte.

An Sonn- und Montag-Nachmittagen trank er seinen Schoppen in einem der Haslacher Wirtshäuser; denn seine »Gärde« berichtete ihm getreulich, wer von den Wirten im Städtle unter der Woche was hatte holen lassen.

Bei den Haslacher Städtlebürgern war er bald, nachdem er Hausbesitzer und Bürger geworden, nicht mehr der hausierende, nicht ästimierte und nicht beachtete Wälder-Xaveri, sondern der »Herr Kaltenbach«.

Diesen stolzen Titel hatte er sich errungen durch sein Geld und durch sein gemessenes, vornehmes Reden und Auftreten, wenn er zu den Bürgern von Alt-Hasle ins Wirtshaus kam.

Er hatte mehr Geld als die meisten von ihnen und wußte in allen Dingen Bescheid wie ein Advokat; denn er war belesen wie keiner im Städtle, den Pfarrer nicht ausgenommen.

Was einem richtigen Haslacher, und ein solcher ist bekanntlich auch der Schreiber dieser Zeilen, am meisten imponiert, ist Geld.

Geldmangel war das einzige, über das ich in meiner Knabenzeit die Bürger von Hasle klagen hörte. Sie huldigten dem Grundsatz des alten Horazius: »Es möge Zeus, der Allmächtige, Leben und Bims[12] verleihen, für den Humor wollen wir dann schon selbst sorgen.«

Geld ist dem echten Haslacher der Sorgenbrecher und der Befreier von aller Abhängigkeit und Knechtschaft. Wer Geld hat, braucht nach

12 Geld.

keinem Teufel was zu fragen, kann räsonieren, wie er will, und braucht sich nicht zu ducken und nicht zu »bucken«.

Dies ist auch zweifellos bei mir der Grund, warum ich es so oft beklage, ein armer Mann zu sein. Wär' ich ein reicher und damit gänzlich unabhängiger Mensch, ich würde das, was ich denke, noch viel lauter sagen und der Wahrheit noch viel besser dienen.

Es ist ein schönes, ein ideales Wort der heiligen Schrift, das da heißt: »Die Wahrheit wird euch frei machen.« Aber ich meine, die Wahrheit macht auf dieser lumpigen Erde Märtyrer, Gefangene und arme Teufel, die Lüge aber und das Geld, die machen freie, angesehene, mächtige Menschen.

Wem der Wälder-Xaveri, richtiger der Herr Kaltenbach, nicht imponierte trotz seines Wissens, seiner Ruhe und vornehmen Bescheidenheit, das war, wie wir aus den »Schneeballen« und aus dem Leben des Eselsbecks von Hasle wissen, der Becke-Peter oder der Eselsbeck und sein Anhang.

Das Wort »Herr« konnte der Eselsbeck an sich nicht leiden; es ging ihm aber die Galle über, wenn er von einem Herrn hörte, der noch zu gleicher Zeit ein Hausierer war.

Wie er den neuen Herrn verfolgte und wie dieser ihm aus dem Wege ging, habe ich im »Eselsbeck« erzählt.

Seitdem der Hausierer ein seßhafter Krämer mit einem schönen Haus geworden, kamen auch die Musterreiter zu ihm, und er bezog bald seine Waren, denen er jetzt noch allerlei Kolonial-Produkte beilegte, direkt von den Frankfurter und Mannheimer Groß-Handelsherrn.

Seinen Rauchtabak lieferte ihm die Fabrik von Thorbecke in Mannheim, und ich, der Schreiber dieser Erinnerungen, habe zehn Jahre nach des Großvaters Tod noch manch Päckle von dieser Firma verkauft.

Die beliebtesten Marken waren damals der »rote Reiter« und der »schwarze Reiter«, die im Bilde auf den Päckchen prangten. Die Großmutter bezog später ihren Tabak auch von Wechsler u. Bürgle in Ulm, von denen der »rote Löwe« und der »blaue Löwe« und »der Schwarzwälder« beliebt waren.

Heutzutag wird selbst auf den Tabakspäckchen Patriotismus getrieben und werden Könige, Kaiser und Kronprinzen darauf abgebildet, die roten und schwarzen Reiter aber sind verschwunden.

Als der Wälder-Xaveri noch hausierte mit dem roten und dem schwarzen Reiter, waren auch große Fürsten, Feldherren und Gewaltmenschen in der Welt, aber nicht imstande, den roten und schwarzen Reiter von den Tabakspäckchen zu verdrängen.

Unsere Zeit raucht eben am liebsten byzantinischen und türkischen Tabak, und dem richtigen Patrioten schmeckt ein Päckle mit einem Prinzen viel besser, als wenn ein Schwarzwälder Bauer drauf wäre.

Und wenn unsere Krämer und Weinhändler ihre Waren mundgerechter machen wollen, so taufen sie dieselben mit »Kaisersekt, Kaiseröl, Kaisermehl«, und die Patrioten und Patriotinnen unserer Tage meinen, es gab' nichts Besseres.

Selbst Servietten, Tisch- und Taschentücher sind heutzutag nimmer sicher vor den Überschwenglichkeiten des Patriotismus, und die Fürsten müssen es sich gefallen lassen, daß ihr Bild auf diesen zeitweilig so unsauberen Dingen prangt.

Noch über vier Jahre nach der Hochzeit, so erzählt die Holztante weiter, zogen wir hausierend oder richtiger hofierend – denn wir gingen von Hof zu Hof – in den Tälern zwei Stunden unter- und zwei Stunden oberhalb Hasle umher.

Dabei muß ich noch erwähnen, daß dein Großvater, was du wohl von ihm ererbt, ein großer Feind der Hunde war. Dies kam daher, daß sie, sobald wir einem Gehöfte uns näherten, mit wütendem Gekläff auf uns losstürzten.

Erst wehrte sich mein Herr lange mit dem großen Dornstock, und als das nicht half, kam er auf ein Mittel, das uns die Hunde vom Leibe hielt, aber für immer zu Feinden schuf, wenn sie auch dieser Feindschaft fortan nur in einem ausweichenden Knurren Luft machten.

Das Radikalmittel aber bestand darin, daß er den wütenden Kläffern aus seiner großen Schnupftabaksdose den Tabak mit vieler Gewandtheit in die Augen warf, worauf die Bestien heulend und winselnd davonliefen.

Fortan, wenn sie uns nur von ferne sahen, verkrochen sie sich in stillem Ingrimm.

Im Dezember des Jahres 1813 waren wir eben in den Tälern am Fuße des Kniebis auf dem Handel, als die Russen über den Berg her einbrachen auf ihrem Wege nach Frankreich.

Beim »Seebenbur« unter dem Wildsee saß der Xaveri mit den Leuten zu Tisch beim Mittagessen, da die ersten hungrigen Russen in die einsame Mulde eindrangen, in welcher der Hof lag.

Die Wibervölker flohen entsetzt dem Glaswald zu. Der Xaveri, der Bur und die Knechte blieben. Der erstere kannte die Sprache, die alle Soldaten verstehen, und mahnte den Bur, das Essen auf dem Tische stehen zu lassen und es noch durch neue Quantitäten Speck, Brot und Schnaps zu vermehren.

Und als die Russen ins Haus einfielen, führte sie der Xaveri in die Stube, zeigte ihnen den gedeckten Tisch und – der Bruder Russ' war gezähmt. Freudig und friedlich ließ er sich nieder und aß und trank nach Herzenslust.

Als sie gesättigt waren, nahm der Xaveri aus seiner Kiste die vorrätigen Tabakspäckle und schenkte sie den wildfremden Soldaten, deren Freude jetzt vollkommen war. Der Bur bat den Hausierer, zu bleiben bis zum folgenden Morgen, wo die Soldaten wieder weiter ziehen mußten talabwärts. Und mit ihnen zogen der Xaveri und seine Kiste.

So marschierten wir mit den ersten Russen in Hasle ein, und der »Russenrumpel«, wie die Buren im Kinzigtal sagen, war dem Krämer Kaltenbach eine Quelle reichlicher Einnahmen.

Er war als seßhafter Bürger auch Lichterzieher geworden, und wir hausierten nun auch mit Unschlittkerzen bei den Wirten. Die Russen begehrten diese Lichter sehr, und Tag und Nacht waren der Xaveri und seine Luitgard in jener Zeit beschäftigt, Lichter zu ziehen.

Ich, die Hausierkiste, blieb stehen; denn Russen waren im Quartier und füllten außerdem den ganzen Tag den Kramladen.

Einmal wollte ein russischer Offizier, der in seinem Hause lag, den Xaveri bestimmen, eine Rechnung auszustellen für Waren, die er nicht geliefert hatte. Er weigerte sich standhaft, einen Betrug zu begehen, was den Russen so empörte, daß er ihm mit dem Säbel drohte. Er mußte flüchten und hielt sich drei Tage verborgen, bis der Offizier weiter gezogen war.

Deine Mutter, damals zwei Jahre alt, war aber der Liebling des ehrlichen Russen, der dem Kind zum Abschied einen Silberrubel schenkte, den sie, wie du weißt, ihr ganzes Leben hindurch aufbewahrt hat.

Noch ein Jahr lang nach dem Russenrumpel hausierten wir: dann legte der Xaveri mich, seine alte Begleiterin, ab für immer.

Zwanzig Jahre hindurch hatte er mich auf seinem Rücken getragen über Berge und Schluchten, durch Täler und über Bäche, bei Wind und Wetter, bei Regen und Schnee. Und er war, wie wir wissen, kein Riese, und doch erheischte es eine Riesenkraft, eine Kiste, die gefüllt mehr denn 50 Pfund wog, auf mühsamen Schwarzwaldwegen zu tragen.

Seine dadurch erschütterte Gesundheit verlangte schließlich mit Macht ihr Recht auf Schonung. Erschöpft kam er nach jeder Tageswanderung im Nachtquartier an, und wenn wir am Ende der Woche heimkehrten, war das erste Wort an sein Weib die Klage über die entsetzliche Müdigkeit.

Dann predigte die Luitgard – das konnte sie meisterhaft – und sprach: »Es geschieht dir recht, schon lang hab' ich dir zugesprochen, daheim zu bleiben, aber vergeblich. Du ruhst nicht, bis sie dich hinaustragen auf den Gottesacker und ich allein bin mit den Kindern!«

Endlich folgte er der Predigerin und den Mahnungen seiner schwächlichen Natur. Für ihn begann die Zeit der Erholung, für mich die der absoluten Ruhe und Langweile.

Die Frau Luitgard hätte mich gerne am ersten Tag, da der Hausierhandel ein Ende hatte, auf die Bühne und unter die Dachziegel spediert; aber der Xaveri ließ seine treue Gefährtin, die Miterwerberin seiner Habe, nicht so schnöde behandeln.

»So lang ich leb'«, sprach er ernst, »darf meine Kiste mir nicht aus den Augen. Sie hat alle Wetter mit mir durchgemacht, drum soll sie in Ehren gehalten werden von mir und meinen Kindern und Kindeskindern.«

Und er stellte mich in das kleine Magazin, das neben dem Kramladen lag und mit diesem durch eine kleine Holztreppe verbunden war.

Hier stand ich nun unter Zuckerhüten, Tabakspäckchen und Kaffeesäcken und hörte alles, was draußen im Laden vorging. Das gewährte mir noch einige Unterhaltung für den Verlust der Wanderungen in Gottes freier Natur.

Ich hörte die Leute im Laden draußen reden und kannte sie an der Stimme, besonders die Nachbarn: den Buchbinder und Rat Gottfried Hinterskirch, den Nagler-Franz, den Schreiner Hauschel, den Schmied-Hans und den Orgelmacher und Bildhauer Glücker. Der letztere war ein starker Raucher, die andern Schnupfer. Fast täglich kamen sie ins Haus, und an Sommer-Abenden saßen sie mit ihren Weibern auf der langen Bank vor dem Haus und auf der steinernen Treppe und hörten dem Xaveri zu, wie er erzählte und erklärte.

Jetzt hatte er viel mehr Zeit zum Lesen und wußte drum immer was Neues, wenn die Nachbarn am Abend anrückten. Na wurde dann geschnupft und geraucht und diskurriert bis in die Nacht hinein.

Wer von den Bürgern in Geldsachen, in Schreibereien, in Angelegenheiten des Handels und Wandels ein Anliegen hatte, ging zum »Herrn Kaltenbach« und holte sich Rat.

In Hasle ging er nur in die Wirtshäuser, weil er geschäftshalber mußte, nicht aus Vergnügen; denn die Haslacher waren ihm zu lebhaft, zu lärmend und zu krakeelend. Auch wich er gerne seinem Feinde, dem Eselsbeck, aus, der täglich in dem oder jenem Wirtshaus saß.

Dagegen – und das hast du wohl von ihm auch ererbt – hielt er sich gerne im Dörfchen Hofstetten auf. Dorthin wanderte er jede Woche wenigstens einmal und machte ein Spiel mit dem alten Schneeballenwirt, dein Jörg. Dessen Sohn, der Xaveri, der 87 Jahre alt geworden ist, hat dir ja oft von deinem Großvater, den er noch wohl gekannt, erzählt.

Überhaupt ging der Herr Kaltenbach gerne aufs Land und besuchte da die Dorfwirte, seine alten Kunden. Sie alle kamen auch zu ihm, und die Buren und Bürinnen und ihre Völker kromten, wenn sie nach Hasle wanderten, nur beim Wälder-Xaveri.

Sein kleiner Laden wurde eine kleine Goldgrube, und die Frau Luitgard ging an Sonntagen nur in Seide gekleidet in die Kirche und trug eine goldene Spitzkappe, die heute noch in deinem Besitze ist.

13.

Eines Tages war ein Handelsherr aus Frankfurt – sein Name ist mir entfallen – in Hasle angekommen. Er wollte, wie er sagte, seine Kunden einmal selber besuchen und hatte drum die Tour als sein eigener Musterreiter gemacht.

Der Krämer Kaltenbach bezahlte ihm die für Kolonialwaren fällige Rechnung. Der Handelsherr strich sein Geld ein, nahm eine neue Bestellung entgegen und empfahl sich.

Kaum war er fort, als der Xaveri einen Dukaten erblickte, der unter ein Papier gekommen und dem Frankfurter wohl beim Einstecken seines Guthabens entgangen war.

Er eilt dem Manne nach, trifft ihn noch im Kreuz, wo er Quartier genommen, und übergibt ihm seinen Dukaten.

Jetzt sprach der Handelsherr freudig: »Da hab' ich also wieder einmal einen ehrlichen Krämer gefunden, der die Probe bestanden hat.« Alsdann sagte er dem Xaveri, daß er absichtlich den Dukaten unter das Papier geschoben habe, um ihn auf die Probe zu stellen. So mache er's, wenn immer tunlich, auf seiner ganzen Reise, um die Leute zu prüfen, wie weit man ihnen trauen könne.

»Ihr seid«, so schloß er, »ein braver Mann, und fortan liefere ich Euch Waren, so viel Ihr wollt, und Zahlungsfrist habt Ihr bei mir, so lange es Euch beliebt.«

Das ließ sich unser Schwarzwälder nicht zweimal sagen, und er überlegte, welchen Vorteil er aus des Handelsherrn Vertrauen ziehen könnte.

In jenen Tagen waren in größeren Dörfern kleine Kramläden entstanden. Mit diesen Dorfkrämern nun setzte sich der Xaveri in Verbindung, und bald war er talauf und talab ihr Lieferant für alle Waren, weil er ihnen mit dem Zahlen beliebige Fristen stellen konnte.

Selbst in Hasle und in dem benachbarten Städtle Husen bezogen die Krämer vom Kaltenbach, der so zu einem Handelsherrn im Kleinen sich auswuchs.

Auch die Hausierer, welche nach ihm die Gebiete an der Kinzig und Wolf und am Harmersbach durchzogen, holten ihre Waren bei ihm. Denn wenn sie auf den Höfen sagten, die Sachen seien vom Wälder-Xaveri, so kauften die Leute um so lieber, weil er stets gute Ware geliefert hatte und als Erzähler noch im besten Andenken bei ihnen stand.

Die Niederlage für Kalender weithin war beim Kaltenbach in Hasle: denn der Hofbuchdrucker Sprinzing in Rastatt lieferte im Kinzigtal nur ihm.

Am meisten Absatz hatte der Kalender pro 1812. Damals stand darin das Kartoffellied, welches in jenen Tagen so berühmt war, wie heute die »Wacht am Rhein«.

Herbei, herbei zu meinem Sang,
Hans, Jörgel, Michel, Stoffel,
Und singt mit mir das Ehrenlied
Dem Stifter der Kartoffel.

Franz Drake hieß der brave Mann,
Der vor zweihundert Jahren
Von England nach Amerika
Als Kapitän gefahren.

Und der, als er zurückekam
Von seinen weiten Reisen,
Die guten Dinger mitgebracht.
Die wir Kartoffeln heißen.

Gott hat sie, wie das liebe Brot,
Zur Nahrung uns gegeben;
Viel' Millionen Menschen sind's,
Die von Kartoffeln leben.

Von Basel bis nach Amsterdam,
Von Stockholm bis nach Brüssel
Kommt Winters nach der Abendsupp'
Noch die Kartoffelschüssel.

Dank, edler Drake, habe Dank
Für deine rare Speise!
Sie nährt, sie labt, sie nützet uns
Auf hundertfache Weise.

Laßt dieser vielen Arten uns
Nur einige ermessen:
Erdäpfelschnitz und Fleisch dazu.
Das ist ein köstlich Essen.

Grundbirnen, frisch vom Sud hinweg.
Dazu ein Bällchen Butter,

Das ist – nicht wahr, ihr stimmt mit ein?
Ein delikates Futter.

Salat davon, gut angemacht,
Mit Feldsalat durchschossen.
Der wird mit größtem Appetit
Von jedermann genossen.

Gebrägelt schmecken sie auch gut,
In saurer Brüh' nicht minder;
Erdäpfelknödel essen gern
Die Eltern und die Kinder.

Erdäpfelbrot, Erdbirnen-Reis,
Auch Puder und Pomade
Sind, nebst Erdäpfelbranntewein,
Kartoffelfabrikate.

Hat jemand sich die Haut verbrannt.
Und hilft kein Feuersegen,
So darf er auf die Wunde nur
Kartoffelschabsig legen.

Und welche Wohltat sind sie uns,
Damit das Vieh zu mästen;
Und wieviel Sorten gibt's! – Jedoch
Nie guten sind die besten.

Dies Lied, das ich, der Sekretär der Hausierkiste, noch in meiner
Knabenzeit von älteren Leuten singen hörte, war in den Jahren, da
Napoleons Faust auf Deutschlands Völkern lastete, in Süddeutschland
die Marseillaise des deutschen Michels und beleuchtet seine Michelhaf-
tigkeit besser als alles andere.

Und so lange der gleiche Michel Kartoffeln hat, wird er zufrieden
und der getreue Diener seiner Herren sein, die ihm solche gern überlassen, während sie selbst nach Besserem verlangen.

So lange sie noch auch nur Kartoffeln zu essen und Fusel zu trinken
haben, werden die braven Deutschen hoch rufen, sich die Haut über

den Kopf ziehen lassen und ihren letzten Pfennig opfern für Fürst und Vaterland.

Drum lasse man in unsern Schulen das Kartoffellied wieder singen; es wirkt beruhigender und darum segenbringender als der Sang von der Wacht am Rhein und ärgert die Franzosen weniger.

Der Dichter des Kartoffelliedes, das damals in allen badischen Gauen rezitiert wurde, war der Schullehrer Samuel Friedrich Sauter in Flehingen bei Bruchsal. Dieser, ein Flehinger Kind und Sohn eines Bäckers, ist der erste Dichter-Biedermaier auf deutschem Boden. Er machte auch das berühmte Zwetschgenlied und sang nicht wenige vaterländische Lieder, mit Vorliebe solche auf den Großherzog Leopold. Eines derselben schließt also:

Baden ist ein schöner Garten,
Der die besten Früchte zieht;
Tausend sind, die seiner warten,
Die bewirken, daß er blüht.
Alle diese stehn und dürsten
Nach dem Beifall ihres Fürsten,
Und der milde Leopold
Spricht: Ich bin euch allen hold.

Der liebenswürdige Dichter lebte noch 1845, in welchem Jahre er einen ganzen Band seiner Biedermaiereien drucken ließ.

Durch die Musterreiter, die von Mannheim her zum Wälder-Xaveri kamen, gelangte dieser auch zu einer täglich erscheinenden Zeitung, die er vom Jahre 1811 an hielt bis zu seinem Tod. Es war dies »Das Badische Magazin«, so in Mannheim erschien. Viele Jahrgänge dieser Zeitung lagen nach meines Großvaters Tod auf dem Speicher seines Hauses, und ich habe als Schulknabe und Studentlein oft darin geblättert und gelesen.

Anläßlich der Erinnerung meiner Freundin habe ich nun wieder einmal einige Bände jener Blätter zur Hand genommen, und ich glaub', wenn ich länger darin gelesen, hätte ich meinen demokratischen Zwangsvorstellungen gänzlich abgeschworen.

Mir war es, als ich diese Zeitblätter aus den Jahren 1811 und 1812 durchlas, wie einem, der aus einem Jahrmarkt, wo alles pfeift und johlt und musiziert und streitet und krakeelt – sich geflüchtet hat in das stille Kämmerlein eines einsamen Hauses inmitten des Kirchhofs.

Welche Ruhe, welcher Friede in diesem Magazin unter den Fittigen der Zensur! Da findet sich keine Silbe von Politik, kein Wort vom Krieg, trotzdem er ringsum tobt, kein Räsonnement über Einrichtungen in Staat und Kirche, kein Gezänk über Tagesfragen, keine Beleidigung des Nebenmenschen, kein Hader unter Parteien, kurz keine Lieblosigkeit und keine Feindschaft.

Da lesen wir Leitartikel über Sirupbereitung, über Kartoffelschnaps und über Schoßhunde, Heiratsanträge, Wetter-Diskurse, Betrachtungen über die Heuernte und die Veredlung der Baumwurzeln, Spitzbubengeschichten, Belehrungen über die Reinigung der Zimmerluft und über die Zucht von Kanarienvögeln.

Die einzige Beschwerde, die ich fand, war die eines Antiquars in Mannheim, der sich dagegen verwahrt, daß manche Leute meinten, mit alten Büchern handeln sei kein ehrbares Geschäft.

Heilige *Censura*, dachte ich, kehre wieder und bringe den Frieden unter die Menschen!

Ich wurde versucht, für den liberal angesäuselten Absolutismus jener Tage zu schwärmen – um der Zensur willen.

Meine Demokratie steht überhaupt, wie schon oft gesagt, nur auf dem Papiere, und ich möchte sie für die Menschen unserer Zeit auch gar nicht ins Leben umgesetzt sehen, weil die allermeisten einer wahren Volksherrschaft noch gar nicht wert sind, sie nicht kennen, nicht zu schätzen wissen und sie auch nicht wollen.

Die sogenannten gebildeten Menschen unserer Tage sind meistens Knechte und selige Knechte, und manche von ihnen würden Heu fressen, wenn es aus hohen obrigkeitlichen oder gar fürstlichen Händen käme. Und das »gemeine« Volk ist heute noch ein Kind, dem man seine politische Nahrung mit dem Messer der Zensur vorschneiden muß, wenn sie nicht seinem Magen schaden soll.

Item, wer sich eine friedliche Stunde verschaffen will, der versenke sich einmal in die elysäischen Felder des »Badischen Magazins«, und es wird ihm sein wie einer Seele, die aus dem Getümmel des Weltlebens in das Reich seliger Schatten kommt, wo sie nichts hört als in der Ferne einen Engelschoral, der da lautet: »Schlumm're sanft, du gutes Kind!«

Er wird aber auch finden, daß die Menschen jener Tage trotz der Kriegsläufte weit glücklicher waren als wir.

Heiterkeit, Scherz und Minnelieder durchziehen nebenbei die Blätter jener Zeit, und eine Ruhe des Herzens atmet aus ihnen, die einem förmlich Heimweh macht nach den vergangenen bessern Tagen unter dem napoleonischen Despotismus!

Was war es, das die damaligen Menschen so zufrieden machte? War es der Hauch der Freiheit, den die französische Revolution gebracht und der die napoleonischen Staaten durchzog? War es die tiefere Religiosität? War es die größere Bedürfnislosigkeit? Ich vermag es nicht zu entscheiden.

Die Hausierkiste weiß darüber nichts mehr zu berichten, sie hat auch keine Ahnung, was für eine Stellung der Wälder-Xaveri eingenommen, wenn er die Revolution von 1849 in Hasle noch erlebt hätte.

Ich bin aber überzeugt, daß er nicht mitgemacht haben würde; denn wer den Frieden des Badischen Magazins fast 25 Jahre lang genossen hat, der wird in Ewigkeit kein Revolutionsmann.

Doch lassen wir die Kiste jetzt wieder zum Wort kommen:

Mein Leben in der kleinen Kemenate neben dem Laden deines Großvaters wurde immer öder. Nachts waren Mäuse, die an den Zucker gingen, meine einzige Unterhaltung. Da aber der Hausherr ihnen Fallen stellte, mußte ich zu meinem Leidwesen auch gar oft die letzten Seufzer eines sterbenden Mäuschens vernehmen, und ich war jedesmal wieder froh beim Gedanken, kein lebendes und Schmerz empfindendes Wesen zu sein.

Was meine Öde in dem Magazinskämmerlein mit der Zeit aber vermehrte, war der Umstand, daß mein alter Herr, der bisher oft darin neben mir schrieb oder las, weniger mehr zu Hause war an Nachmittagen. Er hatte sich, weil seine Verhältnisse es erlaubten und er ein Freund von Ruhe und Einsamkeit geworden war, draußen vor dem Städtle einen großen Garten gekauft.

In diesem baute er ein kleines Häuschen, und da weilte er vom Frühjahr bis zum Spätherbst, wenn möglich die Hälfte eines jeden Tages – bald im Garten promenierend, bald im Häuschen lesend oder schreibend.

Ich, seine Kiste, war auch einmal draußen; er trug in mir seine Bücher hinaus, und ich sah das kleine, helle Stübchen und den schönen, lustigen Garten, in den der Urwald so ernst herabgrüßte.

Weil der Herr Kaltenbach so oft in seinem Garten weilte, meinten die Haslacher, er treibe Schatzgräberei, und sein vieles Geld grabe er aus dem kleinen Keller unterhalb seines Häuschens.

Die guten Haslacher mochten eine Ahnung davon haben, daß in der Einsamkeit leben Schatzgräberei sei und daß jeder Mensch, der die Einsamkeit liebt und sie auszunützen versteht. Schätze finde, Gold und Silber, welche die Welt- und Gesellschaftsmenschen nicht kennen und nicht zu suchen wissen.

Du, des Einsiedlers Enkel, wirst den Garten und das Häuschen besser kennen als ich.

Ja, ich kenne beide, alte Tante, und so oft ich in meinen alten Tagen an ihnen vorbeigehe, wecken sie mir wehmütige Erinnerungen an die goldene Knabenzeit.

Wie oft leistete ich der Großmutter und der Lenebas Gesellschaft, wenn sie im Garten arbeiteten; wie oft schwang ich mich aber auch in ihrer Abwesenheit über den niedern Hag und ging an die Zwetschgen und Pflaumen!

In dem Häuschen saßen in meinen Knabenjahren zur Sommerszeit oft die zwei jüngeren Schwestern meiner Mutter und spielten die Damen.

Mein Großvater hatte nur drei Kinder, lauter Maidle, die zwei jüngern aber, nachdem er ein »Handelsherr« geworden war, im Kloster Villingen »ausbilden« lassen.

Worin diese Bildung mir gegenüber bestand, das zeigte sich in einer Art, die allein mich zum Gegner der sogenannten bessern Bildung hätte machen können.

Das erste, was die zwei Gänse mir, dem fünfjährigen Buben, anbefahlen, als sie in meiner Erkenntnis aufstiegen, war, daß ich sie »per Sie« und als »Tanten« anreden mußte.

Das schöne, alte Wort »Base« und die Anrede »Ihr« waren ihnen zu ordinär für ihre Bildung. Wie sehr diese Bildung in den 55 Jahren, die verflossen sind, seitdem ich das Wort Tante zum erstenmal hörte, zugenommen hat, zeigt heute eine interessante Tatsache.

Kein Dienstmädchen, das vom Land in die Stadt kommt, hat daheim mehr Basen und Vettern, sondern nur noch Onkel und Tanten. Und die Tante Stallmagd und der Onkel Scherenschleifer oder Maurersgeselle sind ganz stolz, wenn sie diese Früchte der Bildung an sich selbst wachsen sehen.

Ich aber sage immer und immer wieder: »Es ist halt doch was Schön's um die Bildung. Sie macht aus Kellnerinnen Damen, aus Stallmägden Tanten und aus Hausknechten Onkel!« Das Wort »Vetter« brauchen bald nur noch die Fürsten, die mehr und mehr und in alleweg meinen untertänigsten Respekt gewinnen, weil sie in vielen Dingen weit über ihren Untertanen stehen und vortrefflich wissen, wie man mit der Sorte von Leuten umzugehen hat. – Ich erinnere mich noch wohl, daß zehn Jahre nach dem Tode meines Großvaters meine zwei Tanten mit andern bessern Töchtern von Hasle in dem Gartenhäuschen »Kränzle« abhielten.

An den Wänden hingen die Porträts der zwei Tanten im Flügelkleide weiblicher Jugend, gemalt vom närrischen Maler Sandhaas. Ich würde diese Bilder heute teuer bezahlen um des Malers willen und um mir meine Fräulein Tanten in ihrer Blütezeit wieder zu vergegenwärtigen; aber die beiden Porträts sind spurlos verschwunden wie die Originale.

Wenn Kränzle gehalten wurde, mußte ich allerlei beischleppen oder holen, was vergessen war. Hatte der kleine Mohr seine Dienste getan, so konnte er gehen, abgespeist mit einem Stück Brot und Käs. Die jungen Damen hatten natürlich Dinge zu besprechen, die ein Bub von sieben Jahren nicht zu hören brauchte.

Unterlehrer, Aktuare, Geschäftsreisende, Assessoren, die im Städtle erschienen waren, bildeten den Gegenstand der holden Weiblichkeit in diesem kleinen Musentempel, den sich der einsame Wälder-Xaveri für seine Einsamkeit und für die Lektüre des Badischen Magazins einst geschaffen hatte.

Auch meine Freundin, die Hausierkiste, hatte sich über die zwei Pensionats-Grillen zu beklagen. Sie erzählt: Kaum waren die Heinrike und die Auguste das erstemal von Villingen in die Ferien gekommen und hatten mich, immer noch in dem kleinen Magazin stehend, erblickt, als sie zur Mutter – der Vater war in seinem Häuschen – sagten: »Aber diese wüste, alte Kiste gehört jetzt einmal auf die Bühne!«

Die Kiste erinnerte ja an die Zeit, da der Vater ein armer Hausierer war, und Hausiererstöchter wollten die zwei Dämchen beileibe nimmer sein; sie schämten sich, wie so viele männliche und weibliche Schafe aller Zeiten, des ehemaligen Standes ihres Vaters. – Die Mutter mahnte aber alsbald ab von meiner Verbannung auf die Bühne und meinte: »Sagt nur dem Vater nichts derart, denn so lange er lebt, duldet er nicht, daß die Kiste aus seinen Augen kommt!«

Jahre kamen und Jahre gingen. Mit Schrecken bemerkte ich, daß mein alter Hausierer immer grauer wurde und immer müder daherschritt. Oft hörte ich ihn auch seufzen und vor sich hin sagen: »Mit mir geht's dem End' zu.«

Als er aber fühlte, daß ihm kein langes Leben mehr beschert sei, ließ er sich anno 1833 noch, zu gleicher Zeit mit seiner Frau, vom Maler Sandhaas porträtieren.

Das Jahr darauf begann es rasch mit seiner Gesundheit bergab zu gehen. Vergeblich suchte er seine abzehrenden Kräfte zu heben durch Ruhe und Bäder im Sauerbrunnen zu Nippoldsau.

Es war ein heißer Sommer, der von 1834; an den Halden längs der Kinzig glühte ein vortrefflicher Wein, und alles freute sich des gesegneten Herbstes. In diesen Tagen legte sich der Wälder-Xaveri zum Sterben nieder, wie es der große Sympathie-Mann und Volksarzt, der »Gutacher Jokele«, den die Großmutter befragt, prophezeit hatte. Am 4. Oktober abends 9 Uhr endigte sein irdisches Leben »an Entkräftung«, wie es im Totenbuch von Hasle heißt.

Ich, seine alte Gefährtin, hörte spät abends jammern und weheklagen; alles rannte bestürzt im Haus umher. Die Töchter weinten und riefen nach dem toten Vater.

Mir ging sein Tod so nahe als seinem Weib und seinen Kindern. Ich war seine Gefährtin gewesen, ehe er Weib und Kind besaß, und hatte seines Lebens Mühe und Arbeit gesehen und geteilt.

Er war gerade über mir im zweiten Stockwerk gestorben. Als Leichenwächter fungierten sein Schwager, der Fuhrmann Xaver Wölfle, und der Fuhrmann Krämer, nach seinem Wohnsitz am Stadtbach der Bachsepp genannt.

Beide hatten dem Xaveri seine Waren geholt und verführt, aber beide saßen tränenlos, wie es wetterharten Fuhrleuten geziemt, in der untern Stube in meiner Nähe und rauchten und tranken.

Von Zeit zu Zeit nahm einer ein Licht und ging hinauf zu dem Toten. Dann rauchten und tranken und redeten sie weiter mit einander. Sie lobten den Hingeschiedenen und seine Werke und bedauerten, daß er so früh habe sterben müssen.

»Er hat zuviel geschafft und sich verdorben mit dem hausieren und zu wenig Schoppen getrunken«, meinte der Bachsepp, der von Hasle nach Konstanz fuhr, und fügte bei: »Ich wär' auch schon lang nimmer da bei dem Leben auf der Landstraß' in Wetter und Wind, wenn ich nicht in jedem Wirtshaus einen Schoppen nähme.«

Und Beifall gab ihm der Wölfle.

Über Tod und Vergänglichkeit redeten sie nichts und auch nicht von ihrem eigenen Sterben.

Am 6. Oktober begrub man den braven Mann. In langer Reihe folgten seinem Sarge die Bürger von Hasle und vorab die Buren und die Bürinnen der Umgegend; denn den Wälder-Xaveri hatten sie gekannt von ihrer Kindheit an. Es war ja kein Hof und keine Hütte auf den Bergen und in den Tälern, wo er nicht oft gewesen wäre.

Als der Leichenzug vom Hause wegging und die Volksmenge mit dumpfen Stimmen betete: »Herr, gib ihm die ewige Ruhe« – und dieses Gebet zu mir drang in mein Kämmerlein, da wäre auch ich gerne dem Toten nachgefolgt und hätte mich mit ihm ins Grab gelegt.

Was ist, wie ich schon einmal angedeutet, einer der Vorzüge, die ihr Menschen vor uns Holzkisten habt, euch holt der Tod sicherer und bälder als uns. Wenn ein Zufall oder unsere Brauchbarkeit unser Dasein wünschenswert macht, so müssen wir ganze Generationen überleben, ehe uns das Feuer, diese himmelanstrebende und vom Himmel gekommene Kraft, verzehrt. Drum hab' auch ich den Tod deiner Urgroßeltern, Großeltern und Eltern erlebt und werde selbst dich überleben.

Mir ging es nach dem Heimgang meines alten Herrn und Freundes schlimmer als jeder andern meines Geschlechtes.

Im Hause kommandierten bald nach des Vaters hinscheiden und nachdem deine Mutter verheiratet war, die zwei Tanten. Sie kehrten alles zu unterst und zu oberst. Und der Mutter, sonst eine schneidige und resolute Frau, fehlten diese Eigenschaften ihren »gebildeten« Töchtern gegenüber, die mit ihren aus der Pension heimgebrachten Redensarten der ehemaligen Schlosserstochter und Kellnerin imponierten.

Mich hatten die zwei jungen Wibervölker zum Tode verurteilt, wofür ich ihnen dankbar gewesen wäre. »Die alte Kist'«, sprachen sie, »sollte man zusammenschlagen und verbrennen.«

Doch die Frau Luitgard fand dies unpassend; sie bekam einmal Mut und sprach: »Da wird nichts daraus! Schämt euch, die Kiste zu verachten, welche euer Vater so viele Jahre über Berg und Tal getragen und mit deren Hilfe er den Grund gelegt hat zu seinem Vermögen.«

»Aber dann wollen wir sie auf die Bühne stellen. Hier versperrt sie nur den Platz«, erwiderten etwas angeschämt die Maidle.

Das gab die Mutter zu, und die zwei Kultur-Furien schleppten mich eigenhändig unter das Dach. Die Mutter aber nahm aus einer Ecke des Kämmerleins, in dem ich gestanden, den Hausierstock des Vaters, trug ihn hinter ihren Töchtern drein und stellte ihn neben mich unter das Dach. Zu meinem Gefolge kamen außerdem noch des Hausierers Bergschuhe und seine alte Kappe. Von dem Tage an, es war am 15. Jänner 1835, begann meine und des Stockes fünfzigjährige Gefangenschaft unter dem Ziegeldach im Hause deiner Großmutter.

14.

Fünfzig Jahre Gefangenschaft in einem Dachwinkel, wer mag sie schildern! Einsamkeit ist schön, einzig schön, wenn ringsum Gottes Berge und Gottes Täler, Gottes Wasser und Gottes Wald zu einem reden und nichts Lebendiges uns stört in diesem Alleinsein mit der Natur.

Aber die Einsamkeit der Gefangenschaft in engem, dunklem Raum ist Verzweiflung, ist der Märtyrertod, erlitten durch die Sekunden, Minuten und Stunden der Zeit, die allein noch mit einem umgeht, aber qualvoll umgeht.

Und das war mein, der Hausierkiste, der vieljährigen Wanderin über Berg und Tal traurig Los ein halbes Jahrhundert lang.

Was soll ich erzählen aus dieser langen, zum Verzweifeln öden Zeit? Ich will es dir, meinem Befreier und Freund, zu lieb versuchen, von meinem damaligen Leben und von meinen damaligen Erfahrungen etwas zusammenzubringen.

Zunächst begann ich mit meinen Leidensgefährten und dann mit den Nachbarn mich zu unterhalten. Zu den ersteren gehörte der Hausierstock, die alte Schildkappe deines Großvaters und die großen, schweren Schuhe, die er als Hausierer getragen; zu den letzteren der Schnitztrog der Großmutter, der ganz in meiner Nähe stand, und die Dachziegel über meinem Haupte.

Der Hausierstock, mein alter Gefährte auf den einstigen Wanderungen, war ein Phlegma ersten Ranges. Er war froh, nicht mehr wandern zu müssen, und schlief Tag und Nacht, an einen Dachbalken gelehnt.

Und wenn ich ihn aufweckte, um mich mit ihm zu unterhalten, so sprach er matt und schläfrig: »Laß mir meine Ruh'! Du, Kiste, hast gut wachen, du wurdest stets getragen über Berg und Tal. Ich mußte zwanzig Jahre lang deinen Träger stützen und gar oft auch dich, wenn er stehen blieb und ausruhte. Ich bin drum froh, bleibend rasten zu können.«

Nach diesen Worten wandte er sich wieder um und schlief. Die wenigen Stunden im Jahre, die er wach war, wußte er auch nichts zu erzählen aus seinem Leben.

Er erinnerte sich nur, daß er als Weißdorn im »Jokeles-Wald« bei Rohrbach gestanden, dort eines Tages geschnitten und später dem angehenden Hausierer Xaveri übergeben worden sei.

Sonst war nichts aus ihm herauszubringen, und ich kam durch ihn auf den folgenden Gedanken: Wie es geistige Unterschiede bei den Menschen gibt, so auch bei den Pflanzen und den Bäumen des Waldes. Ich fand bei näherer Betrachtung, daß wir Tannenkinder und Tannenbäume zwar die geringsten unter den Großbäumen des deutschen Waldes, aber doch die reichbegabtesten sind.

Wir Tannen sind das gemeine Volk, die Bauern in den Forsten des Schwarzwalds; die Buchen repräsentieren die bessern Bürger, und die Eichen sind die Aristokraten.

Wie aber das gemeine Volk alle andern Stände übertrifft an Gemüt, Poesie, Arbeit und Gottesgnadentum, und wie alles wahrhaft Große und Schöne vom Volke ausgeht, so ist's auch mit uns Tannenbäumen. Wir allein unter den Bäumen des Waldes haben Gemüt und Poesie im Leib. Aus uns machen die Menschen die Resonanzböden, über denen sie den Saiten ihre gemütvollste Musik entlocken. Und beim Gottesdienst kommen die erhabenen Orgeltöne, die durch die Kirche hallen und die Herzen gen Himmel heben, aus unsern Hälsen.

An uns von all den genannten Bäumen lehnt sich das sinnige Efeu an, wie die Poesie an den Leib des Volkes.

Auf uns allein wächst und gedeiht im Walde jene geheimnisvolle, der Gottheit geweihte Mistelpflanze.

Unter unsern Zweigen allein wohnen die Vögel des Waldes und in unsern Wipfeln singen sie.

Wir allein sind ewig grün und ewig jung, wenn die ganze Natur tot ist, und gleichen dem Volke, dessen Jugendfrische und Jugendkraft nie erlischt, während die andern Stände dahinsiechen und degenerieren.

Uns, die wir dem Feuer des Himmels, dem Geiste, näher verwandt sind als die übrigen Bäume, uns braucht man, wenn die andern Hölzer Feuer fangen und brennen sollen, gerade so wie das Volk wieder Geist und Leben in die andern Stände bringen muß, wenn sie an Körper und Geist abgehaust haben. Und wie das Volk für alle andern Stände blutet, so geben auch wir allein unser Blut der Menschheit. Sie braucht unser Herzblut, das Harz, zu tausend Dingen, selbst zum Weihrauch in ihren Tempeln.

Wir allein von den Bäumen sind endlich euch Menschen ganz nahe verwandt, weil euere Wiegen und eure Totenbäume aus unserm Holz gemacht werden.

Warum fühlte ich als Tannenkind in meinem reichen Tannengemüt auch die Qual der Gefangenschaft und ihrer Einsamkeit so sehr.

Und wenn die Winde stürmten, die Wetter ans Haus schlugen, da ächzte ich und ächzten die alten Tannenbalken des Daches allein, weil wir auch im Tode noch Nerven und Gefühl und Gemüt haben.

Etwas mehr als am Hausierstock hatte ich an deines Großvaters großer Schildkappe, die auf mir lag. Wir sprachen oft von den Fahrten und Wanderungen, die wir gemacht und von den Mühsalen unseres toten Herrn, aber auch von den wohligen Bauernstuben, in denen wir übernachtet und den Erzählungen des Hausierers gelauscht hatten.

Aber sie schied bald von mir, die brave Kappe. Eines Tages, im Frühjahr nach des Großvaters Tod, kam der alte Schlosser Hauschel und machte einen Riegel an einen Bühneladen, der nächtlicherweile Lärm geschlagen hatte. Da erblickte der Mann die für die hinterlassenen Wibervölker wertlose Kopfbedeckung und bat deine Großmutter, sie ihm zu schenken. Froh, aus der Gefangenschaft erlöst zu sein, folgte meine Gefährtin gerne dem greisen Schlossermeister, auf dessen Haupt du sie sicher noch gesehen hast.

Ebenso prosaisch und gemütlos wie der Weißdorn-Stock waren auch die beiden ledernen Bundschuhe, die einst mein Herr auf seinen Wanderungen getragen hatte.

Sie schliefen oder starrten dumm in die Öde unter dem Dach hinein, und wenn ich sie zum Sprechen reizte, erfuhr ich nur von ihrer Zufriedenheit, nicht mehr über Stock und Stein, durch Staub und Kot wandern zu müssen.

Ob dieser Poesielosigkeit gönnte ich es den zwei Schuhen, daß sie eines Tages dem zweiten Schwager deiner Großmutter, dem alten

Fuhrmann Philipp Pfundstein, den du sicher auch noch gekannt hast, geschenkt wurden.

Meine Freundin weckte mir da eine köstliche Erinnerung, die an den alten Philipp. Er hatte einst ein Fuhrgeschäft gehabt und den Haslachern ihre Äcker gepflügt und angesäet und ihre Garben und ihr Heu heimgeführt. Aber seine Pferde waren ihm ausgegangen und nur das kleine Häuschen geblieben in der »hinteren Gasse«, unweit vom Hause meiner Großmutter. Was dem Philipp, der jetzt taglöhnerte, nicht ausgegangen, das war sein guter Humor. Ich sah den alten Mann, der oft bei uns arbeitete, nie anders als lächelnd.

Auf seinem Haupte saß beständig eine schwarze Zipfelkappe, die wie eine steinerne Turmspitze keck in die Höhe stand. Eine große, gebogene Nase schaute aus einem bartlosen, roten Gesicht, in welchem zwei kleine, dunkle Augen eitel Zufriedenheit leuchteten.

Er war ein Liebhaber von Kartoffelschnaps, aber ein Feind der Erdäpfel, und wenn beim Nachtessen in meinem Elternhaus zur Suppe Kartoffeln kamen, sprach er jeweils zu meinem Vater, der sein Namensvetter war: »Philipp, hol' mir au a Schnäpsle, d' Erdäpfel kann i nit vertrage.«

Am ersten Mai, dem Feste der Apostel Philipp und Jakob, kam er regelmäßig, meinem Vater zu gratulieren und sich als Namens- und Verwandtschaftsvetter einen Schoppen Schnaps schenken zu lassen.

Schmunzelnd nahm er seinen Lieblingstrank unter sei« »Kamisol« und schlich davon, wie ein Mann, der glücklich ist. Er besaß »auf dem Schänzle« einen einzigen Acker mit herrlichen Kirschbäumen. Und in der Kirschenzeit nahm er mich jeweils mit zu diesen Bäumen, und ich durfte »Weißbäckler« essen, so viel ich wollte und konnte. Drum war und blieb ich das ganze Jahr hindurch ein warmer Freund des ewig lächelnden Mannes.

Als ich an Weihnachten 1852 das erstemal als Studentlein von Rastatt heimkam, begleitete ich den guten Philipp am Stefanstage zum Grabe.

Ein Vater der Langeweile, also fährt die Kiste fort, war auch mein Nachbar, der Schnitztrog. Er gähnte laut, wenn die Großmutter was in ihn hineintat oder aus ihm herausholte. Er wußte nicht einmal, wo er als Tannenkind gestanden sei, ob im Urwald oder im Bächlewald. Er war stumm und poesielos wie ein rechter Schnitztrog. Ein »verg'ratenes« Tannenkind, ächzte er nicht einmal, wenn's ander Wetter gab.

Meine besten Freunde in der Verbannung waren die Dachziegel. Sie hatten für sich das Glück, mit der einen Seite ihres Daseins in die Welt schauen zu können, und für mich die Liebenswürdigkeit, mit der andern Seite mich zu unterhalten und mir zu erzählen, was sie mit ihrer Außenseite gesehen.

So erfuhr ich alles, was draußen vorging, vernahm von allen Leichenzügen, die den verstorbenen Nachbarn und ihren Frauen folgten, ließ mir an Jahrmärkten von den Bauern erzählen, die in der Straße auf- und abgingen, und täglich mir berichten, wie viele Lastwagen, Posten und Extrachaisen die Heerstraße passiert hatten.

Nachts hörte ich die Wächter rufen und wußte so immer, wie viel es an der Zeit war; auch lauschte ich dem Hämmern Valentins, des Naglers, der uns gegenüber nächtlicherweile seine Nägel machte.

Er, der Valentin, ist der einzige Mensch, der schon hämmerte, als ich meine Gefangenschaft antrat, und noch lebte, als sie ein halbes Jahrhundert später endigte.

Zwei Generationen wurden an unserem Hause vorbei zu Grabe getragen während dieser langen Zeit. Bald nachdem deine Mutter deinen Vater geheiratet hatte, stand ich schon unter den Ziegeln, und von dem Tage an, da man beide auf den Gottesacker trug, dauerte meine Gefangenschaft noch zwanzig Jahre lang.

Dich sah ich zum erstenmal um das Jahr 1841, als die Lenebas, der Großmutter ledige Schwester, dich, noch im Kinderröckchen, die Stiege heraufschleppte und dir Schnitze gab aus dem großen Trog, der unweit von mir stand.

Fortan konnte man dich oft da sehen, denn der Schnitztrog blieb dir ein Magnet in deinen Knabenjahren.

Vor diesem Trog hat die Großmutter dich, den Knaben, zum öftern auf mich hingewiesen, als die treue Gefährtin deines Großvaters, und dir gepredigt von der Mühe und Arbeit desselben als Hausierer und dich ermahnt, ein braver, fleißiger Mensch zu werden.

Aber ich sah es dir an, daß sie tauben Ohren predigte, und ärgerte mich, daß dir die lumpige Schnitzkiste stets lieber war, als ich, die alte Freundin deines braven Großvaters. Freilich hast du dich mir gegenüber später gebessert.

Oft schaute ich dir auch zu, wie du ohne Wissen der Großmutter aus dem Schnitzkasten gedörrtes Obst nahmst und deine Taschen fülltest, und ich hätte nie gedacht, daß aus dir einmal was Rechtes werden, und noch viel weniger, daß du dereinst mein Erlöser und Verehrer sein würdest.

Auch die Revolution hörte ich durch die Straßen von Hasle toben und sah, als die Preußen im Anzug waren, manchen Haslacher an meinem Verbannungsort seine Waffen, seinen Heckerhut und seine Freischärlers-Bluse verstecken, weil man im Hause einer Witwe sie am wenigsten suchen würde.

Dich bekam ich, nachdem du ein Studentlein geworden, nur noch wenige Male zu Gesicht. Der Schnitztrog zog dich nimmer an, nachdem du so frühzeitig zum Bierglas gegriffen.

Du kamst in deiner ersten Studienzeit das eine oder das andere Mal, die alten Bücher und Kalender deines Großvaters durchzustöbern, weil sie mit der Zeit auch einen Platz in meiner Nähe gefunden hatten. Es mag das um das Jahr 1854 gewesen sein. Von da an sah ich dich dreißig Jahr lang nimmer und hörte nur von den Dachziegeln, daß du als Student in den Ferien am Abend öfters krakeelend durch die Straßen gezogen seist.

Deine Großmutter starb 1872 hochbetagt in der Stube unter mir. Wenn sie, was nicht oft geschah, in späteren Jahren zu mir heraufstieg, sah ich die Spuren des Alters und des Kummers in den Zügen der einst so schönen und lebensfrohen Frau. Ihre jüngste Tochter hatte lange vor der Mutter Tod einen Kaufmann geheiratet, und eine junge Familie wohnte unten im Hause.

Zu mir kam selten nur eine Magd, die Holz herauf- oder hinabtrug und Wäsche aufhing. Meine Einsamkeit wurde immer größer. Bisweilen, weil einiges Licht vom »Tagloch« her auf mich fiel, zog ein Spinnlein seine Fäden zwischen mir und dem nächsten Dachbalken. Es spannte sein Netz aus und wartete in Hunger und Geduld, bis eine Mücke sich darin verfing. Aber es geschah dies selten, und das Spinnlein mußte bald wieder von dannen ziehen, wenn es nicht vor Hunger sterben wollte.

Eine alte Spinne, die auch einmal einige Wochen bei mir Quartier nahm, erzählte mir so Trauriges aus dem Spinnenleben, daß ich wieder froh war, kein lebendes Wesen, sondern ein Stück Holz zu sein.

Ehe es Spinnen gab auf Erden, so erzählte sie, lebte in Griechenland die Tochter eines Purpurfärbers und war berühmt als Spinnerin und Weberin. Damals spann und wob man aber nicht bloß auf Erden, sondern auch im Himmel. Die Göttinnen saßen im Elysium an den

Spinnrädern und an den Webstühlen. Und als die stolzeste unter ihnen, Pallas, hörte, daß in Griechenland eine Bürgerstochter so schön spinnen und weben könne, wurde sie, wie alle Wibervölker in ähnlichen Fällen, eifersüchtig auf den Ruhm der sterblichen Maid. Sie forderte diese zu einem Wettkampf im Spinnen und Weben heraus, in welchem die Göttin unterlag. Erzürnt darüber, mißhandelte sie die arme Färberstochter mit dem Weberschifflein und verwandelte sie zur Strafe dafür, daß sie eine Göttin besiegt, in eine Spinne, die ihre Fäden aus dem eigenen Leibe ziehen und ein elendes Leben führen mußte.

So sei die unglückliche junge Griechin die Stammmutter aller Spinnen geworden und zugleich ein schlagendes Beispiel für die Rachsucht beleidigter, mächtiger Wibervölker.

Ich hatte, seitdem jene alte Spinne mir dies erzählt, inniges Mitleid mit allen Spinnlein, die zeitweilig neben mir ihr trauriges Dasein fristeten. Auch Mäuse kamen zu mir. Sie bohrten selbst ein Loch in meinen Leib und richteten sich häuslich in mir ein.

Erst war ich empört über die Frechheit; als ich aber sah, ein wie bescheidenes Leben die Familie führte, gönnte ich ihr den Schutz. Und da ich bald auch erkannte, wie viele Feinde die Tierchen hatten, bekam ich Mitleid auch mit ihnen.

Sie klagten mir oft über ihr elendes Leben, wenn sie auf der Flucht vor der Hauskatze zitternd bei mir Schutz suchten oder hungern und dürsten mußten, weil diese in der Nähe und ohne Gefahr nirgends etwas zu finden war für jung und alt.

Doch das eine hatten diese armseligen Geschöpfe mir voraus; sie konnten weiter wandern, während ich in meiner Lage verharren mußte – längst hoffnungslos. Wer einmal jahrzehntelang vergeblich gehofft hat, der gibt die Hoffnung schließlich auf. Und so ging es mir.

Da, eines Tages, ich war nahezu ein halbes Jahrhundert in der Gefangenschaft, kam eine Anzahl Menschen die Stiege herauf und füllte die Räume der Bühne. Es waren Männer und Frauen, Buben und Maidle.

Ich merkte erst, was los sei, als der »Stadtbot« anfing, den Schnitztrog einer Versteigerung auszusetzen.

Unter mir im Haus war alles gestorben und verdorben. Deine Tante und ihr Mann waren um Hab und Gut gekommen, und was dein Großvater so mühevoll errungen, Haus und Garten und Gartenhäusle, kam in fremde Hände. Auch ich sollte nun, wie alles Gerümpel auf der Bühne, versteigert werden.

Unter den Steigerern befand sich auch der alte Kanonenwirt Rudolf Thoma, ein Raritätensammler, und als der mich erblickte und den Hausierstock nebenan, sprach er: »Das ist ja die Hausierkiste vom alten Kaltenbach und sein Stock dabei; die muß ich haben.« Und er steigerte uns, weil keine Konkurrenz auf so unbrauchbare Dinge da war, für wenige Pfennig.

Ich war erlöst und voll Hoffnung auf eine Besserung meiner Verhältnisse.

Aber, o weh! Ich kam von einem Gefängnis in das andere. Den Stock schenkte der Kanonenwirt deinem Bruder, dem Sonnenwirt: mich aber stellte er auf die Bühne über seiner Malerwerkstätte, und ich ward aufs neue dem stillen Tode der Einsamkeit überliefert.

Ich verwünschte mein Dasein und verlangte den Feuertod zu sterben, erbittert über euch Menschen, die ihr alles, was euch einst gedient hat, wegwerft und verachtet.

Hoffnungslos versank ich in ein dumpfes Hinbrüten und verkehrte mit niemanden mehr, auch nicht mit den Dachziegeln und Spinnen und Mäusen. In meinem Innern begannen bereits die Holzwürmer zu nagen, und ich hielt gerne still und war froh ihrer Todesarbeit.

Indes ich so überall nur Nacht und Untergang sah, dämmerte die Morgenröte meiner Erlösung auf in deiner Seele.

Du hattest erfahren, daß ich versteigert worden und an den Kanonenwirt gekommen sei. Die Erinnerung an deinen Großvater bewog dich, alsbald Schritte zu tun, um in meinen Besitz zu gelangen.

Ich wußte nicht, wie mir geschah und was man mit mir vorhatte, als man mich von der Bühne beim Kanonenwirt herabholte, in Sackleinwand einnähte und neben mich den Hausierstock legte.

Mir verging anfangs das Sehen und das Hören; aber zum Glück war die Leinwand so dünn, daß ich noch etwas vernehmen und auch noch durch die Löcher sehen konnte. So hörte ich denn, daß ich auf der Eisenbahn nach Freiburg transportiert werden sollte, und ich sah, wie man mich durch die Straßen von Alt-Hasle führte. Als ich im Jahre 1835 meine Verbannung antrat, gab es noch keine Eisenbahnen, und ich staunte nicht wenig, da ich zum erstenmal auf einer solchen fuhr und zwar als Eilgut; denn so war es von dir befohlen.

Ehedem hatte uns, deinen Großvater und mich, bisweilen ein Frachtfuhrmann, der mit leerem Wagen auf dem Heimweg war, mitfahren lassen: allein das war eine elende Fahrerei gegen die Eisenbahn, die mich nach Freiburg brachte.

Im Gepäckwagen aber hörte ich zwei Schaffner jammern und klagen über den harten Dienst. Sie hatten an diesem Tage schon 14 Stunden mitgemacht und noch nicht einmal Zeit gehabt, was Warmes zu essen.

Mir scheint, daß früher beim alten Fuhrwerk die Pferde geschunden waren; aber jetzt werden bei dem neumodischen Blitzverkehrsmittel die Menschen geschunden.

Als es hieß: »Station Freiburg!« – wurde ich unsanft aus dem Wagen geworfen und dann von kräftigen Fäusten in die Güterhalle befördert.

Ein junger Schreiber verlas die angekommenen Gegenstände nach den Begleitbriefen. Als er an mich kam, rief er: »Eine Hausierkiste für Pfarrer Hansjakob!«

Er und die Transportknechte lachten; aber einer der letzteren meinte: »Dem bring ich's gern; da gibt's jedesmal ein Glas Wein. Er bekommt viel so altes Lumpenzeug.«

Als ich deinen Namen hörte, ging mir ein Licht auf. Ich hatte in meiner Verbannung erfahren, du seist ein Geistlicher geworden: die Ziegel erzählten mir von dem vielen Volk in den Straßen an deiner »Primizfeier«.

Jetzt war mir klar, daß du mich nach Freiburg habest kommen lassen.

Eine Stunde später war ich in deinem Hause, von dir mit Freuden empfangen. Als ich, aus meiner Hülle herausgeschält, vor dir stand, hätt' ich dich nicht mehr erkannt, ein so langer, schwarzer Mensch war aus dem kleinen, blondhaarigen Schnitzdieb geworden.

Ich fand Aufstellung in deiner Bibliothek, und täglich kamst du zu mir mit Freunden und Bekannten, um ihnen die Hausierkiste deines Großvaters zu zeigen. Ich ward stolz und stolzer, endlich einmal wieder eine Anerkennung zu finden.

Deine vielen Fehler kannte ich damals noch nicht; aber ich war in jener ersten Zeit entzückt von dir, weil du dich deines Großvaters als eines Hausierers nicht nur nicht schämtest, sondern mit Freuden auf seine Kiste und seinen Stand hinwiesest.

Es sollte mit mir aber noch besser kommen. Eines Tages brachtest du einen jüngeren, eleganten Herrn zu mir und sagtest ihm: »Hier,

Freund, diese Kiste sollten Sie mir so dekorieren, daß ich sie in mein Studierzimmer stellen kann.«

Wer Herr – es war der kunstsinnige, geistreiche Bauinspektor Bär – meinte: »Mit der alten Kiste ist nicht mehr viel anzufangen; aber was ich machen kann, soll geschehen.«

Wann maß er mich in allen Teilen und schied.

Es vergingen Wochen und Monate, ehe ich ihn wieder sah. Da kam er eines Tages mit einem Schlosser und einem Bildhauer. Der erstere hatte reiches, silberglänzendes Beschläg in den Händen, der andere einen hölzernen Untersatz mit Löwenfüßen.

Der Schlosser begann, mich mit dem silberschimmernden Beschlag zu umkleiden und mir ein zierliches Schloß anzulegen. Dann verklebte der Bildhauer die Wunden, welche die Holzwürmer in meinen Leib gemacht, salbte denselben mit Wachs und bürstete ihn hell.

Nachdem dies geschehen, hob er mich auf das Piedestal mit den Löwenfüßen, und jetzt trugen mich beide Handwerker in dein Studierzimmer und stellten mich an einem Pfeiler nieder. Keine Königin, wenn sie auf ihrem Thronsessel sich niedergelassen, kann stolzer und glücklicher sein als ich, und die ganze Eitelkeit meines Geschlechtes ergriff mich, da ich mich in solchem Paradeanzug glänzen und auf Löwenfüßen ruhen sah.

Alle Leute, die kamen und mich auf den ersten Blick bewunderten, meinten, ich sei dein Silberschrank. Du sagtest aber jeweils, ich sei eine in Ehren gehaltene Hausierkiste und deine Weißzeugbeschließerin, weil deine literarische Wäsche darin aufbewahrt sei.

Als während meiner Anwesenheit in deinem Hause einmal der Stadtrat von Hasle deine »Werke« sich erbat, sagtest du sie erst nach deinem Tode zu samt der Hausierkiste deines Großvaters.

So hast du mir auch für eine ehrliche Zukunft gesorgt, und ich werde wohl nie mehr so elende Tage sehen, wie auf der Bühne deiner Großmutter. Dankbar will ich drum deiner gedenken, wenn du einst nicht mehr bist, und deine Schriften bewahren für die zukünftigen Geschlechter von Hasle, auf daß sie daraus erfahren, was für Leute die Haslacher ehedem gewesen sind und was für ein sonderbarer Kauz du selber warst.

Zum Schlusse aber, nachdem ich meine Erinnerungen erzählt, will ich deinen Leserinnen jetzt schon sagen, wer du bist; denn ich kenne dich durch und durch aus dem vieljährigen Umgang mit dir und werde dich nicht schonen, weil du uns Wibervöller auch nicht schonst.

15.

Schon oft habe ich dich sagen hören, die Großeltern kehrten leiblich und geistig in den Enkeln wieder. Bei dir trifft das vollständig zu, denn ich habe auch deine väterlichen Großeltern noch wohl gekannt.

Öfters, wenn wir zwei, dein Großvater und ich, vom Hausieren heimkehrten, Hasle zu, trafen wir in der Nähe des Städtchens den Eselsbeck, der entweder in der »Bettlerkuche« unter den Eichen stand oder seine Runde als Hirtenmeister gemacht hatte.

Er schloß sich uns jeweils an; denn so lange der Wälder-Xaveri nicht »Herr« hieß und ihm nicht Konkurrenz machte im Erzählen, verkehrte der Eselsbeck freundlich mit dem Hausierer.

Oft kamen wir auch in sein Haus; denn bei ihm kehrten die Bauern vom Rohrhardsberg und aus dem Prechtal an, wenn sie auf die Märkte nach Hasle gingen. Dort suchten wir sie auf, und sie kauften stets was vom Xaveri. Bei der Gelegenheit hörte ich den Eselsbeck räsonieren, schimpfen, kritisieren und erzählen.

Auch seine große, blasse, schwarzhaarige Frau, die Marianne mit ihren schwermütigen Augen, sah ich dann und hörte sie singen in der Küche.

So kannte ich alle, von denen du deine leiblichen und geistigen Eigenschaften ererbt hast. Von der väterlichen Großmutter hast du deines Leibes Länge, das schwermütige, schwarzgallige, pessimistische und nervöse Wesen und die Liebe zum Singen beim Alleinsein überkommen, vom Eselsbeck das »böse Maul«, das Schimpfen Kritisieren und Sticheln und die demokratische Ader.

Nein Gesicht ist eine Mischung der Züge deiner mütterlichen Großeltern. Dein unruhiges, unstetes Hin- und Her-, Auf- und Abwandeln ist ein Erbstück des hausierenden Wälder-Xaveri, der viele Jahre nirgends eine bleibende Stätte hatte. Von ihm ist auch deine Sucht, zu lesen und zu studieren und nie müßig zu sein.

Von seinem Weib, der Luitgard, hast du deine Derbheit und deine oft so unkluge Offenheit: denn sie konnte, wenn sie einmal die Arme übereinander gelegt hatte, jedermann dick und dünn die Wahrheit sagen und die schönsten Grobheiten machen.

Daß du, wenn du willst, auch liebenswürdig sein kannst, verdankst du wieder dem Wälder-Xaveri, der als Hausierer es vortrefflich verstand, die Leute für sich einzunehmen.

Verschlimmert wurden deine schlechten Eigenschaften noch durch deinen Bildungsgang, der dir alle möglichen Waffen in die Hand gab, die Eigenheiten des Eselsbecks zu vervollkommnen.

Deine von Haus aus schwachen Nerven hast du überreizt durch vieles Trinken und Rauchen in deiner Studienzeit, durch übermäßiges Studieren und durch dummes Politisieren in den folgenden Jahren.

So bist du geworden, der du bist: ein launenhafter, aufgeregter, oft kleinlicher und widerwärtiger, selten liebenswürdiger, unruhiger, unzufriedener Schwätzer und Räsoneur – und in deinen bessern und ruhigern Stunden bald ein Schwärmer, Wolkensegler und Idealist, bald ein Melancholiker und schwarzgalliger Pessimist.

Aber zu bedauern bist du bei all diesen Eigenschaften, und wenn ich nicht schon vorher die Erfahrung gemacht hätte, welch zweifelhaftes Glück es sei, ein Mensch zu sein, so hätte ich sie bei dir machen können. Denn niemand hat so oft dich seufzen hören als ich.

Aber an dir lernte ich in der Richtung etwas Neues, das nämlich, daß der kultivierte, der gebildete Mensch noch weit schlimmer daran ist als der ungebildete, und daß der Bauer auf dem Schwarzwald viel gesünder und zufriedener lebt, als der Gelehrte in seiner Studierstube. Auf meinen vieljährigen Hausierreisen unter dem gemeinen Volk traf ich fast nur glückliche oder geduldige Menschen; glücklich in guten und geduldig in schlechten Tagen.

Du dauerst mich oft, wenn ich sehe, wie du von ewiger Unruhe geplagt bist. Kaum sitzest du an deinem Schreibtisch und hast einige Sätze geschrieben, so stehst du wieder auf und gehst pfeifend oder singend oder seufzend im Zimmer auf und ab. Gleich darauf langst du wieder nach einem Buch und liest einige Zeit. Nach kurzem wird wieder die Feder ergriffen: doch bald geht das Pfeifen und Singen wieder an. Zwischen hinein streckst du dich auch müde auf dem Sofa aus; aber kaum liegst du einige Augenblicke still, so wird liegend wieder eins gepfiffen oder gesungen.

Was hab' ich dabei dir abgemerkt; pfeifen kannst du immer, auch während des Schreibens und in trüben Stunden, aber singen tust du nur, wenn du gut aufgelegt bist.

Wenn ein Hund bellt oder Kinder lärmen auf dem Platz vor deinem Hause, so springst du vom Lesen und Schreiben auf, wie von einer Tarantel gestochen, und murmelst Verwünschungen in dich hinein.

Zu all' den obengenannten Fehlern und zu deinem unruhigen Wesen kommt noch eine große Empfindlichkeit. Wer dir ein Sandkorn an die Fensterscheibe deines Seelenlebens wirft, den siehst du an, als ob er dir einen Felsberg oder eine Dynamitpatrone vor die Füße geworfen hätte.

Und dein Größenwahn ist wahrlich auch nicht klein. Nu meinst, es gäbe noch viel dümmere Leute als du, und hassest und bespöttelst die Dummheit anderer, während du selbst, richtig genommen, der Dümmsten einer bist.

Dann empörst du dich oft über das Unrecht, das andern Menschen geschieht, und siehst nicht ein, daß Recht und Wahrheit allezeit auf Erden mit Füßen getreten wurden und daß Gewalt und Lug und Trug immer obenan sind in dieser Welt.

Du eiferst gegen Servilismus und Byzantinismus, während die meisten Menschen, wie du oben richtig gesagt hast, von Herzen gerne Knechte und selige Knechte sind.

Du sprichst von Freiheit und meinst, alle Leute sollten darüber so denken wie du, während die Mehrzahl von ihnen die Knechtschaft liebt und mit Freuden unterkriecht.

Du eiferst gegen die Dummheit und merkst nicht, daß sie auf Erden eine Großmacht ist, welche überall die Majorität hat, über Ämter und Würden verfügt und Zaunkönige zu angesehenen Leuten macht.

Du meinst, es sei klug, seine eigene Meinung zu haben und sie offen zu vertreten, und siehst nicht ein, daß es nur Nutzen, Ruhe und Frieden bringt, wenn man mit den Wölfen heult, mit den Schafen blökt und mit dem Strom schwimmt, selbst wenn er noch so schmutzig, träg und geistlos sich dahinwälzt.

Du sprichst und schreibst für die Erhaltung des guten Alten und eiferst gegen die Neuzeit und ihre Gebilde, die überall ins Volk dringen und es verwüsten. Aber du siehst nicht ein, daß, wie ein altes Sprichwort sagt, wer zum Teufel gehen will, sich nicht aufhalten läßt. Unsere

Zeit will aber das, also laß das Räsonieren gegen sie; es nützt ja doch nichts.

Du wirfst den weiblichen Wesen Neigung zum Lügen vor und gehst selbst mit der Wahrheit nicht nach Gebühr um. So z. B. sagst und schreibst du immer, du seist ein armer Mann. Ich habe davon noch nichts gemerkt, weder an dir und in deinem Haus, noch an mir, die du als ein armer Teufel nicht so hättest ausstatten lassen können.

Auch für fromm und für gut katholisch giltst du nicht bei gewissen Leuten. Und das ist eine Schande für einen katholischen Pfarrer; der muß in alleweg mit den frommen Leuten gehen; auch soll er kein so scharfer Demokrat sein und nicht die Revolution verteidigen, wie du.

Solch ein Mensch, so vereigenschaftet bist also du und wagst es noch, deinem Nächsten und uns Wibervölkern Fehler nachzusagen, die du meist selber hast! Schlage also an deine eigene Brust und laß die männlichen und weiblichen Nebenmenschen in Ruhe.

Am besten wird es sein, du gibst deine Bücherschreiberei ganz auf, dann hört auch dein Räsonieren und Kritisieren zum Teil auf, und du bekommst eher Frieden mit deinen Mitmenschen, unter denen viele sind, die dich für hochmütig und boshaft halten und die dich hassen, weil du nicht so knechtselig bist wie sie und noch ein offenes Wort hast, während sie sich alles gefallen lassen.

So denunziert mich die alte Holzkiste zum Abschied von meinen Lesern und Leserinnen. Ich würde dazu schweigen, wenn ich nicht annehmen müßte, daß sie überall und in allem Glauben fände.

Ich kann mir aber nicht alles gefallen lassen von der alten Keiferin, sondern muß mich gegen einzelne ihrer Anklagen wehren und antworte ihr deshalb also:

Ich will dich, meine gute Freundin, nicht des Undanks zeihen, weil du dem, der dich aus unwürdigem Dasein erlöst, dich in ein Prachtgewand gehüllt und zu einer Königin deines Standes erhoben hat, vor aller Welt Spott und Schande sagst. Ich verüble es dir deshalb nicht, weil du fast durchweg die Wahrheit gesagt hast, und das liebe ich, auch wenn ich selbst darunter leide.

Du hast recht, ich bin empfindlich, launisch, derb, größenwahnig, sehr aufgeregt und unruhig, dumm, unendlich dumm, in vielen Dingen und Anschauungen zu offen und mit einer scharfen Zunge und einer galligen Feder behaftet. Allein bedenke, so spann es mir die Parze aus dem Hanf, den meine Eltern und Voreltern ihr in die Hände gegeben.

134

Du hast das ja selber eben zugestanden. Aber, glaube mir, es ist keine Kleinigkeit, so veranlagt zu sein. Denn eine solche Veranlagung, wie ich sie habe, schafft innere und äußere Feinde, Kämpfe und Stürme und paßt vorab gar nicht in unsere Zeit.

Es ist auch keine Kleinigkeit, von aufgeregten Nerven gehetzt zu werden, wie von Dämonen und von Furien und energielos sie schalten und walten lassen zu müssen.

In meinen jungen Jahren schon, lange ehe du meine nähere Bekanntschaft machtest, war ich nicht viel besser daran als im Alter; aber ich hatte noch Energie und Spannkraft, während jetzt die Stürme über mich hinsausen und mich niederbeugen wie die Zweige einer alten Trauerweide.

Daß du deshalb selber Mitleid mit mir hast, freut mich. Aber du tust mir unrecht, sofern du meinst, ich lüge, wenn ich sage, ich sei ein armer Mann. Arm ist nach meinen Begriffen jeder, der nicht von seinem Kapital oder seinem Gut leben kann. Arm ist drum jeder, der um sein täglich Brot arbeiten und einen Dienst, ein Amt versehen muß, wobei er oft noch Vorgesetzte hat, die unfähiger und dümmer sind als er. Reich und unabhängig ist nur der Kapitalist und der Bauer auf einem schuldenfreien Gut.

Wer im Verhältnis des Arbeitnehmers zu einem Arbeitgeber steht, oder in einem Amte dienen muß, wenn er leben will, ist ein abhängiger, armer Teufel, und wenn er nebenbei alle Weisheit Salomons besäße.

Darum sagt auch die hl. Schrift: »Weisheit ist nur schön mit einem Erbgut, auf daß man sich der Sonne freuen kann.«

Recht hast du aber, wenn du meinst, ich sei nicht fromm, soferne du darunter wahre, echte Frömmigkeit verstehst – jene Art christlichen Lebens, die in Demut, Selbstverleugnung und Nächstenliebe sich äußert. In diesen Tugenden lasse ich leider vieles zu wünschen übrig. Auch das weiß ich, daß es Leute gibt, die mich für nicht gut katholisch halten, weil ich noch eine eigene Meinung habe in Dingen, über welche jeder Katholik frei denken und frei reden kann und darf.

Ich lasse mich auch nicht bevormunden von diesen oder jenen Parteiführern oder von diesen und jenen Zeitungsschreibern, die Tag für Tag unzähligen Katholiken vorsagen, was sie zu reden und wie sie zu denken haben über Tagesfragen, Zeitbedürfnisse und Zeitverhältnisse.

Zu diesen Unmündigen, die heute so und morgen anders reden und denken, wie es ihnen eben vorgemacht wird, gehöre ich nicht und will ich nicht gehören.

Auch zu jenen Leuten zähle ich mich nicht, die *alles* und *jedes*, was von den höheren Organen der Kirche ausgeht und verordnet wird, für weise und zeitgemäß halten und zu allem in Demut schweigen oder gar noch Lob dazu singen.

Allerdings ist man heutzutage in den Augen vieler Leute nicht mehr katholisch, wenn man nicht zu jenen Unmündigen, blind Gehorsamen und alles geduldig Hinnehmenden gehört. Ich habe aber vom Katholizismus eine andere und bessere Auffassung. Er soll und will nicht Unmündige und Sklaven heranziehen, sondern freie, selbstbewußte Kinder Gottes. Denn das echte Christentum ist Wahrheit und Freiheit und nicht Knechtssinn und Geistlosigkeit.

Die Zukunft gehört, wie der Demokratie, so auch mehr als bisher der Religion. Und es wäre drum so leicht in unserer Zeit, einer echt christlichen und echt katholischen Weltanschauung eine Gasse zu machen, wenn man die Gläubigen nicht taxieren und behandeln wollte nach dem Grade ihrer Unterwürfigkeit und ihres Gehorsams in Dingen, die nicht zum Wesen des Christentums gehören. Und ich meine, daß nicht jene die guten Katholiken sind, welche zu allem »Ja« und Amen sagen, sondern jene, welche trauern, daß in unsern Tagen so manches geschieht, was den wahren Interessen der Religion und der Kirche schadet.

Freilich hab' ich es schon oft bedauert, eine eigene Meinung zu haben. Man macht sich dadurch unnötig Feinde, und die Dinge gehen doch, wie sie gehen, weil die Mehrheit der Menschen eben gewöhnt ist, sich führen und leiten und sich alles gefallen zu lassen, und weil sie drum jeden scheel ansieht und für einen Ketzer hält, der nicht genau so tut und denkt wie sie. Na, wo die meisten Menschen auf Stelzen laufen, gelten diejenigen, so sicher und weise zu Fuß gehen, für Narren. Und wo bei einer Herde das Schaf, welches sich etwas freier bewegt als das Gros der Herde, mit Hundegebell und Peitschenhieben behandelt wird, ist es nicht gescheit, eine andere Meinung zu haben als die Majorität.

Drum hab' ich mir schon oft selbst laut zugerufen: »Du bist ein Esel und ein Narr!«

In Bezug auf meine Auslassungen über Demokratie und Revolution will ich dir, greises Holzmöbel, das du noch aus den Zeiten des Absolutismus stammst, einen klassischen Zeugen bringen, der für mich spricht. Es ist dies der amerikanische Erzbischof Ireland, ein Mann, der in Rom viel gilt. Dieser Erzbischof hielt anno 1893 in der Kathedrale zu Baltimore eine Rede, worin er von unserem demokratischen Jahrhundert und von der Stellung der katholischen Kirche zur Demokratie spricht. Er meint, die Kirche fürchte die Demokratie deshalb nicht, weil dieselbe ihren eigenen Grundsätzen am meisten entspreche. »Die Geschichte der katholischen Kirche«, so sagt er, »ist die Geschichte der Befreiung der Sklaven, der Unterdrückung der Gewaltherrschaft, der Verteidigung des Armen, des Volkes, des Weibes und aller sozialen Wesen, welche durch Herrschsucht und Leidenschaft unterdrückt wurden und unterdrückt werden.«

»Die großen Theologen der Kirche, ein Thomas von Aquin, ein Suarez, geben uns in ihren Schriften das Programm der politischen Volksherrschaft, welche in unserem Jahrhundert ihre definitive Gestalt annimmt. Sie weisen nach, daß alle politische Gewalt von Gott komme durch das Volk, zu dessen Wohl die Fürsten und Könige mit ihrer Würde betraut sind, und daß, wenn die Könige sich zu Gewaltherrschern machen, dem Volk das unbestrittene Recht der Revolution bleibe.«

»Die Kirche lebt unter allen Regierungsformen. Wenn diese durch das Volk bestätigt sind, sind alle und jede rechtmäßig. Aber die Regierungsform, welche mehr als jede andere die Herrschaft des Volkes durch das Volk und für das Volk ist, ist diejenige, welche der katholischen Volkskirche, ihren Grundsätzen und ihrem Herzen am meisten entspricht.«

Diese Worte des genialen katholischen Erzbischofs von St. Paul dürften den demokratischen katholischen Pfarrer von St. Martin zu Freiburg genügend rechtfertigen.

Was endlich meine Schriftstellerei betrifft, so hast du ganz recht, alte Freundin, wenn du meinst, ich sollte sie aufgeben. Ich habe schon mehr als genug geschrieben und komme jetzt in die Jahre, in denen die Menschen gerne zu »geschwätzigen Greisen« werden.

Wenn ich es bis heute noch nicht getan und noch nicht aufgehört habe, Bücher zu schreiben, so geschieht es vorzugsweise aus zwei Gründen. Einmal schreibe ich oft nur, um in müßigen, von den Nerven geplagten Stunden der Verzweiflung zu entgehen und die Armseligkeit meines Daseins zu vergessen. Spazierengehen kann ich nicht, lesen nur in sehr beschränktem Maße, Gesellschaft mag ich nicht, sie langweilt und ermüdet mich; beten kann den Mensch auch nicht den ganzen Tag, auch nicht immer pfeifen und singen. So bleibt mir nichts anderes übrig, als ich setze mich an den Schreibtisch und schreibe nieder, was in meinem unruhigen Kopfe zappelt.

Und dann geht es mir wie einem alten, vereinsamten Landkrämer, der in seiner Bude auf den Tod wartet, aber vorher noch seine Waren an den Mann bringen und verkaufen möchte.

So habe ich auch noch einige Bauernartikel nebst Zündhölzern und Schnupftabak auf Lager. Diese Waren will ich in den nächsten Jahren noch auf den Markt werfen, da und dort noch einige Zündhölzer anzubringen suchen, und dem oder jenem was zum Schnupfen geben. Diese Bücher werden dich, alte Holztante, noch vollends ausfüllen.

Und wenn dann ein neues Jahrhundert anbricht, will ich meine altmodische Schreiberei aufstecken und lediglich auf den Tod warten, wenn er nicht, mir stets willkommen, vorher schon seine Sense gegen mich losläßt.

Sollt' ich aber im oder nach dem Jahre 1900 doch noch leben und schreiben, so denk', alte Base, daß es aus Not geschieht, aus Armut und Geldnot, wenn nicht vorher meine Leserinnen aus Dankbarkeit für das Lob, das ich ihrem Geschlechte schon gespendet habe, mir eine Dotation zusammenbringen, die mich des Darbens im Greisenalter enthebt.

Dies meine Antwort auf deine Anklagen. Doch nun laß uns Frieden machen, liebe Freundin, und im Frieden leben die kurze Zeit, die wir noch beisammen sind. Wenn aber die Stunde kommt, in der sie mich im Totenbaum an dir vorbeitragen, so sprich aus freudigem Herzen: »Dem Mann ist ein guter Tag geschehen; ich bin froh für ihn, daß er dieses Leben überstanden hat. Es war für ihn wahrlich kein Traum. Gott hab' ihn selig!«

Die greise Schwarzwälderin reicht mir, da ich diese Worte ganz in ihrer Nähe niederschreibe, die runzelige, braune Hund. In ihren alten Augen glänzt eine Träne und in den meinigen auch. Wir beide sind versöhnt für immer.

Aus dem Leben eines Vielgeprüften

1.

Jeden Morgen nach dem Frühstück setze ich mich noch einige Minuten an das Fenster meines kleinen Eßzimmers und schaue, nichts denkend, auf den Franziskanerplatz hinab.

Leute kommen und Leute gehen vor meinen Augen hin und her – im Schatten des Denkmals, das die Stadt Freiburg dem Pulver-Erfinder und Franziskaner-Mönch, dem schwarzen Berthold, aufgestellt hat.

Selten fesselt eines der an mir vorüberziehenden Menschenkinder meinen Blick. Alltagsgeschäfte bilden Alltagsgesichter. Nur an Sonntagen, wenn die Menschen, frei vom Joch der Arbeit, morgens zur und von der Kirche gehen und am Nachmittag zu Ausflügen über den Franziskanerplatz wandeln, sieht man verklärte Mienen.

Was aber seit einigen Wochen meine Aufmerksamkeit täglich auf sich zieht, das ist ein alter Gaul, der, an einen Milchwagen gespannt, jeden Morgen nach neun Uhr einige Zeit unter meinem Fenster steht.

Ich bin sonst kein Freund der Milchkarren, die auf dem genannten Platz auftauchen und wieder verschwinden. Die meisten sind mit Hunden bespannt, und diese Bestien bellen, so oft jemand ihnen und der von ihnen transportierten Ware zu nahe kommt.

Hundegebell ist mir aber der verhaßteste Lärm. Mit Pferden bespannte Milchwagen ersparen mir diesen Lärm, und ich sehe sie ebenso gern vor meinem Hause, wie ich die Hundewagen hasse.

Der neulich angerückte Karrengaul ist ein Rotschimmel, dem man bessere Tage und einstige Kraft und Schönheit heute noch ansieht. Mit vornehmer Ergebung in sein dermaliges Los und sein Geschick überhaupt steht er da mit gesenktem Kopf und mit einer Duldermiene, die mich rührt und an das wahre Wort des Philosophen Schelling erinnert: »Das Leben ist ein Schmerzensweg, den jedes Wesen zurücklegt; davon zeugt der Zug des Schmerzes, der auf dem Angesicht der Tiere liegt.«

Lachen und Weinen sind ja besondere Privilegien des armseligsten und geplagtesten Geschöpfes hienieden, des Menschen. Darum sieht man heitere und lachende, traurige und weinende Menschen: den

Tieren aber ist es nie ums Lachen. In ihren Mienen zeigt sich höchstens ein Grinsen, das viel besser paßt auf die Zustände dieses Lebens, als das Lachen. Sie weinen auch nicht, die armen Tiere, aber in ihren Augen liegt allzeit ein großes Stück Melancholie, das laut genug dafür spricht, daß auch sie teil haben an dem Fluch, der auf dieser Erde liegt.

Sie sind dabei insofern vernünftiger als wir Menschen, denen in besseren Stunden die Lebensfreude aus den Augen spricht, als ob es immer so wäre.

Die Tiere sind konsequenter und philosophischer; sie halten es keine Stunde der Mühe wert, den Schmerz dieses Daseins zu vergessen und zu verbergen.

So auch mein Rotschimmel. Er trägt stets den Zug eines Weltweisen, dem diese Erde ein Jammertal ist, zur Schau.

Ob auf dem Franziskanerplatz fröhliche Kinder um ihn spielen, ob verklärte Kirchengängerinnen oder singende Blaumontagsleute an ihm vorüberziehen, er verliert seinen Ernst und seinen Trübsinn keinen Augenblick. Und ob Regen oder Schnee, Sturm oder Wind, Sonnenschein oder Nebel über den Platz gehen – er verändert niemals weder seine Stellung noch seine Miene.

Sein Gleichmut und seine philosophische Ruhe haben ihm deshalb längst meinen Beifall gewonnen. Und er muß es nach und nach gemerkt haben, daß ich der einzige Mensch bin an und auf dem Franziskanerplatz, der ihm Beachtung schenkt und ihn zu würdigen versteht.

So oft ich nämlich in letzter Zeit ans Fenster komme, schaut er etwas mehr nach rechts, damit ich seinen schmerzlichen Zug besser sehen und besser in ihm lesen könne.

Als ihm vor einigen Tagen – gegen Ende Januar 1903 – der Wind die schützende Decke wegriß, welche der Milchmann, sein Herr, über ihn geworfen hatte, ging ich hinunter und legte sie wieder über seinen alten Leib. Da wandte er sein sorgenvolles Haupt zu mir, schaute dankbar an mir hinauf und fing also zu reden an:

»Ich sehe dich täglich an deinem Fenster droben sitzen und mit Wohlwollen und Teilnahme auf mich herabschauen. Daß du aber heute aus deinem Haus heraus kommst, um mich zu bedecken gegen des Wetters Unbill, das beweist mir, daß dein Wohlwollen gegen mich ein tatkräftiges ist.«

»Keiner der vielen Menschen, die an mir vorübergehen, kümmert sich um den armen Karrengaul, weder um ihn selbst, noch um seine Decke. Und wenn mein Milchmann gekommen wäre und die Decke am Boden gesehen hatte, würde er mir dieselbe übergeworfen haben mit den Worten: ›Kannst du, altes, verfluchtes Vieh, nicht still stehen, daß die Decke nicht herunterfällt!‹«

»Du aber hast sie mir schweigend und mitleidsvoll auf den Rücken gelegt und zeigst seit Wochen Blicke des Mitgefühls für mich. Drum will ich einmal reden und dir aus meinem Leben erzählen, auf daß du den Menschen es sagest, was unsereiner in ihrem Dienste mitmacht und wie es einem ›unvernünftigen‹ Geschöpfe zumute ist, das sein Leben und seines Lebens Kraft dem Herrn der Schöpfung zum Opfer gebracht hat.«

»Jeden Morgen in den nächsten Tagen, wenn du am Fenster sitzest, schaue auf mich und vernimm die Stimme, die aus meinen Mienen spricht.«

»Du tust ein gutes Werk, wenn du auch einmal einem alten Gaul zum Wort verhilfst. Denn auch aus eines Tieres Mund können Worte der Weisheit kommen. Auch unsereiner hat eine lebendige Seele und ist viel gescheiter und empfindsamer, als ihr Menschen wißt und glaubt.«

2.

Man spricht in unseren Tagen so viel von drahtloser Telegraphie als der neuesten Erfindung, und doch ist sie so alt als die Menschheit. Die Gefühle des Hasses und der Liebe, der Sympathie und der Antipathie sind nichts anderes als die drahtlose Telegraphie von Herz zu Herz, von Aug zu Aug.

Dieselbe besteht und wirkt seit dem Tage, da ich ihm seine Decke auf den Rücken gelegt, auch zwischen mir und dem alten Rotschimmel vor meinem Hause. Auf dem Wege dieser Telegraphie hat er mich alles aus seinem Leben wissen lassen.

Kaum merkte er am ersten Morgen nach unserer näheren Bekanntschaft, daß der elektrische Strom meiner Sympathie zu ihm gedrungen sei, als es aus seinen Mienen zu telegraphieren begann. Die Chiffren lauteten, von mir übersetzt, etwa also:

»Du am Fenster und ich am Milchkarren sind beide Melancholiker, weil uns der Himmel der Jugendzeit längst verschlossen ist. Du träumst wehmütigen Blickes am Fenster oft von der seligen, goldenen Jugendzeit, und ich senke, bei allem Wetter auf dem Franziskanerplatz stehend, trübsinnig mein Haupt und denke zurück an die einzigen schönen Tage, die ich hienieden verlebt, an die meiner Fohlenzeit.«

»Von ihnen will ich dir drum zuerst erzählen.«

»Du kennst das Hanauerland, jenes üppige Fruchtland, das vom Rhein bespült und von deinem heimatlichen Kinzigflusse am Ende seines Lebens durchzogen wird; du kennst auch das kerngesunde, stattliche Völkchen, das dort wohnt und in seiner malerischen Tracht sicher dein Herz schon längst gewonnen hat.«

»Bisweilen sehe ich auch hier eine Hanauerin mit ihrem prächtigen Kopfputz an mir vorübergehen, und jedesmal gedenke ich wehmutsvoll der Jugendzeit, die ich bei den Hanauern verlebt, und ihrer schönen Heimat, die auch die meinige ist.«

»Das Licht der Welt im wahren Sinne erblickte ich zum erstenmal an einem schönen Frühlingstage Ende der achtziger Jahre, als ich, an der Seite meiner Mutter vor Freude aufhüpfend, in Gottes freie Natur kam.«

»Alles grünte und blühte. Die Vöglein sangen in Hurst und Wald, die Schwarzwaldberge grüßten von der Ferne herüber ins Hanauerland, und fröhlich und friedlich gingen die Menschen an die Arbeit.«

»Meine Lust am Leben erwachte ins Ungemessene, da ich, aus finsterem Stalle kommend, die Welt zum erstenmal im Frühling sah. Ich merkte, voll von meinem Jugendglück, die Mühe und den Schweiß meiner Mutter gar nicht. Sie zog neben mir einen schweren Pflug durch schweres Erdreich. Ich achtete auch nicht auf die Peitschenhiebe, welche ihr von Zeit zu Zeit unser Herr, der Bauer, versetzte, um sie anzutreiben.«

»Ich hab' aber gesehen, daß ihr Menschen es auch so macht, wie ich, der ich in meinem Fohlenglück die Not der Mutter nicht beachtete. Eure Kinder spielen auch und sind fröhlich, während die Eltern arbeiten, sorgen, sich grämen und weinen und den Kleinen nichts sagen von ihren Leiden.« »Auch meine Mutter schwieg lange Zeit, weil sie mein Jugendglück nicht stören wollte. Und so hüpfte ich denn neben ihrer harten Arbeit und ihren schmerzenden Peitschenhieben her, sorglos und heiter, wie nur die Jugend sein kann.«

»Das Leben kam mir immer schöner vor, je mehr die Erde mit Blumen sich schmückte, je üppiger die Saaten aufgingen und je schneller meine Lebenskräfte anwuchsen. Wie toll sprang ich in jugendlichem Übermut über Stock und Stein, über Gräben und Bäche.«

»Ich war zudem der Liebling der ganzen Hauauer Bauernfamilie. Alles liebkoste mich: Kinder, Mädchen, Burschen, auch der Bauer und sein Weib. Was letztere hatte stets ein Stück Brot, mit Salz bestreut, für mich parat, wenn ich aus dem Stalle kam.«

»Ich weiß nicht, war es Eifersucht oder Wohlwollen meiner Mutter; aber nachdem sie die Liebkosungen, welche ich erfuhr, lange genug angesehen, sprach sie in einer hellen Mondnacht, die von ihrem Silberlicht auch etwas in den Stall warf, also zu mir: ›Kind, traue den Menschen nicht! Ihre Liebkosungen sind eitel Selbstsucht. Sie hegen und pflegen dich, um später ein schön Stück Geld für dich zu bekommen, oder um in ihrem harten Dienst dich gut verwenden zu können. Du hast das muntere Kälblein gesehen, das in unserem Stalle stand. Aus seinen Augen sprachen Unschuld und Güte, und es hüpfte auch wie du. Was ist aus ihm geworden? Dem Schlächter hat es der Bauer zum frühen Tode überliefert für schnödes Geld. Du hast die Wehrufe von Mutter und Kind gehört, als das Kälblein fortmußte zur Schlachtbank. Und wenn sie dich nicht für größeren Gewinn leben ließen und wenn Pferdefleisch bei den Menschen so beliebt wäre wie Kalbfleisch, so würdest du auch schon des gleichen Todes gestorben sein.‹«

»Diese Worte gaben mir einige Tage zu denken. Doch in des jungen Fohlen-Lebens Lust gingen sie bald wieder unter.«

»Bald darauf sprach der Bauer im Stalle davon, mich auf die Fohlenweide zu bringen, hinauf ›in die Baar‹. Er hatte dies Vorhaben dem Knecht gegenüber geäußert und meine Mutter es wohl verstanden.«

»Als wir wieder allein waren und ich sie fragend anschaute, meinte sie: ›Zu meiner Zeit hat man nichts von Fohlenweiden gewußt. Da wurde ein junges Pferd ausgebildet und erzogen neben der Mutter her. Jetzt hat man eigene Stationen errichtet, wie Schulen, in denen die Fohlen aufwachsen und sich ausbilden sollen. Diese Ausbildung aber verdirbt sie. Sie meinen dann, gescheiter zu sein als ihre Eltern und in Herrenställen und bei Stadtkutschern bessere Stellen zu bekommen, als unsereiner bei den Bauern.‹«

»›Diese machen es aber mit ihren eigenen Kindern ähnlich. Unser Bauer hat seine Tochter in eine Haushaltungsschule geschickt. Seit ihrer Rückkunft will sie aber keine Kuh mehr melken, kein Schwein mehr füttern und keine Mistgabel und keinen Rechen mehr auf die Schulter nehmen.‹«

»Meine Mutter hatte nur zu recht. Ich kam auf die Fohlenweide, tobte aus und kehrte mit großen Dämpfen von meiner Kraft und Schönheit wieder heim.«

»Es war allerdings meine glücklichste Zeit, weil ich allen meinen jugendlichen Launen freien Lauf lassen konnte und mir im Spiel mit Altersgenossen die Tage dahinflogen so schnell, wie wir Fohlen über die weiche Ebene der Baar dahingaloppierten.«

»Aber als ich nach Jahr und Tag heimkam ins Hanauerland, stolz auf meine Ausbildung und meine körperliche Gewandtheit, da fing das Unglück an.«

»Ich sollte arbeiten und war es nicht gewohnt. Bisher war ich frei umhergesprungen; jetzt ward mir ein harter Zaum angelegt, und ich mußte diesem folgen. Tat ich das nicht, so gab es Flüche und Peitschenhiebe in Menge.«

»Und die ordinäre Arbeit, wie meine Mutter sie verrichtete – Dung führen, den Pflug ziehen, Garben und Gras heimschleppen – wie war sie mir, dem stolzen Jungpferd, verhaßt. Ich hielt mich zu Besserem geboren und verwünschte den ganzen Bauernstand um der mir verhaßten Arbeit willen.«

»Ich hatte in der Baar droben die Wagen- und Reitpferde des Fürsten von Fürstenberg gesehen, wenn sie in silberplattiertem Geschirr mit leichter Karosse stolz dahinsausten.«

»Solch ein Pferd wollte auch ich werden, darum ward ich störrig bei jeder gemeinen Bauernarbeit und bekam unzählige Hiebe.«

»Folgsam und gut gelaunt war ich nur, wenn der Bauer mit mir in leichtem Wägele nach Straßburg hinüberfuhr und es der Stadt zuging.«

»Meine Mutter warnte mich vergeblich und sprach oft also: ›Sei zufrieden mit deinem Schicksal als Bauernpferd und wünsche nicht in die Stadt und in Herrendienste zu kommen. Bei den Bauern ist noch das beste Los für unsereins. Man hat bei ihnen immer Heu in der Raufe und ist bei dem schönsten und notwendigsten Beruf der Menschheit tätig, bei der Landwirtschaft. Und ein rechter Bauer hält ein rechtes Pferd allzeit in Ehren und gibt ihm schließlich in alten Tagen das Gnadenbrot.‹«

»Ein Herrengaul aber dient Leuten, die keinen Dank kennen für ihre Diener. So lange der Gaul schön ist und springt wie ein Reh, gilt er etwas. Hört aber beides auf, so wird er verkauft und seinem Schicksal überlassen.‹«

»Ein Bauernpferd hat ferner, wenn der Abend kommt, seine Ruhe bis zum Morgen. Herrenpferde dagegen müssen vor Theatern und Ballhäusern oft bis nach Mitternacht auf ihre Herrschaften warten in Wind und Weiterhin Regen und Schnee«

»Eine Schwester von mir hatte Herrendienst; sie kam später krank und elend wieder in unser Dorf und hat mir all das erzählt«

»Also glaube mir, folge unserm Bauer und bleib, wo du bist, sonst geht es dir wie meiner Schwester«

»So und ähnlich sprach die Mutter. Aber Jugend und Leichtsinn haben keine Ohren für solche Reden. Auch ich hörte nicht, wie viele vor mir und nach mir, und mußte fühlen.«

»Es überkommt mich bei dem Gedanken an jene Mahnungen der Mutter, die ich nicht befolgt habe, solche Reue, daß ich jetzt nicht mehr weiter erzählen kann.«

»Laß mich drum für heute allein mit meinem Schmerz.«

Der Rotschimmel schwieg und senkte, Tränen in seinen großen Augen, kummervoll sein Haupt.

3.

Es war an des Kaisers Geburtstag. Die Böller krachten herab vom Schloßberg, als ich gegen zehn Uhr morgens wieder am Fenster saß und mit meinem Freund mich in geistigen Rapport setzte.

Ehe dies geschah, hatte ich bemerkt, daß er heute viel unruhiger war als sonst. Er zog bald das rechte, bald das linke Hinterbein in die Höhe. Ich wußte nicht recht, ob dies geschehe aus Angst vor dem Schießen oder aus Freude am heutigen Festtage, Ich glaubte fast, die deutsche Untertanen-Seligkeit sei selbst in einen alten Gaul gefahren.

Seine Miene widersprach aber der letztern Vermutung. Und als er merkte, daß ich im Zweifel sei, telegraphierte er: »Ich ziehe heute meine Beine in die Höhe, weil mich wieder mein alter Rheumatismus sticht, den ich teils als Herrenpferd, teils als Droschkengaul auf dem Kleberplatz in Straßburg geholt habe.«

»Doch laß mich erst meine Vorgeschichte erzählen, ehe ich mehr von meinen Schmerzen rede und von meinem Leben auf dem Kleberplatz.«

»An einem schönen Sonntag fuhr mein Herr mit mir nach Strasburg; denn die Hanauer und Hanauerinnen alle gehen gerne in diese Stadt. Sprache, Tracht, Sitte und Stamm haben sie ja gemeinsam mit den Elsässern.«

»Im Gasthaus zum ›Elsässer Hof‹ nehmen sie meist ihre Einkehr. Als wir an jenem Tag bei demselben anfuhren, hatte ich, stolz dahertrabend, die Aufmerksamkeit eines jüdischen Pferdehändlers auf mich gezogen. Er stand, als wir ankamen, gerade unter der Türe des Wirtshauses.«

»Ich muß seinem Kennerblick gefallen haben: denn während mein Bauer abstieg, fragte er ihn: »He, Mann, ist der Sandschimmel nit feil?«

»Amme (einem) Bur«, so sprach der Hanauer, »isch alles feil, wenn er güet zahlt werd, nur d' Fröu und d' Kinder nit. Dene Schimmel gab' i aber am liabste her. Er paßt nit ins Bureg'schäft. Er het an Herregeist. Gr springt liaber, als er ziaht.«

»Das hörte der Hebräer nicht ungern und ich auch nicht; denn vom Pflug und vom Düngerwagen wegzukommen, war ja längst mein höchster Wunsch.«

»Bauer und Jude gingen, nachdem ich ausgespannt und dem Hausknecht übergeben war, in die Wirtsstube, kamen aber nach einiger Zeit in den Stall: der Knecht mußte mich herausführen und einige Male im Hof hin- und hertraben lassen.«

»Eine halbe Stunde später war der Verkauf abgeschlossen. Ich gehörte für 800 Mark und 20 Mark Trinkgeld dem Pferdehändler Samuel Levi in Straßburg; sein Knecht sollte mich innerhalb acht Tagen abholen.«

»So geschah es. Der Knecht kam und holte mich. Ich hatte es nicht erwarten können. Leichten Sinnes ging ich von der Seite meiner Mutter, die mich schweren Herzens scheiden sah; denn überall und stets sind die Mütter beim Scheiden gefühlvoller als die Kinder, auch bei uns Pferden.«

»Der Knecht legte mir einen scharfen Zaum an, bestieg mich und ritt davon. Ich war kaum vor dem Dorf draußen, als ich merkte, ich stünde unter einem andern Herrn.«

»Mein Reiter zog den Zaum so schmerzhaft fest an und drückte mich mit seinen Beinen derart, daß ich hinten und vornen ausschlug. Das bekam mir aber schlecht: Der Zaum wurde noch schärfer angezogen, und die Reitpeitsche sauste so stark auf meinen Leib, daß, gegen diese Streiche die Peitschenhiebe meines Hanauers die reinsten Liebkosungen waren.«

»Schweißtriefend und an allen Gliedern zitternd, kam ich, geplagt und geängstigt, in Straßburg an. Ich wäre gerne heute schon wieder zurückgekehrt an die Seite meiner Mutter, allein es war zu spät.«

»Es sollte aber noch schlimmer kommen. Das war nur der Anfang des Liedes meiner Leiden.«

»Am andern Tage wurden mir der Schwanz und die Mähne toupiert. Auf beide war ich stolz gewesen. Sie mußten fort, und unsere Feinde, die Mücken, konnten fortan ungestraft mich plagen.«

»Nun wurde ich am Wagen dressiert zum Karossier; der Pferdehändler nennt das ›Einfahren‹ – ich nenne es ›Einschinden‹.«

»Wie gerne hatte ich in jenen Dressier- und Schindtagen den Pflug meines Bauern gezogen durch die nassen Furchen des Hanauerlandes!« »Zu all der Plackerei kam noch der Hunger. Es gab nur kleine Portionen Heu; denn ich sollte schlank werden. Da hing in der Raufe nicht immer Heu, wie im Hanauerland, wo unsereiner mehr Futter zum Zeitvertreib hatte, als in Straßburg beim Levi bei den Hauptmahlzeiten.«

»O, wie oft dachte ich an meine gute Mutter und an ihren Rat, und wie gern wäre ich wieder heim ins Hanauerland, um dort für Lebenszeit zu bleiben und den braven Bauern treu und gehorsam zu dienen!« – hier hielt er, von Schmerz übermannt, inne, mein alter Schimmel, und schwieg einige Zeit. Dann fuhr er wehmutsvoll weiter:

»Als ich allein eingefahren war, wurde ich mit einem andern Rotschimmel meiner Größe zusammengespannt, damit wir beide gleichmäßig gingen an der Karosse.«

»Mein Kamerad war aus Rußland gekommen und hatte nach den riesigen Steppen, in denen er seine Jugend verlebt, noch *mehr* Heimweh, als ich nach dem Hanauerland.«

»Wir sprachen, in nächtlicher Schlaflosigkeit neben einander im Stalle stehend, oft von Fluchtversuchen, Aber nirgends zeigte sich ein Hoffnungsschimmer des Gelingens. Was ihr Menschen von Tieren einmal in eurer Gewalt habt, laßt ihr nicht leicht mehr los aus eurer Tyrannei.«

»Es blieb also mir und dem Russen nichts anderes übrig, als unglücklich zu sein und stillen Haß zu tragen gegen euch Menschen.«

»Mein Kamerad hatte schon auf dem Transport hierher so viel gelitten durch Hunger, Entbehrung und Schläge, daß er noch weit verbitterter war, als ich, dem die kurze Überführung vom nahen Hanauerland wahrlich auch kein Spaß war.« »Einigen Trost in unserem Hasse gewährte es, daß wir sahen, wie auch ihr Menschen nicht glücklich seid. Die Knechte des Juden Levi handelten oft im Stalle und schlugen sich wund. Auch wurden sie von ihrem Herrn oft beschimpft als Lumpen und beschimpften dann den Levi wieder, wenn er fort war, als einen Spitzbuben.«

»Sie erzählten oft von Elend, Krankheit, Not und Tod unter euch Menschen. Wir hörten es und dachten, unseren Tyrannen gehöre auch was für die Art, in der sie mit dem ›lieben Vieh‹ umgehen.«

»Wir hatten in unserem Stall auch allerlei Gesindel aus dem eigenen Geschlechte: boshafte und närrische Pferde, Beißer und Schläger. Wenn sie nur nach den Knechten gebissen und geschlagen hätten, wär's uns eine Freude gewesen; so aber behandelten sie uns junge auch nicht besser als die Menschen.«

»Diese Rosse waren dabei noch dumm: denn wer angebunden und gefesselt ist, sollte nicht nach seinen Tyrannen ausschlagen. Er bekommt die Schläge zehnfach zurück und wird noch kürzer angebunden.«

»Nachdem wir zwei, der Russe und ich, hinlänglich eingefahren oder, richtiger, eingepeitscht waren, kaufte uns ein reicher Bankier der Stadt.«

»Und hiemit beginnt ein neues Stadium meines Lebens und Leidens. Doch eben kommt mein Milchmann, und ich muß von dannen. Das nächstemal Fortsetzung.«

4.

Es interessierte mich, wie es meinem Rotschimmel bei dem Bankier ergangen sein mochte, und schon am andern Morgen setzte ich mich wieder zeitig ans Fenster. Er stand, wie immer, gesenkten Hauptes auf dem Platz und zeigte in Gebärde und Haltung wieder jene wunderbare Resignation und Geduld, die ich so oft schon an ihm bewundert hatte.

Er fühlte alsbald, daß ich ihm heute erneut diese Bewunderung zollte, und sandte mir zunächst darüber die folgenden Gedanken-Molekülchen:

»Ich merke, daß du staunst über meine stille Ergebung und Geduld. Ich will dir nur sagen, daß beide das Ergebnis langjähriger Erfahrung sind. Ihr Menschen haltet uns Pferde für dumm, und doch sind wir in der Hauptsache viel gescheiter als ihr. Wir werden durch Schaden klug und geduldig, ihr Menschen aber nicht.«

»Einzelne von uns schlagen bisweilen aus gegen Mißhandlung und Verkennung; aber wir merken mit der Zeit, daß es nichts nützt, und ergeben uns in unser Schicksal.«

»Ihr Menschen jammert und murrt und klagt ohne Aufhören über widrige Schicksale und schlechte Behandlung; wir aber stehen schließlich all diesen Dingen gegenüber, wie ich auf dem Franziskaner-platz zu Freiburg im Breisgau. Wir lassen Gottes Wasser über Gottes Land und Regen und Schnee, Sturm und Wetter, Schläge und Flüche über unsern Leib gehen mit der gleichen Gemütsruhe, die diesen Dingen gegenüber das Brachfeld zeigt.«

»Ich hebe höchstens ein- oder das anderemal meine Beine in die Höhe, wenn mein Rheumatismus zu stark wird; aber sonst schweige ich und beuge meinen Nacken vor dem Unabänderlichen.«

»Mach es auch so! Du bist ein großer Murrer und Klager, löckst allzeit gern gegen den Stachel und siehst wenig friedliche Tage. Lerne von mir, dessen resignierte Haltung dir so imponiert!«

»Auch ich bin Pessimist, wie du, und hab' wahrscheinlich noch mehr Grund dazu; aber glaube mir, dem Schicksale gegenüber so hinstehen, wie ich hinstehe vor deinem Fenster, das ist die einzig wahre und erlösende Philosophie.«

»Heldentum heißt pfeifen, pfeifen auf die ganze Welt und auf die Tyrannen in ihr, auf die Menschen.«

»Und nun will ich dir weiter erzählen aus meiner Jugendzeit.« »Als wir zwei in den schön getäfelten Stall des Bankiers kamen, und jeder einen eleganten ›Stand‹ mit emaillierter Krippe bekam, waren wir fröhlich wie Kinder und glaubten, es breche jetzt eine neue, schönere Zeit für uns an.«

»Wir trafen im Stalle noch ein Reitpferd des Bankiers an, einen Braunen, der uns ziemlich verächtlich ansah, als wären wir Pferde zweiter Klasse, oder Bauern einem Baron gegenüber.«

»Er würdigte uns die ersten Tage keines Wortes und keines Blickes. Aber eines erfuhren wir trotzdem bald, daß es auch beim Bankier nur schmale Kost gab und man sich auch bei ihm die Zeit nicht mit Fressen vertreiben konnte, wie in einem Bauernstalle.«

»Bei unsereinem ist aber das Futter das Entscheidende, wie bei euch Menschen der Brotkorb, nach dessen Inhalt sich auch bei euch die Lust am Leben regelt.«

»Das lernte ich alsbald bei unserem Kutscher kennen. Er hatte freie Wohnung, hundert Mark monatlichen Gehalt und Livree, dazu ein Weib und fünf Kinder. Der Mann wurde seines Lebens nicht froh und war meist in gedrückter Stimmung.«

»Es war Winter, als wir beim Bankier eintraten. Es kamen die Bälle, die Theater und die Abendgesellschaften. Wir mußten jeden Abend die Herrschaft zu irgend einer dieser Vergnügungen bringen und tief in der Nacht sie wieder holen.«

»Stundenlang hielten wir in Kälte und Schnee und warteten und froren, bis es der Herrschaft gefällig war, heimzufahren.«

»Der Kutscher saß schweigend und grimmig da, einen Pelzkragen um den Hals, Hunger im Leibe und Flüche auf der Zunge über seine elende Existenz und über die Üppigkeit der oberen Zehntausend.«

»Wir vernahmen seine Stimmung und teilten sie vollauf. Nie wird ein armer Teufel ingrimmiger über sein Los, als wenn er draußen stehen und frieren muß, während andere drinnen im Überfluß schwelgen.«

»Jetzt trug ich das lang ersehnte, mit Silber beschlagene Geschirr; aber es half mir nichts gegen Kälte und Hunger. Wenn wir noch so spät heimkamen, gab's kein Futter mehr. Die Rationen waren dem Kutscher zugewogen, und es gab keine Extrafütterungen.«

»Ein Bauer, wenn er spät heimkommt mit seinem Gaul, wirft ihm wenigstens noch Heu für die Nacht in die Raufe. Herrenleute, die gesättigt von Feinschmeckereien und Champagner um Mitternacht heimfahren, kümmern sich keinen Teufel um den Hunger und den Durst ihrer Pferde und ihres Kutschers und dessen Familie.«

»Als es Frühjahr geworden war im Lande, machten wir auch Ausfahrten hinüber ins Badische, wo unser Herr ein Gut am Rebgebirg unterhalb Offenburg besaß.«

»Wir kamen dabei jeweils durch meine alte Heimat, durchs Hanauerland. Dort sah ich die Pferde gemütlich mit dem Pflug über die

Äcker ziehen in frischer Morgenluft, während wir in Staubwolken dahinrasen mußten. In Wehmut gedachte ich der Mahnungen meiner guten Mutter und seufzte: ›O selig, ein Bauernpferd zu sein‹«

»Wenn wir dann am späten Abend heimfuhren durch die Dörfer des Hanauerlandes, war alles in süßer Ruhe, Menschen und Tiere, Wir aber mußten rastlos in die Nacht hinein rennen.«

»Das Reitpferd neben uns spielte lange Zeit den Baron und verkehrte nicht mit uns, weil es bessere Tage sah und nicht so viele und keine bis nach Mitternacht dauernde Dienste leisten mußte.«

»Es wurde aber bald demütiger. Eines Tages kam der Herr mit ihm von einem Spazierritt zurück, und als er abgestiegen war, sprach er zu unserm Kutscher: ›Der Hektor – so hieß der Braune – muß mir jetzt auch bald aus dem Stall; er geht nicht mehr gut und stolpert oft.‹«

»Darob ergrimmte der Hektor und war nun froh, seinen Grimm uns mitteilen zu können. Er wurde fortan gesprächig und schimpfte über den Undank der Menschen, ›So lange man jung und gesund ist, ästimieren sie uns‹, meinte er; ›sobald aber ihre Selbstsucht und Eitelkeit ins Spiel kommen, sind wir ihnen im Wege. Wenn unsereiner vor Müdigkeit und Hunger, oder weil der Reiter den Zügel nicht festhält, stolpert, so ist das Ehrgefühl des Reiters verletzt, und wir müssen es büßen.‹«

»›Und doch, was wären die Menschen ohne das Pferd?‹«

»Und nun erzählte er uns die ganze Geschichte unseres Geschlechtes. Er war einige Zeit von dem Schwiegersohn unseres Bankiers, einem Universitätsprofessor der Zoologie, geritten worden und hatte dabei in Bälde dessen ganze Gelehrsamkeit in sich aufgenommen.«

›Unsere Heimat ist‹, so fing der Hektor zu erzählen an, ›wie die des Menschen, Asien, wo die Perser die ersten Pferdezüchter waren und ihre Tiere hoch in Ehren hielten.‹

›Weiße Pferde wurden göttlich verehrt bei den Heiden. Die alten Deutschen hielten solche in ihren heiligen Hainen. Ihr Wiehern und Schnauben galt als Prophezeiung. Allgemein glaubten die alten Völker an unsere Prophetengabe, an unsere Ahnungen und an unser Geistersehen.‹

›So groß war unser Ansehen und unsere Ehre im Heidentum, während wir im Christentum schlecht und bei den spezifisch katholischen Völkern am schlechtesten behandelt werden.‹

»Der Russe und ich horchten, staunten und seufzten, da unser Hektor so redete, und bedauerten, nicht früher gelebt zu haben. Dem Hektor aber gaben wir fortan aus Respekt vor seinem Wissen den Namen ›Professor‹.«

›Nichts wären die Menschen ohne uns‹, so sprach oft unser Professor. ›Wir haben ihnen im Altertum und im Mittelalter allem das Reisen ermöglicht. Alles, was jetzt die Eisenbahnen leisten, haben früher wir vollbracht.‹

›Wir führen ihnen heute noch alle Materialien zum Bau ihrer Häuser herbei, sowie das Holz, mit dem sie kochen und heizen.‹

›Mir haben ihnen geholfen ihre Schlachten schlagen. Denn was wären sie ohne Reiterei?‹

›Wie viele von ihnen verdanken das Leben ihren Rossen!‹

›Wie viele von ihnen sehen nur was gleich, wenn sie zu Pferde sitzen!‹

›Um wie viel übertrifft bei zahllosen dummen Gänsen ein reitender Leutnant einen solchen zu Fuß!‹ ›Wie viele Esel unter den Menschen sitzen zu Pferd, während die gescheiten Leute zu Fuß gehen müssen!‹

›Wie viele von den obern Zehntausend haben nur Sinn für Pferde und Weiber! Hatte nicht selbst ein Salomon 40.000 Pferde und 1.000 Weiber!‹

›Was wären Fürsten und Fürstinnen, wenn sie nicht reiten und fahren könnten und zu Fuß gehen müßten unter der sie umdrängenden und anhochenden Menge!‹

›Fürsten, die nicht auf dem Throne sitzen oder von Pferden getragen und gezogen werden, gleichen auf der offenen Straße Adlern, die über ein Brachfeld gehen, von Mücken umschwärmt.‹

›Der Adler imponiert nur in den Lüften, die Fürsten nur auf Thronen, in Wagen und auf Pferden.‹

›Was wären die Stiftungstage der Korps und Burschenschaften in den Universitätsstädten ohne die Pferde!‹

›Und wie helfen wir der menschlichen Ordnung und Gerechtigkeit durch die berittenen Gendarmen, von denen jeder einzelne – zwanzig Schutzmänner zu Fuß aufwiegt!‹

›Die größte leibliche Wohltat der Neuzeit vollends verdanken die Menschen uns Pferden. Das Heilserum, welches alljährlich Hunderten und Tausenden von Kindern das Leben rettet und sie vor dem sichern Tode bewahrt, das verdanken sie dem Pferdeblut!‹

›Und selbst wenn sie sterben, diese Undankbaren, müssen wir ihnen in den Städten noch die letzte Ehre geben. Was wären ihre Leichenwagen, wenn statt der Pferde Esel oder Menschen sie zögen!‹

»So und ähnlich sprach unser Hektor, und der Russe und ich kamen aus dem Staunen und Seufzen nicht heraus. Unser Ingrimm über euch Menschen wuchs, aber er konnte uns nicht helfen.«

»Nach einigen Wochen erschien eines Tages der Jude Levi, brachte ein neues Reitpferd und nahm den gelehrten Braunen weg. Wir werden ihn später nochmals treffen.«

»Aber da kommt schon wieder mein Milchmann. Ich muß heim; ein andermal Fortsetzung.«

5.

Immer mehr interessierte mich das Schicksal des stillen Dulders, und schon am andern Morgen horchte ich ihn weiter ab.

»Ich war«, so fuhr er fort, »einen Frühling, einen Sommer und zwei Winter im Dienste des Bankiers. Im zweiten Winter stieß mir ein Unfall zu, der mir verhängnisvoll wurde, weil er mein Schicksal verschlimmerte.«

»Wir sollten unsere Herrschaft von einem Ball abholen und standen lange nach Mitternacht noch in Schnee und Kälte vor dem Ballhause. Ich war eingeschlafen, während der Kutscher Flüche murmelte. Plötzlich kam die Herrschaft. Der Kutscher zog die Zügel rasch an, ich schrak auf, stürzte und verletzte mir das rechte Vorderbein.«

»Jetzt war ich unbrauchbar zum Karossier eines reichen Mannes. Um billiges Geld verkaufte dieser mich an einen ehemaligen Leibkutscher, den er starken Trinkens halber hatte entlassen müssen und der Droschkenkutscher geworden war.«

»Nun verschlechterte sich meine Lage ins Qualvolle. Ich reiße alte Wunden auf, wenn ich dir weiter erzähle. Ich will es aber doch tun, damit du weißt, was unsereiner leidet, und damit du selber geduldiger werdest.«

»In der Vorstadt Neudorf stand die Hütte, in welcher mein neuer Herr wohnte. Der Stall, worin ich seither gelebt, war ein Palast gewesen gegen dieses Häuschen. Hinter demselben, durch einen Hof von ihm getrennt, erhob sich eine zerfallende Remise, in welcher die vier Pferde des Droschkenkutschers und seine elenden Wagen untergebracht waren.«

»Ich war zweifellos das schönste der vier Tiere, als ich in den Dienst des Lohnkutschers kam. Meine drei Kollegen, magere, abgeschundene Klepper, nahmen mir aber alsbald mein Hochgefühl und meinten: ›In sechs Wochen siehst du gerade so aus wie wir; denn bei unserm Meister gibt's mehr Schläge als Hafer, und wenn du Hunger hast, kannst du die Streu zu deinen Füßen fressen.‹«

»Nachdem ich ihnen meine Herkunft und mein bisheriges Geschick erzählt, begannen auch sie der Reihe nach mir aus ihrem Leben zu berichten.«

»Allen war es zu wohl gewesen auf dem Land und in den Steppen; alle hatten sich in die Stadt gesehnt, nachdem sie gelegentlich einmal in eine solche gekommen waren. Alle hatten, wie ich, Enttäuschung auf Enttäuschung erlebt, einzelne von ihnen noch weit größere als ich.«

»Rechts von mir stand ein herabgekommener Engländer. Einst galt er als echtes Vollblut, war zum Rennen trainiert und malträtiert worden und hatte seinem Besitzer manch großen Preis gewonnen.«

»Eines Tages war er mit seinem Jockei in rasendem Laufe gestürzt und hinkend geworden. Ohne Rücksicht auf seine bisherigen Verdienste und Leistungen hatte sein Besitzer ihn um einen Spottpreis weggegeben. Er kam dann von einer schlechten Hand jeweils in eine noch schlechtere, bis er zum Droschkengaul herabgesunken war.«

»Mit Erbitterung sprach auch er von dem ihm durch die Menschen bereiteten Lose. Er stampfte in seinen alten Tagen heftig auf den Boden, wenn er erzählte von den Wettrennen und von den Qualen und Plagen, welche er dabei auszustehen hatte. Nach Atem ringend, aus weiten Nüstern nach Luft stöhnend, schweißtriefend und an allen Gliedern zitternd, standen die armen Pferde nach dem Rennen da, während ihre Herren, unbekümmert um die abgehetzten Tiere, davon fuhren, um bei Sekt und Austern die Schinderei und ihren Verlauf zu besprechen.«

»Mir zur Linken stand ein alter Ungar. Die helle Freude glänzte in seinen dunklen Augen, wenn er von seiner Jugendzeit auf den Pußten seiner Heimat erzählte, wie er und seine Eltern und Verwandten die Steppe auf und ab galoppierten, oder in Herden rasteten an stolzen

Flüssen, während ihre Hirten um lodernde Feuer tanzten, sangen und musizierten.«

»Groß geworden, war mein Ungar in den Besitz einer Zigeunerbande gekommen und hatte mit derselben halb Europa durchzogen. Er lobte diese Zeit und die Zigeuner. Sie sorgten allzeit für ihre Pferde, und wenn diese nichts auf grüner Heide fanden, stahlen ihre Herren bei den Bauern das Futter für ihre Tiere.«

»Stets lagerten die Zigeuner im freien Feld unter Gottes offenem Himmelszelt, und das gefiel dem Ungar tausendmal besser als das Wohnen in dumpfen Ställen.«

»Die Bande, der er viele Jahre treu und redlich gedient hatte, wurde wegen eines Diebstahls im Elsaß teils gefangen, teils zersprengt. Die Pferde wurden gepfändet und versteigert, Dabei war der Ungar in die Hände unseres Droschkenkutschers geraten. Er fühlte sich sterbensunglücklich in diesem Dienst und hatte großes Heimweh nach seinen braven Zigeunern und nach dem freien Leben auf der Landstraße und auf der Heide.«

»Der vierte Gaul in unserm Stall war der einzige mit seinem Schicksal zufriedene. Er war ziemlich schwächlich auf die Welt gekommen, taugte deshalb, groß geworden, weder zum Zug noch zum eleganten Springen. So kam er frühzeitig an die Droschke, kannte kein besseres Los und war darum zufrieden.«

»Wenn wir andern, die bessere Tage gesehen hatten, seufzten und stöhnten über unser Schicksal und über den Droschkendienst, so hielt er begeisterte Reden auf den Stand eines Droschkengauls.«

›Was wären‹, so rief er oft aus, ›die Menschen in den Städten ohne uns Droschkengäule! In tausend Verlegenheiten stünden sie, besonders zur Nachtzeit, mit ihrem Gepäck an den Bahnhöfen, wenn wir nicht da wären und sie in die Hotels oder heimführten. Und die besseren Bürger und Bürgerinnen und alles Herrenvolk müßte an die Bahn zu Fuß gehen bei allem Wetter, wenn wir sie nicht dahin brächten.‹

›Alle Leute, bei denen Zeit Geld bedeutet, sind in den großen Städten froh, wenn sie mit der Droschke schnell ans Ziel und wieder heimkommen.‹

›Kranke und Genesende könnten keine frische Luft in Gottes freier Natur genießen ohne uns, Gesunde und Erholungsbedürftige keine Lustfahrten aufs Land machen, wenn es keine Droschken gäbe.‹

›Angeheiterte Arbeiter, die blauen Montag machen, brächten die letzten Groschen nicht weg, wenn sie nicht Droschken fahren könnten.‹

›Verschämte Liebende wüßten nicht, wo sie allein sich ungestört treffen könnten, wenn keine Droschken existierten.‹

»Der Gaul, der so sprach, war ein wahrer Philosoph, der seinem elenden Stand noch eine gute Seite abzugewinnen wußte.«

»Mich hat er manchmal getröstet durch seine Lobsprüche auf das gemeine Volk der Droschkenpferde, die so verachtet und doch so nötig sind.«

»Wir vier taten immer je zu zweit Dienst, abwechselnd zwei am Morgen und zwei am Nachmittag; denn unser Kutscher führte einen Zweispänner und hatte seinen Standort auf dem Kleberplatz.«

»In der Regel war ich mit dem Zufriedenen zusammengespannt, und die Lebensweisheit, mit der er sich in unseren trostlosen Beruf schickte, rettete mich zeitweilig vor Verzweiflung über mein Los.«

»Es gibt in der Tat, wenn man nicht ein Weltweiser ist wie unser vierter Gaul, den wir aber im Ingrimm oft einen Esel nannten wegen seiner Zufriedenheit, nichts elenderes als einen Droschkengaul.«

»Ruhelos bei Tag und Nacht, schlecht gefüttert und schlecht behandelt, allen Unbilden des Wetters preisgegeben, von allen Bresten und Gebrechlichkeiten heimgesucht, in der Brust die nagende Erinnerung an bessere Tage, von den Menschen verachtet statt bemitleidet, das sind die Merkmale eines Droschkenpferdes.«

»O, wie oft stand ich in Regen und Wind, in Eis und Schnee auf dem Kleberplatz in Straßburg und fror und hungerte und zitterte! Es war mir schon eine Wohltat, wenn in solchen Tagen ein Mensch in die Droschke stieg und ich mich wieder warm laufen konnte.«

»Und was haben wir gelitten von den Launen und von der Roheit unseres Kutschers.«

»Er war ein Trunkenbold. Verdiente er viel, so trank er viel, und dann schlug er in seinem Rausch erbarmungslos auf uns ein. Verdiente er wenig, so war er schlechter Laune, und diese ließ er auch wieder an seinen geschundenen Pferden aus.« »Wer noch mehr litt als wir, das war sein braves Weib. Sie mußte ihm, wenn er am Abend heimkam, die Pferde putzen und füttern, damit er seinen Rausch alsbald ausschlafen oder, wenn er noch nicht ganz betrunken war, in einer benachbarten Kneipe weiter trinken konnte.«

»Unter Tränen pflegte das arme Weib, das dazu noch eine Schar kleiner Kinder aufzuziehen hatte, uns, ihre Leidensgefährten, und wir vier wahrhaftig auch nicht Glücklichen sagten uns oft, ein unglückliches und überdies armes Weib sei doch das erbarmungswürdigste Geschöpf auf Erden.«

»In den ersten Tagen, da ich auf dem Kleberplatz stand, erneuerte ich auch eine alte Bekanntschaft. Es traf sich, daß zwei Droschken neben einander hielten, und da erkannte ich in dem einen der Pferde an der andern Droschke meinen ehemaligen Stallgenossen, den ›Professor‹.«

»Er war so herabgekommen und stand so traurig da, daß ich tiefes Mitleid empfand mit dem einst so stolzen und gelehrten Kollegen.«

»Eine große Träne des Schmerzes und der Verzweiflung trat aus seinem mir zunächst stehenden Auge, als ich ihn an unsere Bekanntschaft erinnerte und ihn fragte, wie es ihm ergehe.«

»Ich konnte die Gedanken, die er mir mitteilen wollte, aus seinen Augen lesen.«

›O wäre ich nie‹, so sprach er, ›in die Hände eines Gelehrten geraten; denn je gebildeter ein Geschöpf ist, um so unglücklicher wird's, wenn schlimme Tage kommen und es nichts anderes hat als seine Bildung.‹

›Was nützt mir jetzt all mein Wissen an der Droschke eines armen Kutschers; was nützt es mir für Regen und Wind, für Hunger und Kälte!‹

›Ich bin der unglücklichste unter uns Droschkengäulen allen, weil ich der gebildetste bin.‹

›Im Unglück sieht man erst ein, wie wenig einem die Bildung hilft, um sich aufzurichten.‹

»So lautete seine Augensprache.«

»Bei all seinem Elend aber konnte es der heruntergekommene Professorsgaul nicht lassen, zu spötteln und zu höhnen, wenn ein geistlicher Herr oder gar ein Kapuzinerbruder des Wegs daherkam, wenn wir auf dem Kleberplatz standen.«

»Stieg gar einmal ein verspäteter Kapuziner, der von auswärts gekommen war und noch ins Kloster Königshofen fahren wollte, in seinen Wagen, so schlug er hinten und vornen aus; denn er hatte es noch von seinem alten Herrn im Leib, daß die Mönche die gefährlichsten und verächtlichsten Menschen seien.«

»Unsere Kutscher waren nicht so wild gegen die Geistlichkeit: ihnen, die meist altelsässisches Blut in den Adern rollen fühlten, waren allein die »Prüße« verhaßt, welche in ihrem schönen Land die Herren spielten und keine Trinkgelder bezahlten.«

»Sie sprachen oft von den alten, schönen Tagen, da die Franzosen noch in »Stroßburi« die erste Rolle spielten und ihr Geld springen ließen wie Heu.«

»Mir war es zu allem Elend entsetzlich langweilig auf dem Kleberplatz, und ich beneidete jeden Bauerngaul, der an uns vorüberzog, um sein besseres Los.«

»In Wahrheit, ich komme nochmals darauf zurück, wer vermag die Leiden eines Droschkengauls auf den Straßen und Plätzen unserer Städte zu schildern?«

»Gibt es einen bemitleidenswerteren Anblick als den eines solchen Geschöpfes, wie es gesenkten Hauptes dasteht und aus seinen Augen eine Flut von Wehmut und aus allen Linien seines Leibes ein Meer von Müdigkeit sprechen läßt?«

»Tausende gehen an ihm vorbei, heiter, lustig, lachend, scherzend; keiner bekümmert sich um das arme Tier und keiner ahnt das Elend, an dem er vorübereilt.«

»Ein Milchkarrengaul ist ein König gegen einen Droschkengaul. Er kommt wieder zur Stadt hinaus, arbeitet aus Feld und Flur und hat zur rechten Zeit seine Nahrung und seinen Trank.«

»Die Droschkengäule haben allzeit nur Pflaster- und Straßenstaub zu treten, leiden oft Durst in der Nähe der städtischen Brunnen, weil es verboten ist, sie an denselben zu tränken. Und wenn ihr Herr Passagiere hat, so fährt er zu, ohne an den Hunger und Durst seines Gaules zu denken.«

»Drum war ich herzlich froh, als eines Tages meinem Herrn seine Wagen und Pferde gerichtlich versteigert wurden. Schlechter, so sagte ich mir, kann es dir nicht gehen, als in Neudorf. Der Jude, von dem er Hafer und Pferde bezog, hatte den Verkauf veranlaßt.«

»Am gleichen Tag, da wir unter den Hammer kamen, war der berühmte Pferdehalter Jenne von Freiburg in Straßburg, erfuhr von der Steigerung und erstand mich und meinen Kameraden für die Freiburger Pferdebahn.«

»Doch für heute genug. Ich sehe, du bist noch nicht rasiert, was du immer am Fenster tust. Also schließe die Vorhänge und rasiere dich, und ich schließe dieses Kapitel.«

6.

Es vergingen einige Tage, bis ich mich wieder mit meinem Freunde in Rapport setzte. Ich hatte meine »Nerven«, und wenn ich selber elend bin, mag ich nicht auch noch das Elend anderer hören. Aber am ersten Tage, da ich etwas besser aufgelegt war, setzte ich mich wieder ans Fenster, und der Alte fuhr fort:

»Es ist ja das Los des edelsten und besten Pferdes, von Stufe zu Stufe zu sinken, bis ein gewaltsamer Tod seinem Leben ein Ende macht.«

»Ihr Menschen laßt ja kein Tier, das in eurem Dienste steht, eines natürlichen Todes sterben. Es ist aber dieser gewaltsame Tod meist auch die einzige Wohltat, die ihr uns erweist.«

»Vom Droschkengaul zum Tramwagenpferd ist kein Avancement. Die Tiere, die man sonst nirgends mehr brauchen kann und die alle Fehler unseres Rossegeschlechtes haben, kommen in der Regel an den Tram.«

»Und doch gefiel es mir in Freiburg dienstlich besser als in Straßburg. Einmal war unser neuer Herr, der Jenne, die Liebenswürdigkeit selber. Er bändigte durch diese Liebenswürdigkeit die bissigsten und bösartigsten Gäule und brachte die lahmsten zum Springen.«

»Sodann gab es Pausen im Dienst, während deren wir unter Dach und Fach standen, was einem Droschkengaul nicht zuteil wird.«

»Endlich war große Rossegesellschaft beim Jenne. Gegen Hundert meinesgleichen standen in seinen Stallungen, und da fehlte es nie an Unterhaltung. Es war allerdings die Unterhaltung in einem Asyl für Kranke, Bresthafte, Altersschwache und Unglückliche. Alle Bresten und alle Stände waren vertreten. Es gab steife, krumme, hinkende, kollerige, flußgallige Gäule, Asthmatiker, Neurastheniker und Schwindsüchtige. Es gab Araber, Engländer, Russen, Mecklenburger, Franzosen und Deutsche. Es gab Rosse von herabgekommenem Adel und aus den besseren und besten Ställen: denn die Droschken- und

Trambahngäule sind ja meistens Tiere, die bei hohen und höchsten Herrschaften und beim Militär gedient haben.«

»Es gab darunter echte Adelige von blauem, englischem und arabischem Blut. Die meisten hatten einst stolze Namen getragen, wie Regina, Ajax, Viktoria, Imperator ec« »Eine ganze Bibliothek hätte man schreiben können über das Leben dieser im Dienste der Menschheit herabgekommenen Geschöpfe. Alle waren empört über die Behandlung und über die Undankbarkeit, die sie erfuhren von seiten der Menschen.«

»Und jetzt in ihren alten Tagen noch mußten sie sich, wenn der milde Meister Jenne nicht um den Weg war, zu der schweren Arbeit hin beschimpfen und schlagen lassen von den Stall- und Fuhrknechten.«

»Ich lernte nach und nach die meisten meiner Leidensgefährten kennen; denn bald war ich mit diesem, bald mit jenem am Tram.«

»Neben mir ging meist ein alter Schimmel mit einem Maulkorb. Er stand auch neben mir im Stall, und wir wurden die besten Freunde.«

»Er war von uns allen am erbittertsten gegen die Menschen. Wo und wie nur einer ihm nahte, biß und schlug er, trotzdem er immer dafür geschlagen wurde. Sein Haß war aber noch größer als sein Schmerzgefühl.«

»Aus einem fürstlichen Gestüte von Eltern arabischen Vollbluts stammend, war er ehedem an königlichen Staatskarossen gegangen und nach und nach im Dienste der Menschheit herabgesunken bis zum Tramwagengaul.«

»Seine Gesinnung war die eines Anarchisten gegen alles, was Mensch heißt. Gern hätte er jeweils den Tramwagen umgeworfen oder in einen Abgrund geführt, wenn's auf ihn allein angekommen wäre.«

»Er schalt die Menschen feige, brutal und servil. Mut hätten sie nur nach unten, nie nach oben, darum ließen sie sich von ihren eigenen Herren alles gefallen, während sie gegen die Tiere unbarmherzig und tyrannisch seien.«

»Als er noch am Wagen des Königs gelaufen, hätte er oft gesehen und gehört, wie die Menschen hoch schrieen und Bücklinge machten vor ihrem Landesfürsten, der sie behandelte, wie sie es verdienten, d. i. schlecht«, »Ja, selbst den leeren Wagen ohne König hätten sie mit Hochrufen begrüßt, in der Meinung, der Allerhöchste sei drinnen.«

»Auch die königlichen Hunde und Pferde hielten sie für höhere Wesen und waren voll von Staunen und Bewunderung, wenn sie dieselben sahen.«

»Wie feige die Menschen nach oben seien, könne man in unserem Stall sehen. Wenn der Meister Jenne die Knechte Lumpen und Faulenzer schimpfe und ihnen alles Böse nachsage, schwiegen sie, machten die Faust in der Tasche und ließen ihren Zorn nachher an uns aus.«

»Wo man hinschaue im Leben der Menschen, überall trete einem Unrecht und Charakterlosigkeit entgegen.«

»Selbst das sei ein Unrecht, daß nur die armen Teufel unser zusammengeschundenes Fleisch verzehren müßten, statt derer, die uns vom stolzen Karossier herunterkommen ließen zum Tramwagengaul.«

»Zwei Jahre diente ich«, so fuhr mein Rotschimmel fort, »dem Meister Jenne am Tram und bin in dieser Zeit unzählige Male schweißtriefend mit meinen Unglücksgefährten die Kaiserstraße in Freiburg auf- und abgesprungen.«

»Man sagt immer, Freiburg sei eine schöne Stadt. Das gebe ich gerne zu, aber für einen Tramwagengaul ist es gleich, wo er ziehen muß. Ja, in seiner Lage macht eine schöne Stadt den Unglücklichen nur noch unglücklicher.«

»Und oft, wenn ich zur Sommerszeit am Ende der Trambahn stand und den Sternenwald sah und die vielen, heiteren Spaziergänger, dann trug ich mein Los noch schwerer.«

»Zwei Jahre also zog ich den Tramwagen, bis die Stunde der Befreiung kam. Die elektrische Bahn wurde am 1. Oktober 1901 in Betrieb gesetzt, und unser Jenne schrieb seine Tramwagenpferde zur Versteigerung aus.« »In seinem Hof wurden wir aufgestellt und von den Liebhabern, meist Bauersleuten, gemustert. Bei der Versteigerung ward ich meinem heutigen Herrn, Pius Mäder in Stegen, um 160 Mark zugeschlagen.«

»Er führte mich alsbald talaufwärts. Ich sah wieder Natur – Berge und Wälder, Wiesen und Bach – und atmete wieder auf.«

»Und als er mich in seinem friedlichen Weiler in den Stall führte und mir Futter nach Belieben vorwarf, glaubte ich nach so vielen Prüfungen noch an einen schönen Lebensabend.«

»Aber schon der erste Morgen stimmte meine Hoffnungen wesentlich herab. Ich mußte mit dem Milchwagen wieder in die Stadt und bei Wind und Wetter auf diesem Platz stehen. Mein Rheumatismus von

Straßburg her nahm zu, und unter stechenden Schmerzen stehe ich meist vor deinem Hause, und von den vielen Menschen, die an mir vorübergehen, bist du der einzige, der an meinem Schicksal Anteil genommen hat.«

»An Sonn- und Feiertagen sehe ich die Menschen zahlreich über den Platz in die Kirche eilen, um ihrem Gott ihre Leiden und ihren Kummer zu klagen. Aber an meine Leiden denkt keiner der Kirchengänger.«

»Ich höre oft die Kapläne von St. Martin, von denen einzelne mit wahrer Löwenstimme reden, predigen von der Vergeltung der Leiden und Schmerzen dieses Lebens in einer anderen Welt, Ich frage mich aber dabei oft, ob das nur von den Leiden der Menschen und nicht auch von denen der viel unschuldigeren Tiere gelten möchte.«

»Könntest du mir am Schluß meiner Erzählung nicht darüber Auskunft geben und auch mich, den vielgeprüften Dulder, etwas trösten und in mir und mit mir meine zahlreichen Leidensgenossen?«

So endigte der arme Rotschimmel die Geschichte seines Lebens, und ich war von tiefem Mitleid ergriffen über sein Schicksal.

Eben wollte ich ihm meine tröstliche Antwort zukommen lassen, als der Pius Mäder mit seinen leeren Milchkannen daherkam und unserem Verkehr für heute ein Ende machte.

Ich schaute dem vierbeinigen Märtyrer ins Auge und tröstete ihn aufs nächstemal. Dankbar schaute er mich an, ehe er den Platz verließ, mühsam sich fortschleppend.

7.

Es war ein heller Märztag, Die ersten Strahlen der Frühlingssonne lagen über dem Franziskanerplatz, als ich meinen Nachbar zu trösten unternahm.

»Daß ihr euch über die Menschen beklagt«, also begann ich, »ist wohl begreiflich; denn sie verkennen in ihrem Hochgefühl, Mensch zu sein, daß ihr Tiere ihnen viel näher steht, als sie wissen und glauben.«

»In Wahrheit, sie übersehen es ganz, daß auch ihr, und nicht bloß die Menschen, eine lebendige Seele habt und ein Seelenleben, und daß es auch bei euch einen persönlichen Unterschied gibt, wie bei den

Menschen, in leiblicher und geistiger Hinsicht, ein Selbstbewußtsein und ein Pflichtgefühl.«

»Kein Pferd ist wie das andere; jedes ist für sich eine Ichheit, die sich von den anderen unterscheidet in Art, Gestalt, Farbe, Talent und Temperament.«

»Es gibt dumme und gescheite, faule und träge, gutmütige und böse, stolze und demütige Tiere unter euch. Manches Pferd arbeitet voll Pflichtgefühl, Tag für Tag, schwer und unverdrossen, andere dagegen müssen getrieben werden zur Arbeit.« »Wie stolz geht das Reitpferd eines Königs daher und wie demütig der Gaul eines armen Müllers!«

»Wie sieht man dir, dem vielgeprüften Rotschimmel, den Kummer und die Schmerzen an, gerade so gut, wie einem Menschen, dessen Herz voll ist von Traurigkeit!«

»Wie gut ist euer Gedächtnis und wie kennt ein Pferd noch nach Jahren die Wirtshäuser, vor denen es öfters gestanden, und die Stellen, an denen ihm ein Unglück zugestoßen ist!«

»Also ihr seid verkannt, verkannt zu Unrecht, und deshalb behandeln euch die gedankenlosen Menschen nicht besser.«

»Die alten Heiden waren darin viel verständiger, als die heutigen hochmütigen Kulturmenschen. Sie staunten über der Tiere Kraft, über ihr Wachsen und Werden ohne Pflege und über ihre Sicherheit, Nützliches und Schädliches zu unterscheiden. Darum sahen sie in euch Sinnbilder der Gottheit und verehrten manche Tiere als göttlich.«

»Aber selbst die Menschen unserer Tage, so sehr sie die Tierwelt verkennen, zeigen unbewußt, wie nahe sie mit euch verwandt sind. Jeder Mensch hat Vorliebe und Neigung zu irgend einer Tiergattung und fühlt sich zu ihr hingezogen nach dem Sprichwort: ›Gleich und gleich gesellt sich gern.‹«

»So lieben Mädchen die Schafe, Knaben die Pferde, alte Wibervölker die Katzen und die Papageien.«

»Und dann vergessen die Menschen in ihrem Hochmut und in ihrer Brutalität euch gegenüber, daß sie ja längst ihre Familiennamen von euch verachteten Tieren angenommen haben!«

»Sie nennen sich Schaf, Hund, Roß, Katz, Marder, Fuchs etc. und meinen dabei doch, sie seien hoch erhaben über die Tiere.« »Auch das übersehen die Menschen, daß ihr Tiere Tugenden und Leidenschaften mit ihnen teilt.«

»Ihr wißt, wie eure brutalen Herren, was Liebe und Haß, was Freundschaft und Feindschaft heißt. Und ihr seid in Liebe und Treue, in Freundschaft und Anhänglichkeit nicht selten erhaben über sie.«

»Ihr übertrefft die Menschen aber auch an Geduld im Leiden und an Mut im Sterben. Ihr seid in Schmerzen und Todesnöten keine solche Heul- und Angstmeier wie sie.«

»Endlich denken die heutigen Menschen nicht mehr daran, daß ihre Ahnen Jahrhunderte lang ihre Sünden getilgt haben mit Tierblut, und daß ihre Nachkommen schon deshalb mehr Achtung zeigen sollten vor den Tieren.«

»Die Menschen sollten überhaupt Gott nicht bloß suchen in sich und in ihren Religionen, sondern auch in der Natur und in den Mit-Geschöpfen, dann würden sie den Geist Gottes auch aus euch reden hören.«

»Was die Entschädigung der Tiere für ihre unschuldigen Leiden betrifft, so vermag kein Mensch mit Sicherheit zu behaupten, daß die Tierwelt völlig untergeht mit dem Tode.«

»Vielleicht ist auch sie bestimmt, auf der neuen Erde nach dem Untergang der alten eine Stelle einzunehmen.«

»Der hl. Apostel Paulus schreibt: ›Auch selbst das Geschöpf wird befreit werden von den Banden der Verderbtheit zur Freiheit der Herrlichkeit der Kinder Gottes‹.«

»Sicher ist, daß gerade das Pferd eine große Rolle spielen wird beim Weltgericht. Beim Öffnen der sieben Siegel im Himmel werden in der Bibel vier Rosse genannt, auf denen die Engel sitzen, so am Weltgericht teilnehmen.«

»Und die Zahl der apokalyptischen Reiter wird in der ›Geheimen Offenbarung‹ des hl. Johannes auf zwanzigtausend mal zehntausend angegeben.«

»Sie sitzen auf eben so vielen Pferden, die Löwenköpfe haben, von denen Feuer, Rauch und Schwefel ausgeht, wodurch der dritte Teil der Menschheit getötet wird.«

»Ja, selbst der Weltrichter und Besieger des Bösen wird auf einem Pferde sitzen am Ende der Tage. Denn in der gleichen Offenbarung heißt es: ›Und ich sah den Himmel geöffnet und siehe, ein weißes Roß; und der da saß auf ihm, ward genannt Getreuer und Wahrhaftiger, und in Gerechtigkeit richtet und streitet er. Und sein Name wird genannt Wort Gottes und König der Könige und Herr der Herrscher.‹«

»Du siehst also, vielgeprüfter Rotschimmel, welch merkwürdige und ausgezeichnete Rolle dem Pferde zugeteilt wird, wenn es gilt, Gericht zu halten über die Menschen.«

»Also tröste dich. Es kommt der Tag und die Stunde, da ihr Rache nehmen werdet an dem bösen Menschengeschlecht. Auch beneide dasselbe nicht um den jenseitigen Lohn für seine Leiden. Es steht diesem Lohn auch die Strafe gegenüber für seine Sünden, auch für die Sünden gegen die unschuldige Tierwelt.«

»Gott selbst hat Freude an seinen Tieren und spricht bei Moses zu den Menschen: ›Ich errichte meinen Bund mit euch, mit jeglicher lebendigen Seele, die bei euch ist an Vögeln, an Vieh und an allen Tieren der Erde.‹«

»Und ist es nicht eine Ehre für die Tierwelt, daß der Weltheiland genannt wird der Löwe vom Stamme Juda und das Lamm Gottes?«

»Und im Buche Job redet der Herr mit einem gewissen Stolze von den Tieren, die er geschaffen und mit verschiedenen Kräften ausgestattet hat. Gerade vom Pferde heißt es da, wo der Herr aus dem Wettersturm zu Job spricht: ›Gibst du dem Rosse Stärke und lassest du aus seinem Hals Gewieher ertönen?‹«

›Kannst du es aufspringen lassen wie Heuschrecken? Das Schnauben seiner Nüstern, wie furchtbar ist es!‹

›Den Boden scharrt es mit dem Hufe, steigt stolz empor, entgegen sprengt es dem Gewappneten; es lacht der Furcht und wendet sich vor dem Schwerte nicht um.‹

›Auf ihm erklingt der Köcher, blitzt die Lanze und der Schild; schäumend und tobend schürft es den Boden und merkt auf nichts bei der Trompeten Klang.‹«

»Und auf daß es die Leute nicht wunder nimmt, wenn du, alter Rotschimmel, und ich mit einander reden, so wollen wir ihnen sagen, daß schon im Buche Job das Pferd sprechend eingeführt wird.«

»Der Schlußsatz über das Pferd in diesem Buche heißt: ›Sobald es die Trompete hört, *spricht* es: Ah! Von ferne wittere ich die Schlacht, der Führer Donner und des Heeres Feldruf.‹«

»Du kannst aus dieser Stelle der Heiligen Schrift ersehen, daß Gott selbst des Lobes voll ist über das Pferd, und er wird auch die Unbill rächen, welche die Menschen euch antun, und auf einer neuen Erde auch eurem Geschlechte gerecht werden.«

»Vielleicht kehrst dann auch du wieder in verjüngter Gestalt und kannst sorgenlos werden auf den ewig blumigen Matten einer verklärten Erde.«

»Aber selbst auf dieser Erde hat eure Erlösung schon begonnen. Die Eisenbahnen haben Millionen von Rossen die Lasten und die Leiden abgenommen. Die Elektrizität ist nachgefolgt und befreit euch abermals von schwerer Arbeit. Und das große Narren-Fuhrwerk der neuesten Zeit, das ihr so fürchtet – das Automobil – es wird in Bälde euch vollends befreien vom Wagen- und Droschkendienst.«

»Vielleicht werden in Zukunft auch die Völker vernünftiger, verbieten ihren Fürsten Krieg zu führen und machen Weltfrieden; dann braucht ihr auch keine Militärdienste mehr zu leisten und nicht mehr in den Schlachten verstümmelt zu verbluten.«

»Du siehst also, mein vielgeprüfter Freund, auch deine und deines Geschlechtes Zukunft ist weder diesseits noch jenseits hoffnungslos. Auch ihr dürft die Fahne der Hoffnung erheben und sagen: ›Es kommen bessere Zeiten auch für das gequälte Pferdegeschlecht!‹«

So sprach ich zu dem Rotschimmel am Morgen des 1. Februar 1903, und wie die deutschen Studenten auf den Hochschulen, gab er mir Beifall durch ein Füßegetrampel. Auch ein fröhliches Wiehern ließ er hören, das erste, seitdem er auf dem Platze steht.

Dann wandte er sich, eine Freudenträne im Auge, zu mir und sprach: ›Habe Dank, alter Pfarrer, für deine Trostworte. Nun will ich gern noch weiter dulden und leiden und meinen Milchkarren ziehen bis zum Ende. Möge dann ein gütiges Geschick es fügen, daß, wir zwei alte, bresthafte und vielgeprüfte Knaben uns wiedersehen auf den seligen Fluren einer neuen Erde!‹

Kaum war nach dem ersten Erscheinen dieses Büchleins die Lebensgeschichte des Vielgeprüften bekannt geworden, als ihm die teilnehmende Aufmerksamkeit mancher Leute zuteil wurde. Er erhielt und empfing Besuche, wenn er auf dem Franziskanerplatz stand. Die einen streichelten ihn, die anderen gaben ihm Brotstücke.

Besonders zeichneten sich hiebei die Wibervölker aus; denn sie verkehren ja gerne mit Vielgeprüften und mit Existenzen, die einen Namen haben, und der Rotschimmel hatte jetzt einen solchen.

Der arme, alte Gaul war überglücklich, daß er so viele teilnehmende Herzen gefunden. Ich gönnte es ihm vollauf, aber ich mahnte ihn, der mir manch dankenden Blick zuwarf, dem Glück nicht allzu sehr zu vertrauen. Wer zum Märtyrer bestimmt sei hienieden, dem scheine die Sonne des Glücks nie lange.

So war es auch bei meinem alten Freunde. Kaum hatte er sich einige Tage der ihm gewordenen Huldigungen erfreut, als er samt seinem Herrn vom Platz für immer verschwand. Statt seiner erschien ein Braun mit einem andern Milchmann.

Ich zog Erkundigung ein und erfuhr, daß der Pius Mäder Roß und Wagen und Milchhandel an einen andern Mann aus Stegen verkauft habe.

Als dieser das erstemal mit dem Rotschimmel aus der Stadt heimfuhr, scheute im Dreisamtale der alte Märtyrer und wollte wieder in die Stadt zurück, wahrscheinlich seiner Huldigungen halber.

Der neue Herr, Daniel Schweizer, verstand aber den Spaß, der ihm hätte gefährlich werden können, falsch. Er verkaufte den Störrigen alsbald an den Fuhrhalter Bernhard in der Vorstadt Wiehre.

Bald darauf sah ich auf einer Fahrt in die Karthause meinen Freund schweißtriefend an einem Steinwagen, Unsere Blicke trafen sich, und als schämte er sich seines neuen Schmerzensweges, wollte er umkehren, damit ich nicht länger in seinen Augen lesen könnte.

Der Fuhrknecht schlug aber so kräftig mit der Peitsche auf ihn ein, daß ihm sein Vorhaben verging.

Von den Huldigungen auf dem Franziskanerplatz bis zum Steinwagen und zur Peitsche war es also nur ein Schritt gewesen.

Jahr und Tag war er im neuen harten Dienst – dann hat ihn der Bernhard verkauft an einen Bauer ins Oberland in dem alten Städtchen Neuenburg am Rhein.

Ein gütiges Geschick leuchtete ihm so in letzter Stunde; er kam krank und alt dahin, wo er einst glücklich gewesen und von wo er einst stolz ausgegangen war – zum Bauernvolk. Mögen ihm hier das Leben und die Arbeit leicht sein, bis der Tod ihn erlöst von allen irdischen Übeln.

Ich aber will ihm, so lange ich noch am Fenster sitze, ein ehrendes und freundschaftliches Andenken bewahren.

Aus dem Leben eines Glücklichen

1.

Zur Sommerszeit, wenn die Sonne ihre heißesten Strahlen ins Dreisamtal sendet und selbst die dicken Mauern meiner Kalthäuser Zelle durchdringt, flüchte ich mich öfters hinaus in den Wald.

Ich nehme dann jeweils den Stuhl mit, der innerhalb der Gartenmauer unter dem Lärchenbaum steht, und setze mich an eine recht düstere Stelle.

Hier unter dunkeln Tannen weilt kühler Schatten. Die Vögelein ruhen; ringsum ist heilige Stille. Nur drüben in einer kleinen Schlucht murmelt leise ein Bächlein, und droben durch die hellgrünen Buchen zittert das Sonnenlicht herab auf Moos und Stein.

Ich bin allein, oder ich glaubte wenigstens lange Zeit, es zu sein, bis eines Tages ein Wesen, das bisher stumm zwischen zwei großen Tannen saß, zu reden anfing. Ich war nicht wenig erstaunt, als dieses altersgraue Ding, mit einem grünen Röcklein angetan, plötzlich Leben gewann. Ich sah an ihm Augen, einen Bart und eine mächtige Römernase, auch einen breiten, dünnlippigen Mund. Aus diesem Munde aber kamen, während ich still brütend zu ihm hinschaute, plötzlich die folgenden Worte: Schon oft hab' ich dich, armes Menschenkind, hier sitzen sehen und dich seufzen hören und dir im Gesicht abgelesen, daß du nicht zu den Glücklichen dieser Erde gehörst. Ich kann dir's nicht verübeln. Ich bin uralt und habe schon zahllose Wesen kennen gelernt, aber außer mir niemals eines, dem Leid und Schmerz erspart geblieben wären.

Ich habe von dem niedern Standpunkt meiner Erkenntnis aus gefunden, daß ich allein der Glückliche war und bin unter den unzähligen Unglücklichen, von Schmerz, Not und Tod Bedrängten, die in meiner Nähe lebten und leben und die an mir vorübergingen und vorübergehen.

Ich habe darum schon oft dem Schöpfer alles Sichtbaren gedankt, daß ich bin, was ich bin. Denn ich war noch keine Sekunde meines langen Daseins unglücklich, und das will gewiß viel, sehr viel heißen. Und da ihr Menschen am meisten zu jammern und zu klagen habt,

weil ihr am tiefsten die Not des Lebens fühlt, kurz gesagt, die unglück-
lichsten aller irdischen Wesen seid, wird es euch gewiß interessieren,
auch einmal einen durchweg und in alleweg Glücklichen kennen zu
lernen.

Also vernimm es, und erzähle es dann allen deinen Leidensgefährten;
sage es aller lebendigen Kreatur, was dir ein Glücklicher in des Waldes
düstern Gründen zur Sommerszeit des Jahres 1900 erzählt hat.

Ich bin eigentlich ein Fremdling hier in dieser Gegend, habe aber
das Bürgerrecht eines Eingeborenen längst ersessen durch die vielen,
vielen Jahre, die ich hier verlebt.

Mein Vater kam von Süden. Schmerzlos hat er sich zur Zeit einer
großen Revolution losgemacht von den Bergen seiner Heimat und ist
in die weite Welt gezogen. Damals gab es noch keine anderen Wege
zum Reisen als die Rücken der Eisberge. Auf denen rutschte mein
Ahne gegen Norden und ließ sich droben am »Roßkopf« seßhaft nieder.
Wie lange das schon her ist, kann ich mich nicht entsinnen, aber es
ist schon lange, sehr lange her.

Von meiner Jugendzeit weiß ich nimmer viel. Sie liegt mir zu weit
ab. Nur das weiß ich, daß ich mich eines Tages, als es mir nicht mehr
ganz geheuer schien, weil in der Nacht die Erde zitterte und bebte,
von der Seite meines Vaters losmachte, hurtig durchs verödete Land
herabsprang und hier mein Standquartier aufschlug.

Es war noch rings um mich ziemlich wüst und leer. Bäume gab es
noch keine; die Palmen und Zedern der Vor-Welt lagen im Staube
der Erde; die Eiszeit hatte sie und fast alles Lebendige begraben. In
den Sümpfen, welche die Revolution geschaffen, stampfte hungrig der
Mammut umher, und auf den Wassern lebte einsam der Singschwan.

In meiner Nähe in einer Schlucht lag eine riesige Fischeidechse. Sie
war so lang wie ein Tannenbaum und hatte sich aus der Revolution,
die ihr Geschlecht begrub und das meinige schuf, gerettet. Aber welch
ein Dasein führte dies unglückliche Wesen!

Es fehlte ihr das warme Wasser. Eisig ging die Quelle, die den Berg
herabkam, über ihren Riesenleib. Schrecklich schlug sie wochenlang
um sich in ihren Todeswindungen. Ich sehe ihre von Qual verdrehten,
jammervollen Blicke heute noch. Sie peitschte im Todeskampf mit
ihrem Schwanz so mächtig die Ränder der Schlucht, daß sie zusam-
menstürzten und das letzte Tier der Vorwelt begruben.

Ich sah ruhig und ohne jede Gemütsbewegung ihrem qualvollen Sterben zu, und als sie begraben war, dachte ich: Gottlob, daß ich kein lebendes Geschöpf der untergegangenen Welt gewesen bin. Das war keine Kleinigkeit, bis diese Riesin ihr Dasein vollendet hatte!

Die Jahrhunderte gingen weiter, während ich still und zufrieden in meiner Einsamkeit saß, – über mir untertags die kühle Sonne und nachts die ewig stummen Sterne. Stürme tobten übers öde Land, und Regenschauer strömten vom Himmel. Ich blieb stets gleichen Mutes, denn – und das gehört zu meiner Größe – mir kann kein Element etwas anhaben.

Die Sonne wurde mit der Zeit wärmer; es wuchsen Bäume in Gruppen, und den Boden bedeckten nach und nach Moose und Flechten. Es war Steppenland rings um mich, und dies Land belebte sich mit der Zeit.

Das Elentier kam, der Höhlenbär, der weiße Fuchs, das Wildpferd, der Luchs, der Alpenhase, das Murmeltier. Sie alle freuten sich des Lebens.

Anfangs dachte ich: Das ist eine fidele, possierliche Gesellschaft! Die Bären und Füchse gruben sich Höhlen, die Murmeltiere Gänge und alle sprangen lustig aus und ein. Die Elentiere weideten und hüpften auf dem grünen Rasen. Ich hätte sie beneiden können, wenn Neid mir nicht absolut fern läge. Unsereins kennt weder Tugend noch Laster, und neidlos schaute ich drum auf der Ankömmlinge glückliches Leben und Treiben.

Ich sollte aber bald eines andern belehrt werden. Die Bären bekamen Junge, und da sah ich eines Tages, wie ein Bärenvater ein Elentier anfiel und ihm den Hals aufriß. Ich hörte das arme Tier stöhnen vor Schmerz. Als es tot war, schleppte es der blutdürstige Mörder vor seine Höhle, wo jung und alt sich gütlich tat am Fleisch und Blut der getöteten Unschuld, die eben noch friedlich vor meinen Augen geweidet hatte.

Das ist ein wüstes Gesindel, sagte ich mir jetzt, diese Bärenviecher. Sie töten und verzehren ihre Mitgeschöpfe. So was kommt bei unserm Geschlechte nicht vor. Friedlich lebt eins neben dem andern, und wenn wir bisweilen beim Springen die Köpfe aneinander stoßen, so geschieht es ohne jede Absicht und nur, weil man nicht anders kann.

Dabei hat unsere glückliche Natur dafür gesorgt, daß es keinem von uns wehe tut, wenn wir noch so derb aneinander geraten.

Ähnlich wie dem Elentier machte es der Bär den Murmeltieren und den Alpenhasen, welch letzteren auch die Füchse das gleiche Los bereiteten. Aber das war nur ein kleiner Anfang meiner Erfahrungen. Es wurde wärmer und wärmer im Lauf der Jahre, und in meiner Nachbarschaft ward es immer lebendiger.

Aus der Erde krochen Würmer; Ameisen wimmelten auf ihr; an den Gräsern zogen Insekten aller Art auf und ab; Mücken summten, und Käfer schwirrten.

Auf den Bäumen ließen sich Vögel nieder: Tauben girrten, Drosseln sangen, Kuckucke riefen, Raben krächzten, Falken und Habichte schrieen.

Es war mir zuerst, wenn unsereiner so sagen darf, eine Freude, diesem Leben, Kriechen, Summen, Fliegen und Singen zuhören zu können.

Aber welche Enttäuschung! Was mußte ich sehen! Krieg und Kampf und Mord und Leid und Schmerz allüberall bei diesen lebenden Wesen. Die Ameisen fielen über die armen, stummen Würmer her und peinigten sie zu tot. Auch die Insekten, die friedlich an den Pflanzen auf- und abkrochen, wurden von Käfern und Ameisen verzehrt. An diese Mörder machten sich dann die kleinen Vögel. Diese selbst wurden, jämmerlich schreiend, von den großen abgewürgt. Während diese aber daran waren, ihre Beute zu verschlingen, schlich sie der Fuchs oder der Luchs an und machte ihnen den Garaus. So ging es fort, Tag für Tag und Nacht für Nacht. Das war ein Ächzen und Stöhnen und Wimmern und Sterben, daß es einem die Seele hätte durchschneiden können, wenn unsereiner von Gemütsleiden nicht absolut frei wäre!

Das ist mir ein schönes Leben, das durch ewiges Morden anderer Leben erkauft wird. Und was ist das Springen, Laufen, Zirpen, Pfeifen und Singen wert, wenn man keinen Augenblick davor sicher ist, daß ein anderes Mitwesen über einen herfällt und einen abtut! So sprach ich oft zu mir und war herzlich froh, kein solch laufendes, singendes, springendes und elendiglich sterbendes Geschöpf zu sein.

Bei diesen Tiermorden lernte ich ein merkwürdiges Gesetz kennen, das nämlich, daß die Größern und Größten immer die Kleinern und Kleinsten umbringen und daß die Großen am ungestraftesten Unrecht begehen können, trotzdem sie die Gewalttätigsten und Blutdürstigsten sind.

Was im Frühjahr und Sommer nicht durch seine lieben Nächsten zugrunde ging und nicht sein Leben lassen mußte, um andern das Leben zu fristen, das töteten der Winter und der Frost durch millionenhafte Massenmorde in der Insektenwelt.

Unsereinem schadet eine Winternacht mit 29 Grad Kälte so wenig als ein anbrechender Sommermorgen, Mir ist es immer gleich wohl zu allen Jahreszeiten und bei jedem Wetter.

Mich greift ferner kein Bär an und kein Wolf; ich bin gefeit gegen jeden Angriff auch der grimmigsten Tiere. Keines haßt mich, alle lieben mich. Der Fuchs ruht sich aus auf meinen Schultern, die Ameise kriecht mir friedlich durchs Haar, und der Vogel singt in gefahrlosen Stunden fröhlich sein Lied auf meiner Nase.

Von allen seinen Mitgeschöpfen geliebt, von keinem gehaßt zu sein, ist gewiß auch kein Unglück.

Ich will nun, ehe ich dir weiter beweise, daß ich allein der Glückliche bin in dieses Waldes Dunkel, eine Pause machen. Ich bin das Sprechen nicht gewohnt und habe es heute zum erstenmal probiert. Müde bin ich zwar nicht; dieses Gebreste kenne ich so wenig als irgend ein anderes. Allein ich hab' für heute genug, und du könntest dich erkälten; der Abendwind geht kühl durch die Bäume.

Also Fortsetzung, wenn du wieder kommst. Es wird dir mit dem Gesagten schon eine Ahnung aufdämmern, daß du heute mit einem Glücklichen verkehrt hast. Es kommt aber noch besser. Zeige dich nur bald wieder in meiner Nähe.

2.

Am folgenden Tage trat Regenwetter ein. Ich, der Schreiber, kam nicht in den Wald und mußte eine Woche lang warten, bis es wieder trocken war in seinen Gründen.

Als ich nach reichlich acht Tagen wieder unter meine Tannen mich setzte, hub mein glücklicher Freund alsbald an zu spötteln: Weiß, wohl, warum du nicht gekommen. Hast gefürchtet, einen Schnupfen zu holen in meiner Nähe, und ein Schnupfen ist schon ein halbes Unglück für viele Herren der Schöpfung. Unsereiner lacht ob solcherlei Kleinigkeiten. Und während euch tausendfach die Krankheit heimsucht, ist er kerngesund; und wenn alles, was lebt und schwebt, die Pest kriegt und an Cholera stirbt – unsereinem tut das so wenig als ein warmer Windhauch.

Doch setze dich jetzt, alter Seufzer und Kränkler, ich will dir weiter von meinem Glück reden, will's aber ganz kurz machen für heute, denn der Waldboden ist doch noch zu feucht für dich.

Ich habe dir das letztemal erzählt, daß ich mit keinem Tiere, weder groß noch klein, tauschen möchte; denn sie alle sind unglücklich, während ich glücklich bin, weil bewahrt vor all ihrem Leid und Schmerz.

Aber nicht bloß die Tiere, auch was sonst noch lebt in meiner Nähe, kann nicht, wie ich, von Glück sagen.

Als ich hierherkam, wuchsen mit den Jahren rechts und links von mir zwei Birken. Sie sind schon lange, lange tot, von Sturm und Alter gebrochen und verendet. Die Tannen, die du zu meinen Seiten siehst, sind schon die fünfzigste Generation, die neben mir wuchs, groß ward und starb. Ich aber bin der Gleiche geblieben, gleich frisch, gleich gesund und gleich jung, wie an dem Tage, da ich mich hier niederließ.

Und was hat ein Waldbaum alles mitzumachen! So lang er jung ist, nehmen ihm andere, größere das Licht, dem er zustrebt. Hat er sich bis zu diesem durchgerungen, so muß er mit den Stürmen kämpfen, die ihn zu brechen drohen; er muß, wenn die Donner rollen, die Blitze fürchten, die ihn spalten wollen; er muß es dulden, wenn schädliche Käfer an ihm nagen und ihm langsam den Tod bringen.

Ich für meine Person danke für das Vergnügen, ein Baum zu sein und, groß geworden, den Äther des Himmels zu küssen. Dies kurze Glück ist mit Sorgen erkauft, die unsereiner nicht kennt.

Und wenn ich die Blumen und die Gräser betrachte, die unter den Bäumen aus der Erde sprießen, grünen und blühen, so erfaßt mich wahrlich auch kein Neid.

Kaum freut sich das Gras seiner üppigsten Lebenszeit, so kommen die Tiere des Waldes und verzehren es samt seinem Leben. Und die Blumen haben kaum einige Tage das Licht der Welt erblickt, so müssen sie ihre Kelche neigen und sterben.

Im Sommer gehen sie oft qualvoll an Durst zugrunde, und im Herbst tötet sie der Frost.

Und was nützt es dem schönen Blümlein, wenn Schmetterlinge kosend es umflattern und Bienen schmeichelnd es umsummen? Sie wollen es ja nur küssen, die Falschen, um ihm seinen zartesten Schmelz und sein, süßes Herz zu stehlen und dann für immer von ihm zu scheiden und es allein sterben zu lassen.

Nein, nein, ich möcht' fürwahr keine Blume sein!

Wo immer ich hinschau', ist Sterben und Vergänglichkeit. Siehst du jenes Sonnenlicht, wie es im Laube und im Moose spielt? Es lebt und bringt Leben. Doch bald kommt die Nacht, und es muß sterben. Ich aber bin Tag und Nacht der Gleiche, und Licht und Finsternis können mir weder Freud, noch Leid bringen.

Fühlst du den weichen Hauch des Abendwinds, wie er sanft und leise alles küßt auf seinem Weg, wie ein junger Friedensgott?

Es erhebt sich ein Sturm und der packt den stillen Zephyr, verschlingt ihn und jagt mit ihm hinaus ins weite Luftmeer. Er ist dahin und kommt als solcher nimmermehr.

Und hörst du das Büchlein dort drüben schluchzen? Im Frühjahr, wenn der Schnee schmilzt, da rauscht es stolz an mir vorüber, hinaus in die weite Welt, heute hat es nur noch Tränen; denn es ist am Sterben. Die heiße Sonne ist sein Totengräber.

Ich sehe es dir an, du gibst mir mehr und mehr recht und schaust achtungsvoll mich an, mich, dem der Schöpfer so wenig und doch so viel gegeben hat, daß er weder mit den Tieren des Waldes, noch mit den Vögeln des Himmels, weder mit den zum Lichte ringenden Bäumen, noch mit den duftenden Blumen, weder mit dem lichten Sonnenstäubchen, noch mit den leisen Zephyren und mit den rollenden Bächlein tauschen möchte. Sie alle, alle müssen leiden und sterben, ich aber nicht.

Du wirst sicher noch mehr und erst recht an mein Glück glauben, wenn ich dir Vergleiche bringe zwischen mir und euch Menschen. Doch das gibt ein langes Kapitel für unsere nächste Zusammenkunft. Ich schließe drum heute und rufe dir zu: »Auf Wiedersehen, Unglücklicher erster Klasse!«

3.

Ich ging am folgenden Abend etwas früher in den Wald. Der alte Kerl hatte mir Achtung eingeflößt mit seinen Darlegungen. Ich mußte ihm Punkt für Punkt Beifall geben.

Ich war nun begierig, zu hören, wie er die Menschen taxieren und wie er sich und seine Lage ihnen gegenüber verteidigen würde.

Im Walde herrschte tiefes Schweigen. Kein Vögelein rührte sich in den Bäumen. Drüben auf der Wiese am Waldrand stand ein Reh und statt zu äsen, horchte es auf.

Die Tiere mochten ahnen, daß einer im Begriffe stehe, mit ihren Herrschern und Tyrannen ins Gericht zu gehen. Drum schwiegen sie, um kein Wort zu verlieren, wenn der Alte im grünen Röcklein seinen Spruch täte.

Dieser sah heute aus wie einer, der einen Freudentag hat, den ihm niemand trüben kann.

Ich hab' schon den ganzen Nachmittag – so hub er an – nach der Türe in der Mauer gespäht, ob deine lange, schwarze Gestalt nicht durch sie herauskäme; denn ich kann's nicht erwarten, bis ich dir dargetan habe, daß ich hienieden das glücklichste aller Geschöpfe bin und, was Glück betrifft, euch Menschen und Herren der Schöpfung ebenso hoch überrage, als ich in der Reihe der irdischen Wesen tief unter euch stehe.

Also höre mich an, und so dir, wenn ich zu Ende bin, etwas nicht paßt oder du eine Einwendung zu machen hast, so tue es ungeniert. Ich kann alles ertragen, ohne mich aufzuregen, und werde dir keine Antwort schuldig bleiben, denn ich hab' in meinem langen Leben was gelernt.

Ich habe namentlich auch die Menschen aller Zeiten kennen gelernt. Ich sah noch vor meinen Augen wandeln, leben und sterben die Männlein und Weiblein der Eiszeit. Es mögen wohl 5.000 Jahre vergangen sein, seitdem sie eines schönen, kalten Tages in dieser Gegend erschienen und ihre Zelte aufschlugen auf dem Hügel, der heute die Karthause trägt.

In Renntierfelle gehüllt, humpelten sie daher, klein, blaß, hohlwangig und schwermütig. Man sah es ihnen auf den ersten Blick an, daß es ihnen nicht ums Lachen sei in ihrem Dasein. Sie kämpften einen schweren Kampf um ihr armseliges Leben. Kälte und Schnee, Stürme und Unwetter verfolgten sie, und mit Mühe und Gefahr suchten sie ihre tägliche Nahrung. Aber wo und in was? Im Morde der Tiere.

Als die Menschen kamen, ging das Sterbenmüssen unter den Tieren erst recht an. Hatte ich bisher nur gesehen, wie die Tiere einander, das Größere das Kleinere, auffraßen, so sah ich jetzt, wie der Mensch über alle Tiere herfiel, sie mit Lanze und Bogen tötete und über jedes Meister ward. Der Mammut, der Bär, das Elentier, der Wisent, der Ur fielen seiner List zum Opfer so gut wie der Alpenhase, die Gemse, der Polarfuchs und wie die Schneehühner, Ammern, Drosseln, Auerhähne, Enten und Schwäne.

Jetzt kam die Vergeltung auch über die größern, grausamern Tiere, die bisher ungestraft ihre Mitgeschöpfe gemordet. Der Mensch fällte nun auch sie selber.

Und alle, alle verzehrte er, wenn auch nicht roh, wie die Raubtiere es taten, sondern gebraten; denn er brachte das Feuer mit. Von ihm lernte ich dieses gewaltige Element kennen, erfuhr aber zugleich auch, daß selbst diese Kraft, die sonst alles verzehrt, mir nichts anhaben kann. Manchmal brieten die Eiszeitmännlein ihre Beute ganz in meiner Nähe. Die Flammen schlugen an mir hinauf, aber ebenso wirkungslos wie ein Windhauch. Ich war stolz darauf, daß selbst die Feuerflammen mein Wohlbehagen nicht zu stören imstande sind.

Was Haare und was Federn trug unter den Tieren – alles, alles tötete der Mensch, dieser Massenmörder, den ich ob seiner Grausamkeit verachtete. Es ist ja wahr, daß er sein Leben in dem damaligen kalten Klima, in dem nur Moose, Flechten, Fichten, Führen, Birken und Weiden gediehen, nicht anders fristen konnte, denn als Jäger.

Aber ich frage: Ist ein Geschöpf glücklich zu nennen, das sich nähren muß mit dem Blute und Leben seiner Mitgeschöpfe, die es unter Martern getötet?

Und was für ein hartes Leben führten sie trotzdem! Wie beschwerlich war die Jagd und wie gefährlich zugleich. Ich sah mehr denn einen von ihnen von Bären zerfleischt werden und unter Qualen sterben.

Wie mühsam mußten sie ihre Waffen und Werkzeuge herstellen aus Stein und Knochen! Wie litten sie unter der Kälte! Während des langen Winters krochen sie in Höhlen, wo der Rauch ihres Herdfeuers sie fast erstickte.

Ihr einziges Vergnügen, in freien Stunden mit Steinen die Knochen der getöteten Tiere aufzuschlagen und das Mark daraus zu saugen, war ein ekelerregendes.

Während ich bei allen Tieren beliebt war, fürchteten diese bald den Menschen wie das Feuer. Wo immer er sich blicken ließ, flohen sie entsetzt vor ihm davon. Sie kannten ihren größten Feind.

Noch die arme, verfolgte Tierwelt fand einen Rächer am Tod, der grausam mit den armen Menschen umging. Ich hörte sie in ihren Zelten und aus ihren Höhlen oft stöhnen in den Schmerzen des Todes. Und wenn die Lebenden dann weinend und jammernd hinter der Leiche des Toten dahinschritten, um ihn drunten im Tal ins Moor zu begraben, da hätte mich Mitleid mit ihnen erfassen können, wenn Mitleid nicht wehe täte und ich nicht frei wäre von jedem, auch dem geringsten Wehe. Oft aber sagte ich mir: Die Geschöpfe, so man Menschen nennt, müssen doch am meisten unglücklich sein: denn bei keinem andern Wesen, als bei ihnen, sehe ich Tränen.

Daß unsereiner, tränenlos und sorgenlos, glücklicher sich fühlte als die Menschen der Eiszeit, würdest du mir gewiß glauben, auch wenn ich es nicht sagte.

Ich sah sie auch langsam aussterben. Das Klima tötete sie. Der Tod war für diese melancholischen, freudelosen, frierenden Menschen eine Erlösung. Viele der Tiere, die sie gejagt, folgten ihnen im Tode für immer nach, so der Mammut und das Elentier.

Ich weiß nicht, wie lange ich wieder in meiner Einöde lebte, bis andere deines Geschlechtes kamen.

Eis und Schnee wichen mehr und mehr. Nur der Feldberg war bald allein noch ein Gletscher. Die Waldbäume, die bisher nur vereinzelt da gestanden, verdichteten sich durch neue Sorten zu Wäldern, und in den Tälern wuchs Gras statt Moos und Flechten.

Auch neue Tiere kamen, wie das Reh, der Hirsch, das Wildschwein.

Endlich rückten auch wieder Menschen an. Sie standen eine Stufe höher als die früheren. Sie trieben Ackerbau und Viehzucht und bauten Häuser. Aber das Glück brachten sie auch nicht mit. Im Gegenteil: während ihre Vorgänger ihr ödes Dasein friedlich unter sich verbrachten, sah ich jetzt, wie oft um des Eigentums willen ein Stamm über den andern herfiel, ihn plünderte, ihn verjagte und seine Hütten zerstörte. Dabei ging es nie ohne Tötung ab.

Bisher hatten die Menschen ihre Waffen nur gebraucht, um Tiere zu morden; jetzt kehrten sie ihre Lanzen und Pfeile auch gegen sich selbst.

Ist das nicht ein jammervolles, elendes Geschlecht, das sich selber mordet? Bären, Füchse, Luchse und andere wilde Tiere ziehen nicht herdenweise gegen sich selber zu Feld, wohl aber die Menschen. Dabei erfuhr ich noch eine schreckliche Untat, zu der nur der Mensch fähig ist. In meiner Nähe hatte sich eine Familie niedergelassen. Eines Tages war der Stammvater, ein alter, noch kraftvoller Bauer der jüngern Steinzeit, auf die Jagd gezogen. Als er am Abend heimkam, fand er die Seinen alle erschlagen, seine Hütte verbrannt und seine Herden weggetrieben.

In der Wut des Schmerzes und der Verzweiflung stieß er sich seinen hörnernen Dolch in die Brust und tötete sich selber. So was sah ich bei Tieren nie!

Wie namenlos unglücklich muß ein Geschöpf sein, das so was tut! Und jener Urbauer war nicht der einzige, den ich so enden sah.

Und ihr Menschen, von denen keiner sicher ist, daß er im Wahn oder in der Verzweiflung Ähnliches tut, wagt es, das Wort Glück auch nur noch im Munde zu führen?

Du kannst von der Karthause aus das Dorf Kirchzarten sehen. Es ist der erste Ort, den die Kelten, welche die Menschen der jüngern Steinzeit ablösten, erbauten und ihm den Namen Tarodunum gaben, d. i. Burg des Taro.

Dieser Taro war ein Häuptling, den ich noch wohl kannte. Er hatte seine Sommerresidenz ganz in meiner Nähe, auf dem spätern Karthäuserberg, und ging oft in diesem Walde spazieren. Er war ein grausamer Mann und behandelte seine Untergebenen wie die Hunde. Er ließ sie schlagen und peitschen und töten nach der Willkür seiner Laune und verkaufte sie an andere Häuptlinge um schnödes Geld, wo sie als Söldner dienen und andere Stämme bekriegen mußten.

Ich lernte da kennen, was ihr Menschen euch alles gefallen lassen müßt von euren Herren, die von eurem Schweiß leben und noch dazu gar oft euer Blut vergießen.

Unsereins ist sein absolut eigner Herr, Freiherr von Gottes Gnaden. Bei uns kennt man keine Könige und keine Knechte, keiner befiehlt dem andern, und keiner dient dem andern. Alle sind wahrhaft frei und darum glücklich.

Aber auch jener Taro war kein glücklicher Mann und fand seinen verdienten Lohn. Eines Tages erstürmte ein fremder Häuptling seine Burg und erschlug ihn.

Bei den Kelten lernte ich wieder etwas ganz Neues kennen, ein Ding, das man auch wieder nur bei euch Menschen findet, die Religion.

Ich sah die Priester der Kelten, die Druiden, Altäre errichten und Opfer darbringen und hörte alles Volk flehentlich zum Himmel rufen.

Sie adelt euch, die Religion: aber, ehrlich gesagt, mir kam, so oft ich die armen Menschen so zu ihren Göttern flehen und rufen hörte, der Gedanke: Was müssen diese Geschöpfe an Schuld und Unglück zu tragen haben, daß es ihnen nicht genügt, ihre Tränen zur Erde fallen zu lassen; sie müssen auch nach einer andern Welt rufen um Gnade und Kraft und Hilfe!

Unsereiner, frei von Schuld und Sühne, frei von Leid und Schmerz, braucht keine Götter, die sich seiner erbarmen und ihm helfen sollen. Er dankt seinem Schöpfer durch sein stilles Glück in dem unscheinbaren Dasein, in das er ihn gerufen. – –

Während der Alte so redete und ich, der Karthäuser, gespannt ihm zuhörte, war ein Gewitter vom Feldberg her ins Dreisamtal gezogen. Die Blitze zuckten und die Donner rollten und die ersten schweren Regentropfen fielen.

Da es bekanntlich gefährlich ist, bei Gewittern unter Bäume zu sitzen, und schwachnervige Leute, wie ich, ohnedies ängstlich sind, so wurde ich unruhig und bat den greisen Erzähler, seine Schilderung noch einmal zu unterbrechen und mich zu entlassen.

Dein Wunsch sei dir gewährt, so antwortete er. Ihr Menschen seid ja nirgends eures Lebens sicher und überall von Unglück bedroht, während unsereiner nichts, auch den Blitz nicht zu fürchten hat, weil er der einzigen Sorte von Geschöpfen angehört, die laut singen können: Kein Unglück schlägt uns je darnieder!

Also eile, um dem Gewitter aus dem Weg zu kommen. Ich will, wenn du an einem andern Tag wiederkommst, mein Lied vom Glück der Menschheit weiter und zu Ende singen.

4.

Zwei Nachmittage später kam ich wieder in den Wald. Der Alte sprach: Laß uns gleich ans Werk gehen, damit ich meinen Spruch vollende. Es ist schwül heute und abermals könnte ein Wetter dich vertreiben, ehe ich euer Unglück und mein Glück zu Ende geschildert.

Die Kelten, so ich im Dreisamtale kennen lernte, waren ein fleißiges, aber ein streit- und händelsüchtiges Volk. Ich war drum nicht sehr unglücklich, als eines Tages einige Horden deutscher Nation und alemannischen Stammes über sie herfielen, sie von Hab und Gut vertrieben, in die Berge hinausjagten und sich im Tale und in meiner Nachbarschaft niederließen. Das Glück brachten diese Deutschen aber auch nicht mit – Krieg, Sorge, Not und Tod hörte auch bei ihnen nicht auf.

Was ich sowohl bei den Kelten als bei den ihnen nachrückenden Alemannen und bis herauf in deine Tage an menschlichem Elend sah, hatte noch eine besondere Eigenheit. Es ging denen, die in Mühe und Arbeit ihr Leben verbrachten, jeweils am schlechtesten. Nicht nur, daß die Elemente, Wasser, Blitz, Hagel, Kälte, Hitze, sie oft um den Lohn ihrer sauren Arbeit brachten: nicht nur, daß sie die ärmlichste Lebensweise führten, sie waren auch vielfach unfrei, leibeigen, wurden von ihren Herren beraubt, geschunden und geplagt, und wenn diese Herren unter sich Krieg und Fehde führten, mußten die Bauern es büßen, Ihre Hütten wurden niedergebrannt, ihre Ernte verwüstet, ihr Leben bedroht.

Eines Tages – vor mehr denn tausend Jahren – kam nun ein Mann und predigte den armen Bäuerlein im Dreisamtale den Glauben an einen gekreuzigten Gott. Auf dem Hügel, der jetzt die Karthause trägt, hörten sie dem Glaubensboten zu und ich auch. Der Prediger trug in der Linken das Bild des Gekreuzigten, und mit der Rechten begleitete er seine Worte vom Heil im Kreuze und von einem bessern, jenseitigen Leben.

Das scheint mir die einzig richtige Religion für euch Menschen, die christliche mit ihrem gekreuzigten Gotte. Das Kreuz ist das echte Sinnbild eures Lebens, das mehr oder weniger für jeden eine Kreuzigung ist.

Darum hörten die Bedrückten und die Enterbten so gerne die frohe Botschaft, die ihnen vorzugsweise galt, die Botschaft von einem andern, bessern, glücklichern, ewigen Leben.

Die Leiden gingen zwar nach wie vor durch die unglückliche Menschheit, aber jene Botschaft gab Mut und Kraft und Trost, das Unglück leichter zu tragen.

Gottesfrieden predigten die Glaubensboten und Freiheit, Gleichheit und Brüderlichkeit, aber das war umsonst. Nach wie vor sah ich die einen Menschen rauben und plündern und kämpfen und die andern beraubt und geplündert und besiegt und mißhandelt werden.

Ich sah in jenen Zeiten die alemannischen Herzöge, die Zähringer, in diesem Walde jagen. Es waren mächtige Herren, aber keine glücklichen Leute. Sie verbrachten ihr Leben in Kämpfen und Sorgen um ihren Besitz, doch den Tod konnte all ihre Macht nicht aufhalten. Er rief sie unerbittlich bis zum Letzten aus ihren herrlichen Besitztümern ab.

Ihre Erben, die Grafen von Freiburg, waren leichtlebige Leute, aber das Glück floh auch sie. Schulden und der Streit mit ihrer Bürgerschaft vertrieben sie aus ihrer schönen Burg in meiner Nähe, und bald ging auch ihr Geschlecht zu Grabe.

Zu ihrer Zeit bauten die Bürger der Stadt das wunderbare Gotteshaus, Münster genannt. Ich hörte sie während des Baues oft davon erzählen, wenn sie im Walde Holz holten. Aber was hat sie angetrieben, der Gottheit solch ein hohes Wunderwerk zu errichten? Antwort: Die Not und der Tod und das Elend dieses Lebens und der Glaube an ein besseres, ewiges Dasein. Also nicht das irdische Glück, sondern das Gegenteil davon hat die Menschen jener Tage bewogen, so großartig den Herrn der Ewigkeit zu ehren.

Da, es mag seitdem ein halb Jahrtausend vorübergegangen sein, kamen die Kalthäuser-Mönche in meine Waldeinsamkeit. Ich sah und hörte sie beten und singen und schweigen und sterben. Aber auch bei ihnen fand ich das Glück nicht. Ich hörte manch einen von ihnen im Walde seufzen und stöhnen im Kampfe gegen Welt und Fleisch, und auf den Stirnen aller, die schweigsam umherwandelten, konnte ich den Ernst, aber nicht das Glück ihres Lebens lesen.

Später erlebte ich es, daß selbst in diesen Gottesfrieden Hader und Zwietracht einkehrten, und lernte erkennen, daß ihr arme Sterbliche hienieden nirgends Glück und Ruhe findet, nicht einmal in den Klöstern.

In den ersten Jahrhunderten des Karthäuser-Klosters kam oft auch aus der Stadt herauf eine Sorte Menschen, die ich vorher nie gekannt. Es waren Gelehrte, Professuren, Denker, die mit den Mönchen im Wald auf- und abwandelten und – disputierten.

Ich ersah hierbei, was das Denken für euch Menschen ein Unglück ist. Wie mühten sich diese gelehrten Leute ab, das Woher und Wozu aller Dinge zu erklären, und wie erhitzten sie sich, über religiöse Spitzfindigkeiten, ohne zu einer Gewißheit und Übereinstimmung zu kommen! Und wie bleich und abgehärmt von ihrem vielen Denken sahen diese Männer aus!

Ich war angesichts dieser Wasserträgerei in Sieben ordentlich froh, vom Denken nicht geplagt zu sein und noch keine Sekunde meines langen Lebens mich gefragt zu haben, was mein Anfang war und welches mein Ende sein wird.

Ich glaube, daß ein höheres Wesen mich geschaffen hat, und damit begnüge ich mich, umsomehr, als die Zufriedenheit mit meinem Lose nichts zu wünschen übrig läßt.

Mit diesem meinem Glauben stehe ich weit über vielen eurer Gelehrten, die nicht so viel glauben, wie ich, und mit meiner Zufriedenheit hoch über euch Menschen allen, die ihr solche Zufriedenheit gar nicht kennt.

Die alten Karthäuser sind längst zu Grabe gegangen und neue sind eingezogen mit dir; aber ihr seid alle nur neue Zeugen dafür, daß euch Menschen das Glück flieht. Du bist ein Kläger und Jammerer ersten Ranges, und die armen Leute, die neben dir in der Karthause wohnen, hat das Elend und die Not und das Alter – also sicher nicht ihr Lebensglück hierhergebracht, wo sie unter allerlei Bresten und unter täglichen Seufzern auf den Tod warten.

So sehe ich seit vielen Jahrtausenden rings um mich nur dem Tod Geweihte, Leidende, Sterbende, mögen sie nun Pflanzen, Bäume, Tiere oder Menschen heißen.

Und wenn an Sommer-Sonntagen auch hunderte aus der Stadt kommen und jubeln und jauchzen durch den Wald hin, so geschieht es lediglich, um die Sorgen, Mühen und Arbeiten, die während der Woche auf diesen Spaziergängern liegen, zu vergessen und zu übertäuben.

Von Glück ist – das weih ich alter Menschenkenner nur zu gut – bei allen diesen scheinbar fröhlichen Sonntagskindern keine Rede. Und ihr Jauchzen zur Sommerszeit bestärkt mich in meinem Glück ebenso sehr, wie die harte Arbeit der armen Holzmacher, die zur Winterszeit im Walde frieren und seufzen.

Wie viele belauschte ich schon hier, wenn sie an sonnigen Tagen in meiner Nähe saßen und ausruhten oder Waldblumen suchten. Sie sprachen meist von Lenz und Liebe und von seliger, goldener Zeit. Und wenige Jahrzehnte später hinkten sie, alt geworden, an Sonntagen durch den Wald und seufzten über die Sorgen des Lebens und über die Bresten des Alters. Oder es kam nur eines von beiden, weil das andere nach langer Pein der Tod geholt, und das Überlebende schaute voll Schmerz in die Gründe, auf denen einst beide im Frühling des Lebens und der Liebe Blumen geholt.

Und wenn ich gar das alles erzählen wollte, was ich von dir selber gehört über euer Glück, es gäbe allein ein ganzes Buch. Wie oft hab' ich euch belauscht, wenn du mit einem deiner wenigen Freunde, die dich in der Karthause besucht, hier unter den Tannen saßest und ihr über euer Menschtum redetet. Die Armseligkeit eures Lebens, seine Flüchtigkeit und seine Leiden und Schmerzen waren der Hauptgegenstand eures Gesprächs.

Nur bei einer Sorte von Menschen sprachst du von Glück und Seligkeit. Nu nanntest diese Sorte die Knechtseligen, die nach oben wedeln und kriechen. Aber dies müssen erst recht armselige Tröpfe sein; denn du redetest immer mit Verachtung von ihnen als von Menschen, die den Hunden Konkurrenz machten.

Ich brauchte dir eigentlich gar keine Rede zu halten darüber, daß ich glücklicher bin als ihr. Ich tue es auch nur um derer willen, die da so dumm und so unvernünftig und so gedankenlos sind und meinen, euer Leben sei schön und glücklich.

Ich könnte dir für diese noch vieles sagen über mein einzig Glück und über meiner Mitgeschöpfe Leid; aber ich denke, du hast genug gehört von mir, um andern was von einem wahrhaft Glücklichen erzählen zu können. Am Schlusse meines langen Redens rufe ich drum allen meines Geschlechts, groß und klein, zu: Freuet euch eures Daseins! Ihr steht auf der untersten Stufe der geschaffenen Wesen, aber auf der glücklichsten.

Wo immer Geist und Leben sich zeigt in den Geschöpfen, da sind auch unzertrennlich damit verbunden Leiden und Tod. Und je höher ein geaschaffnes Wesen hienieden steht, um so höher steigt sein Schmerz und sein Leid. Und da der Mensch auf Erden das geistig bevorzugteste Wesen ist, sucht auch ihn am meisten heim des Lebens Pein.

Der allein richtige Wahlspruch für ihn heißt: Leiden und dann Sterben.

In diesen zwei Worten liegt die ganze Geschichte des Menschengeschlechtes. Das einzige Glück dabei ist, daß euer Leben so kurz und so flüchtig ist und ihr es bald überstanden habt. Wer Tod ist so eigentlich euer bester Freund, obwohl er euch meist schrecklich plagt und peinigt, bis er euer Leben besiegt hat.

Wie kurzlebig seid ihr, wie bald seid ihr vergessen und wie zerstört die Zeit all' eure Werke! Wenn ihr eure Namen, euer Andenken, euren Ruhm erhalten und verlängern wollt, müßt ihr sie unsereinem anvertrauen. Mein Geschlecht ist es, dem ihr es verdankt, wenn die Nachwelt noch etwas sieht und erfährt von der Vorwelt.

Und wir, die wir kein einziges eurer Leiden teilen, euch aber um Jahrtausende überleben und euch und eure Werke der Vergessenheit entreißen, wir sollten nicht glücklicher sein als ihr?

Ich schließe und sage: Bei mir und bei meinem Geschlechte allein wohnt hienieden das Glück und der Sieg über Not und Tod und Vergänglichkeit. – Ich hab' dir, alter Kalthäuser, nun gesagt, was ich längst auf dem Herzen habe; wenn du etwas über mein Glück einzuwenden hast, so bringe es vor. Ich werde dir die Antwort nicht schuldig bleiben.

Also endigte der Alte im grünen Röcklein.

Ich aber, der Kalthäuser, sonst nicht redefaul, wußte nicht recht, was ich dem glücklichen Geschöpfe widerlegen sollte. Und doch wäre es für einen vom Herrschergeschlecht der Schöpfung eine Schande gewesen, dem scharfen Maul des Vorredners gar nichts zu entgegnen.

Ich sagte ihm also ziemlich kleinlaut: »Du hast in vielem, ja fast in allem recht, was du von deinem Glück und von der andern Geschöpfe Unglück behauptest, aber eines muß ich dir doch sagen. Die Menschen stehen weit über dir durch ihre Gotteserkenntnis und durch ihre Berufung zu einem ewigen Glück in einem andern, bessern Leben.«

»Und dann stehst du weit unter ihnen, denn du kennst und weißt nicht, was Freude, was Liebe, was Tugend heißt – Eigenschaften, die den Menschen groß und glücklich machen.«

Also sprach ich, der Karthäuser. Der im grünen Röcklein aber war gleich bei der Hand mit der Antwort. Über seine Züge ging's wie ein Hohnlächeln, und dann führte er mich ab mit den folgenden Sätzen: »Ich muß lachen über deine vermeintlichen Vorzüge des Menschen, wenn ich bedenke, was ihr damit machet. Es ist wahr, eure Vernunft lehrt euch, Gott zu erkennen. Aber die einen von euch benützen diese Vernunft, um Gott zu leugnen und ihn aus der Schöpfung hinauszuwerfen. Es ist in der neuesten Zeit mehr denn ein solcher Gottesleugner durch diesen Wald gegangen und hat mit einem Gleichgesinnten diese Leugnung besprochen.«

»Die andern, zu denen auch du gehörst, glauben und erkennen Gott, aber wie viele von euch tun und leben nach dieser Erkenntnis? Unter zehn Millionen ist nicht ein Heiliger!«

»Im großen und ganzen seid ihr Menschen Gott gegenüber alle, deutsch gesagt, Lumpen, indem ihr sein Dasein entweder leugnet, oder ihm nicht gebt, was ihr ihm schuldig seid.«

»Was das ewige Leben betrifft, zu dem Gott euch berufen, so verhält es sich damit ähnlich wie mit eurer Gotteserkenntnis. Ihr seid berufen, aber wer von euch folgt ernstlich dieser Berufung?«

»Allsonntäglich höre ich von weitem die Kapläne von St, Martin drunten in der Klosterkapelle predigen, daß ihr Menschen zu wenig oder gar nichts tätet fürs ewige Leben.«

»Und so war es schon vor drei und vier Jahrhunderten, als die Professoren der Universität noch zu den Kalthäusern kamen und mit ihnen über die Religion sprachen. Damals schon hörte ich sie davon sprechen, daß die meisten Menschen, weil sie ihren himmlischen Beruf vernachlässigten, ewig verloren gingen, d. h. statt ewigen Glückes ewige Pein zu erwarten hätten. Wenn dem so ist, dann danke ich für euren Vorzug mir gegenüber, der ich stets glücklich und euch Eintagsfliegen gegenüber unsterblich bin.«

»Auch um eure Freuden beneide ich euch nicht. Sie sind die seltenen Tropfen Honig im großen Essigfaß eures Lebens. Ihr freut euch, so lange ihr jung seid und des Lebens Not nicht fühlt; aber diese Freude müßt ihr später teuer bezahlen, und es bleibt euch von ihr nur die schmerzliche Erinnerung.«

»Und erst euer Lieben! Die wahre, die göttliche Liebe, sie kennt und übt ihr nicht. Die höhere, menschliche Liebe ist gleichbedeutend mit Leiden. Lieben heißt leiden, so hast du einmal in meiner Gegenwart in ein Buch geschrieben.«

»Die ordinäre, sinnliche Liebe, die ist erst recht euer Unglück. Der sinnliche Liebesgott ist der Gott alles Unheils in eurem Leben.«

»Wie viele unglücklich Liebende sah ich schon durch diesen Wald gehen! Und erst im vergangenen Frühjahr hat sich ganz in meiner Nähe ein junger Mann getötet. In seiner Rocktasche fand man einen Zettel, der besagte, er habe sich das Leben genommen aus unglücklicher Liebe.«

»Also geh' mir mit eurer Liebe und ihrem Glück!«

»Und was endlich eure Tugend anbelangt, so habe ich zwar in meinem langen Leben eure Laster: Eigennutz, Grausamkeit, Stolz, Sinnlichkeit, Lüge, Ungerechtigkeit, Heuchelei, Neid, Bosheit und wie sie alle heißen, kennen gelernt, Tugenden aber blutwenig. Du weißt von dir selber, wie wenig ihr Menschen der Tugend euch rühmen dürfet, und du hast hier mit Freunden mehr denn einmal von Leuten gesprochen, die sich der Tugend und Frömmigkeit rühmen, in Wirklichkeit aber keinen Kreuzer wert und eher heuchlerische Schufte als Tugendhelden sind.«

»Die einzige Tugend, die euch in aller Not helfen könnte, die Geduld, die habt ihr am wenigsten, ich aber im Überfluß. Ich lasse auf und über mich seit Jahrtausenden Regen und Sturm, Blitz und Hagel ergehen, ohne je auch nur eine Sekunde kleinmütig zu werden.«

»Also mit all euern Vorzügen ist es nichts, weil sie entweder in Wirklichkeit keine sind oder weil ihr sie nur mißbraucht und sie euch mehr zum Verderben als zum Heile gereichen.«

»Drum werdet ihr – wenn einst, wie schon die ersten christlichen Glaubensboten hier predigten, euer und mein Gott kommen wird, die Welt zu richten – jammern und wehklagen und in Angst und Trübsal vergehen. Unsereiner aber wird in jenen Tagen, da die Welt in Stücke geht, zu denjenigen gehören, welche furchtlos und schmerzlos von ihren Ruinen betroffen werden. Und ich werde sicher auferstehen in schönerer Gestalt und glänzen als Edelstein. Denn wenn der Herr, wie ich früher schon oft von den Mönchen habe sagen hören, nach dem Weltuntergang alles neu und herrlich schafft, wird er auch uns, seine bravsten Geschöpfe, nicht vergessen.«

»Willst du mir jetzt bald zugestehen, daß ich glücklich bin, allein glücklich unter allen denen, die um mich leben und sind?«

Der Karthäuser war besiegt. Er erhob sich, eine Träne des Neides in seinen Augen, schritt hinüber zu dem Alten, klopfte ihm auf seine grüne Schulter und sprach: »Du hast in alleweg recht. Du bist glücklich, weil ohne Sorge, ohne Mühe, ohne Schmerz und ohne Tränen, ohne Liebe und ohne Leiden. Ich bitte dich, sei fortan mein Freund, denn du hast mich gelehrt, mich und mein Geschlecht selbst zu erkennen, und mich gemahnt, entweder mein Leben und meine Berufung besser zu benutzen oder dich zu beneiden um *dein* Los.«

Es ging auf meine Worte hin über das Antlitz des Alten etwas wie tiefes Mitleid. Er blickte mich wehmutsvoll an und sprach noch einmal:

»Höre auf zu reden, armes Menschenkind, sonst ergreift mich Schmerzlosen ein Weh, weil ihr, die höchsten Geschöpfe, so unglücklich euch fühlet, daß, ihr mich beneiden müßt.«

Meine Tränen träufelten auf den Alten herab. Ich schied. Er hatte mich verstanden, der Glückliche, und das war für mich Grund genug, zu weinen.

Und nun, lieber Leser und Mitmensch, wenn du es bisher noch nicht gemerkt, wirst du jetzt fragen: »Wer ist denn dieser glückliche Alte?«

Der Glückliche, dessen Leben und Lebensanschauung, dessen Lehren und Mahnungen ich dir kurz hier vorgeführt, ist kein anderer, als ein mit Moos bedeckter – Granitfelsen. Der Glückliche ist ein – *Stein.*

Daß aber auch die Steine uns predigen können und predigen sollen, hat schon unser Herr Jesus Christus, die ewige Wahrheit, gesagt.

Nimm, lieber Leser, die Steinpredigt zu Herzen, und da dir hienieden das Glück des Steines nicht beschieden ist, so suche mit allem Ernste das ewige, viel höhere Glück, zu dem du berufen bist. Und wenn dereinst ein neuer Himmel und eine neue Erde erschaffen sein werden und dann dich und mich mein alter, glücklicher, unverwüstlicher Wald-Freund wiedersehen sollte in der neuen, bessern Welt, im Lande der Seligen, dann wird er uns zurufen: »Jetzt seid *ihr* die Glücklichen!«

Aus dem Leben eines Unglücklichen

Seit Jahr und Tag bringe ich meine dienstfreie Zeit außerhalb der Stadt Freiburg zu. In einem ehemaligen Karthäuserkloster, jetzt städtisches Armenhaus, am Walde gelegen, mit herzerhebender Aussicht ins tannenumgrenzte Dreisamtal, habe ich mir eine stille Klause angelegt, in der ich ausruhe, sinne und spinne.

An schönen Tagen verlasse ich diese Klause und steige hinab ins grüne Tal, wandle langsam an Bach und Wiese einige Zeit aus und ab und kehre dann mehr oder weniger stillvergnügt wieder in meine Zelle zurück.

So geschah es auch an einem warmen Frühlings-Nachmittag des Jahres 1898. Die Sonne lachte über Berg und Tal, die Drosseln jubelten in den Föhren, die Bienlein summten an den blühenden Stauden am Bache hin, und aus den Matten streckten die ersten Blumen lebensfroh ihre Kelche dem erweckenden Lichte entgegen.

Zwischen Fluß und Bächlein ließ ich mich inmitten des grünen Wiesengrundes auf einer »Stellfalle«, welche die Bewässerung der Wiesen reguliert, nieder, um auszuruhen.

Da lag vor mir in dem trockenen Wassergraben ein alter, abgenutzter Besen aus Birkenreisern. Kaum hatte derselbe bemerkt, daß ich einige Sekunden auf ihn niedersah, als er in meinem Geiste also zu reden anfing: Du alter Kulturfeind kommst mir gerade recht. Schon öfters sah ich dich vorüberwandeln und hätte gern mit dir gesprochen. Ich bin auch einer von denen, welche die Kultur der Menschen unglücklich gemacht hat, eines ihrer allererstern Opfer. Drum laß dir, der du die Kultur so liebst wie ich, erzählen aus dem Leben eines solchen Unglücklichen, erlöse ihn dann von seinem Dasein und sage deinen Mitmenschen, was selbst ein Besen durch sie zu leiden hat.

Seit dem vergangenen Spätherbst liege ich hier, vom Wasser dahergetragen und dann von ihm verlassen. Niemand, hat mir je im Leben auch nur einen mitleidigen Blick zugewandt. Du bist der erste Mensch, der, da du mich alt und einsam hier liegen sahst, mit teilnehmenden Blicken auf mich geschaut hat. Drum will ich dir mein Herz ausschütten, dir meines Lebens Unglück schildern und dir alles sagen, was ich erlebt habe von den Tagen seliger Kindheit an bis auf diese Stunde.

Auch ein Besen hat ein Herz und jede Pflanze eine Seele, die da fühlt und empfindet, und wir Pflanzen, Kinder des gleichen Vaters, sind euch Menschen mehr verwandt, als ihr nur wißt und glaubt. Es dämmert anfangs bei euern neumodischen Gelehrten, daß auch wir Bewußtsein haben.

Drum, wer in uns lesen kann, dem vermag auch unsereiner etwas zu erzählen.

Ich kenne dich, den langen Mann, schon seit den seligen Tagen meiner Kindheit. Meine Heimat ist auch die deine. Ich bin im Kinzigtal geboren wie du und deinem »Paradies« noch naher verwandt als du.

Du hast das Dörfchen Hofstetten bei Hasle nur aufgesucht als Asyl der Ruhe, ich aber bin auf seinem Grund und Boden geboren.

Du kennst gar wohl im obersten Winkel des Tälchens, das von der Heidburg herabzieht, den kleinen, stillen See, dessen Wasser die Mühle des »mittleren Buren auf dem Tochtermannsberg« treibt. Oberhalb jenes kleinen Gewässers, das wie ein Erdauge in die einsame Welt ringsum schaut, stand ein Birkenhain und am Rand desselben die Mutter, die mich geboren, eine stattliche, alte – Birke.

Es war Frühlingszeit, da ich zum Bewußtsein kam. In den Matten unter mir blühten die Schlüsselblumen, auf der Heide über mir sang die Lerche, in dem kleinen See zu meinen Füßen spielten die Forellen, und wir Birkenzweige kosten miteinander in der lauen, linden Luft, die vom Elztal herüberwehte.

Auf den Frühling kam der Sommer. In den goldenen Ginsterblumen, die auf der Heide blühten, lagen die Hirtenknaben und sangen ihre Lieder, während neben ihnen friedlich ihre Schafe weideten.

Auch andere, unbekannte Menschen zogen jauchzend an uns vorüber, hinauf zur Heidburg.

Auf den Feldern des Tochtermannsbergs arbeiteten lustig und emsig die »Völker« von den Bauernhöfen.

Nie Sonne lachte weithin über zahllose, waldige Kuppen und, von einem Silberhauch verschleiert, schauten die Berge des Kinzigtals zu uns herauf.

»Wie ist die Erde und das Dasein auf ihr so schön«, – dachte ich oft in dieser Frühjahrs- und Sommerzeit meines jungen Lebens, in dem selbst die Stürme uns nichts anhaben konnten.

Wenn ein Gewitter vom Kandelberg mit Sturm und Regen daherzog und es in den Lüften pfiff und rauschte, da tanzten wir Birkenreiser unter munterstem Lachen mit einander wie eine fröhliche, übermütige Knabenschar.

Oft warnte die alte Birkenmutter und sprach: »Kinder, treibt's nicht zu toll, sonst empfindet ihr's um so mehr, wenn Tage kommen, die euch nicht gefallen werden!«

Wir lachten, wenn die Mutter so sprach, und schalten sie als griesgrämig und neidisch über die Freuden der Jugend. »Ihr werdet noch an mich denken«, so konnte sie oft erwidern, »wenn ihr einmal fern der Mutter und fern der Heimat ein ödes, verachtetes Leben führt.«

Und dann erzählte sie folgende Geschichte, die sie von ihren Ahnen gehört: »Einst war die Birke ein heiliger Baum. Die Keltenbäuerlein, die hier oben gewohnt, kamen in der Maienzeit in die Birkenhaine, um den Göttern zu opfern, Birkensaft zu trinken und einen ehrbaren Reigen zu tanzen.«

»Als aber die Alemannen und die Franken vom Rhein herauf in die Täler und auf die Berge an der Kinzig hin kamen mit ihrem Gotte Wodan, mit der Liebesgöttin Freya und den andern Götterteufeln, – da lernten die Frauen den Teufelsdienst. Sie fuhren auf Besen von Birkenreisig hinüber auf den ›Farnkopf‹ und auf den ›Kandel‹ und trieben allerlei nächtlichen Unfug zu Ehren der Teufelin Freya.«

»Tagsüber hielten sie ihre Besenpferde in der Küche versteckt, um sie gleich bei der Hand zu haben, wenn sie nachts zum Dache hinausziehen und auf die zwei Teufelsberge reiten wollten.«

»Vom Kloster Gengenbach herauf, das die fränkischen Herzoge gegründet, erschienen aber bald die Mönche und predigten in den Tälern und auf den Höhen um den Farnkopf und Kandel die christliche Religion.«

»Sie verboten den Wibervölkern aufs strengste die Besenfahrten und die Hexerei und mahnten sie, mit ihren teuflischen Reitpferden den Schmutz aus ihren Hütten zu fegen, den wahren Gott zu fürchten und dem Teufel und seinen Werken zu entsagen.«

»Um den Teufel und seine Gelüste auszutreiben, lehrten die Mönche die Leute ferner, das Birkenreis zu Ruten zusammenzubinden und damit ihre Kinder zu züchtigen.«

»So entstanden die Kehrbesen und die Ruten. Und seit jenen Tagen müssen zahllose Birkenkinder ihre Mütter und ihre Heimat verlassen, um Opfer der Kultur und der Erziehung in der Menschheit zu werden.«

»Im Staub und Schmutz gehen die einen unter, während die andern ihr Leben stückweise lassen müssen auf den Händen und auf den Rücken böser Buben und Maidle.«

»Glücklich die Reiser, die bei der Mutter bleiben dürfen, bis auch diese sterben muß, und dann in feuriger Lohe gen Himmel steigen können, wenn die Bauern des Schwarzwalds zur Sommerszeit ihre Reutfelder ›brennen‹.«

So erzählte die Birkenmutter oft und mahnte ihre im Winde und mit dem Winde spielenden Kinder an den Ernst des Lebens und an die trübe Zukunft. Umsonst! Wir spielten weiter und freuten uns des Lebens auf der wunderbaren Höhe unter der Heidburg.

Eines Tages gingst auch du, dem ich mein Leben erzähle, an unserm Birkenhain vorüber. Du kamst vom Tal heraufgestiegen. An deiner Seite schritt ein steinaltes Männlein.

Bei meiner Mutter bliebst du stehen, lehntest dich an ihren Stamm, um etwas auszuruhen, und sprachst zu deinem Begleiter: »Es ist ein Elend auf dieser Welt, Großvater!«

»Io, frili isch es eins«, meinte dieser, »aber ma sieht's erst, wenn ma alt isch!«

Dann schlichet ihr zwei wieder fort, gegen die Heidburg hin, die Birkenmutter aber rief uns zu: »Habt ihr's jetzt gehört, was das Leben ist?« – Aber wir hörten es wieder nicht und spielten lustig weiter; wir waren ja jung, und rings um uns war heiteres Leben und Sonnenschein in Berg und Tal.

Es kam der Herbst. Die Blätter wurden gelb und fielen ab. Wer Wind spielte nicht mehr mit uns, sondern nur mit ihnen, die er über die Heide hinwarf. Nebel stiegen vom Kinzigtal herauf und legten sich auf Wald und Heide. Die Hirtenknaben lagen nicht mehr singend in den goldenen Ginsterblumen. Frierend und still gingen sie bei ihren Herden auf und ab. Die Vögelein schwiegen längst im Walde. Melancholischen Angesichts gruben die Landleute unterhalb des kleinen Sees die »Bodenbirnen« aus der kalten Erde.

Auf der nahen Heide, die wir Birkenkinder übersahen, war ein Taglöhner an der gleichen Arbeit. Der Bur, dem das öde Feld, die Mühle, der See und der Birkenwald gehörten, hatte dem armen Mann erlaubt, in den rauhen Boden Erdäpfel zu setzen.

Jetzt holte er die wenigen Früchte aus dem sandigen Lande. Sein Weib und seine zwei Kinder halfen ihm dabei.

Seine Hütte lag drüben hinter der Heidburg, auf dem »Heidenacker«, und der Mann hieß im Volke nach seinem Wohnort und seinem Vornamen der »Heide-Michel«.

Unsere Mutter kannte ihn längst und hatte uns im Frühjahr schon vor ihm gewarnt; denn er war in seiner freien Zeit ein – Besenbinder.

Und richtig, was geschah? Eines Morgens, da der Taglöhner wieder am Kartoffelgraben war, schritt der Bur aus dem Nebel daher, um in seine Mühle hinabzugehen. Als der Heide-Michel ihn sah, legte er seine Hacke weg, eilte zu ihm hinab und sprach: »Morn wer i fertig mit Erdäpfel-Usmache, und derno will i wieder ans Besemache. Drum wollt' i Euch froge. Nur, ob i nit Eure alte Birke stümmle derf zua Bese-Rîs. I will im Frühjohr Euch dafür a paar Tag schaffe im Feld.«

»Gern, Michel«, gab der Bur zur Antwort, »loß ich Euch Bese-Rîs hole in mim Birkewäldele; 's nächst Johr muaß es doch umg'haue were; es isch jez alt g'nua, un's Birkeholz gilt Geld in Hasle drunte.«

Bei diesen Worten ging ein Weherauschen durch den Birkenhain, und alt und jung begann zu klagen, daß sie sterben sollten. Jetzt erst glaubten wir lebenslustige Birkenkinder den Worten der Mutter.

Schon am zweiten Tag kam der Heide-Michel von der Heidburg herab in Begleitung seiner zwei Buben, die einen Karren hinter sich herschleppten.

Nochmals rauschte wildes Weh durch den Hain bei ihrem Nahen. Nie Birkenmütter sollten ihre Kinder für immer verlieren. Sie sollten sehen, wie diese fortgenommen wurden, um in der Welt ein elendes Dasein zu führen und schließlich fern der schönen Heimat, die sie geboren, mißbraucht und verachtet zu endigen.

Es war ein kalter, frischer Herbstmorgen, Die Sonne hatte diesmal den Nebel zeitig hinabgeworfen ins Kinzig- und ins Elztal. Zum letztenmal schauten wir Birkenkinder die waldigen Bergspitzen im Sonnenlicht und gedachten des kurzen Lebensglückes, das wir genossen auf einsamer Höhe, wo wir mit den Winden gespielt und gekost hatten und selig waren in jugendlichem Träumen.

Doch es gab nur kurze Augenblicke für Schmerz und Abschied. Schon kletterte der eine Bube des Heide-Michels mit scharfem Hackmesser an dem Leibe der Mutter hinauf. Mir schwanden die Sinne in Todesangst …

Als ich wieder zu mir kam, lag ich mit zahllosen Birkenkindern unter dem Strohdach einer uralten Hütte auf dem Heidenacker, während der Heide-Michel in der dumpfen, kleinen Stube auf der Ofenbank saß und einen Haufen meiner Lebens- und Leidensgefährten zu Besen herrichtete.

Ruten band er selten mehr. Früher hatte er viele auch in die Stadt geliefert; aber die Ruten sollen jetzt mehr und mehr abgekommen sein und die Kinder wieder wild und roh aufwachsen. Der Teufel wird nicht mehr ausgetrieben mit Ruten, weil die neumodischen Menschen nicht mehr an ihn glauben. Ich konnte dem Michel durch die kleinen Schiebfensterchen, die wir fast verdeckten, zusehen an seiner Arbeit. Friedlich seine Pfeife schmauchend, schnitt er die Birkenreiser zu und band sie zusammen, nicht ahnend, daß er fröhliche Lebewesen für ihre ganze Zukunft unglücklich mache.

Aber ihr Menschen habt überhaupt kein Gefühl für die Leiden, so ihr in tausendfacher Art unzähligen Mitgeschöpfen antut. Ihr versteht es nur, die Werke und die Schöpfungen Gottes zu vernichten. Ihr benehmt euch als brutale Herren, als die Tyrannen der Schöpfung, und opfert kaltblütig eurer Selbstsucht alles und jedes, was Gott geschaffen hat.

Doch dem Heide-Michel konnte ich auf die Dauer nicht grollen. Er war ein armer Mann, und die Not lehrte ihn, Birkenreiser aus ihrem Jugendglück zu reißen und zu Besen zu machen. Und dann hatte er ja keine Ahnung davon, daß auch wir Pflanzen und Bäume leben und fühlen: denn er selbst trug des Lebens Not ohne besonderes Empfinden.

Er war ein braver, wetterharter Mann. Er und die Seinen lebten arm, aber rechtschaffen, begnügten sich mit schmaler Kost, hofften auf ein besseres Leben in einer andern Welt und falteten des Tages dreimal die Hände zu ihrem Gott und Herrn. Im übrigen ließen sie Gottes Wasser über Gottes Land laufen und nahmen alles, wie es kam, gut und schlecht.

Eines Morgens holte er auch uns Kinder der alten Birke am kleinen See in seine warme Stube, um die letzte Feile an unser zukünftiges Elend zu legen.

So kam ich in die Stube des Taglöhners. In ihr lag eine alte Frau, die Mutter des Heide-Michels, auf ihrem Schmerzenslager und seufzte und betete Tag und Nacht. Schon viele Jahre lang litt sie an Gicht und mußte im Sommer und Winter das Bett hüten. Bei ihrem Anblick bekam ich das erste- und das letztemal Mitleid mit euch Menschen, mit euern Schmerzen und euern Leiden. Denn daß die arme, alte

Mutter, die all' ihre Lebtage nur Mühe und Arbeit gehabt, zum Schlusse noch so viel mitmachen mußte in hilfloser Lage in einsamer Stube auf dem weltabgeschiedenen Heidenacker, das wollte mir doch des Übels zu viel scheinen.

Aber je mehr ich später euch brutale Sünder kennen lernte, um so weniger mehr empfand ich Mitgefühl und Teilnahme für das, was ihr zu leiden habt.

An einem kalten Winterabend band der Heide-Michel 25 Stück Besen – unter ihnen auch mich – zusammen, lud sie auf seinen Handkarren und fuhr damit über die Heide hin.

Blutrot ging die Sonne unter. Die Tannen neigten sich im Abendwind, der eisigkalt über die Wasserscheide des Kinzig- und Elztales ging. In der Ferne sah ich noch den Birkenhain stehen, der meine Heimat und der Zeuge meines Jugendglückes gewesen war, und wo trauernd meine Mutter stand, gewärtig des baldigen eigenen Todes. Ich warf ihm einen letzten, wehmutsvollen Blick zu und gedachte der kurzen Lebensfreude bei ihm.

Vor einer einsamen Schenke, zum »Rößle« genannt, hielt der Heide-Michel an. Hier stand ein Wagen, mit einem Pferde bespannt; der Fuhrmann saß drinnen in der Stube, und nur sein Hund, der unter dem Wagen lag, bellte den armen Mann vom Heidenacker an. Der warf, ohne sich an das Bellen zu kehren, seine Besen auf den Wagen und ging auch in die Schenke.

Jeden Freitag Abend fuhr der Wälder-Hans – so hieß der Fuhrmann – hier oben an. Er kam aus dem Kinzigtal herauf und zog durchs Elztal gen Freiburg zum Samstags-Markt.

Wer was zu verkaufen hatte: Frucht, Butter, Eier, Hühner, Schafe, Kälber, Besen – der brachte seine Ware am Abend zum Rößle und übergab sie dem Wälder-Hans, auf daß er sie in Freiburg zu Markt bringe.

Drinnen in der warmen Wirtsstube saßen an dem Abend, da ich angefahren kam, um den Wälder-Hans die Verkäufer und Verkäuferinnen, handelten, feilschten und tranken, während draußen Roß und Wagen, und was darinnen war, geduldig in der Kälte standen und warteten.

Kaum hatte ich mich beim Licht, das aus der Stube drang, recht umgesehen und als Leidensgefährten einige Säcke voll Hafer und einen Korb voll Hühner entdeckt, da kam noch ein Bauer von der andern

Seite der Heide dahergefahren, brachte ein Schaf und ein Kälblein, warf beide mit zusammengebundenen Füßen in den Wagen und suchte dann ebenfalls die Stube auf.

Die armen Tiere stöhnten vor Schmerz, die Hühner piepsten ihr Leid in stillen Tönen in die Nacht hinaus, während wir Besen stumm und still unsern Jammer trugen.

Da fing der alte Spitzhund des Wälder-Hans' bellend zu reden an und sprach höhnisch zu den armen Tieren: »Warum denn so traurig, ihr Herrschaften? Ihr seid ja alle auf dem Weg in die schöne Stadt Freiburg; dort wird euer Leid bald enden: den Hühnern wird der Hals abgeschnitten, und Schaf und Kälblein sticht man in die Schlagader. Dann fallen die Menschen über eure Leichen her und verzehren sie.«

Zittern erfaßte die also Gehöhnten bei dieser unverdienten, hündischen Schicksalsverkündung.

Die Hühner hatten jahrelang ihr Bestes, die Eier, den Menschen geliefert, das Schäflein seine Wolle, des Kälbleins Mutter ihre Milch gegeben und alle sich des Lebens in Unschuld gefreut auf der Schwarzwaldhöhe und den Menschen treu gedient. Und nun dieser Lohn und dies Ende! Das arme Kälblein hatte noch keinen Schritt ins Leben gemacht, als es von der guten Mutter weggenommen, gebunden und zum Tode geführt wurde.

Sie durften wohl zittern, diese unschuldigen Lebewesen, über das, was ihrer wartete, und die Menschen verabscheuen, diese herzlosen Folterknechte und Tierfresser.

»Ihr«, so höhnte der Spitzer, nun an uns Besen sich wendend, weiter, »ihr bekommt es etwas besser. Ihr werdet zwar nicht mehr mit den Winden spielen im hellen Sonnenschein, in der kühlen Morgen- und in der milden Abendluft; ihr werdet auch keine Hirtenknaben mehr singen hören – aber ihr werdet doch etwas länger leben als die andern Heidekinder. Ihr dürft den Kot der Straßen und den Staub der Häuser in der Stadt genießen und in der Zwischenzeit in einem finsteren Winkel stehen und euch des Daseins freuen auf dieser schönen Erde.«

Jetzt kehrte sich der alte Schimmel, der alles gehört hatte, vorn am Wagen um und rief: »Schäme dich, du gemeines, boshaftes Hundevieh, deine Mitgeschöpfe so zu höhnen. Du hast es wahrlich nicht vonnöten, dich und dein Schicksal über andere zu setzen. Hunger und Schläge sind meist dein Los, und du könntest den Undank und die Roheit der Menschen zur Genüge kennen, so gut wie ich!«

»Seit zehn Jahren stehen wir treu und ehrlich im Dienst des Wälder-Hans'. Du wachst über seine Habe, und ich ziehe sie ihm bergab und bergauf. Während er aber in den Wirtsstuben sitzt und sich beim Glas wohl sein läßt, müssen wir auf der Straße warten und hungern und dursten und frieren.«

»Wenn du einen Augenblick deinen Posten verlässest, um in der Küche für deinen Hunger einen Knochen zu suchen, so gibt's Schläge, daß du vor Schmerz heulst. Bist du alt geworden, so schlägt er dich tot und wirft dich auf den Schindanger.« »Und wenn ich nicht ziehe und springe, wie er es haben will, regnet es Flüche und Peitschenhiebe. Und mein Ende ist das Messer des Schinders.«

»Also laß deinen Hohn über andere Geschöpfe und lehre sie nur eines: den Menschen hassen, der unser aller Quälgeist und vor dessen Blut- und Hab- und Mordgier kein Geschöpf sicher ist – vom Stein in der Erde bis zum Adler in der Luft.«

Beschämt schwieg der Hund, legte sich auf einen Habersack und knurrte in sich hinein.

Eben kam der Wälder-Hans aus der Schenke und hinter ihm drein die Bauern und Taglöhner und Wibervölker, deren Waren er verkaufen sollte und denen er allen zum Abschied versprach, ihre Sachen auf dem Markt gut zu besorgen.

Durch Nacht und Nebel sah ich den Heide-Michel über das öde Feld heimziehen, während der Wälder-Hans die Laterne an seinem Wagen anzündete und gleich darauf rief: »hü, Schimmel!« – und abwärts ging's dem Elztal zu.

Als wir unten im Tale angekommen waren, stand in finsterer Nacht an einem Kreuzweg eine Gestalt und rief dem Wälder-Hans ein »Halt!« zu. Es war die Butter-Bärbel, ein älteres Weibsbild aus dem Prechtal. Sie handelte seit Jahren mit Butter nach Freiburg und wartete hier jeweils auf den Wälder-Hans, um ihm ihre mit Butter gefüllten Körbe aufzuladen, sich dann zu ihm zu setzen und mit ihm zu fahren.

Die Bärbel begann alsbald zu klagen, bei der Kälte sei es anfangs kein G'spaß mehr, Händlerin zu sein. Gestern und heute sei sie von Hof zu Hof gegangen, um ihren Butter zusammenzubringen, und Wetter und Wind hätten sie bis ins Mark hinein frieren gemacht. Wenn nicht die und jene Bäuerin etwas Warmes spendiert hätte, wär's nicht zum Aushalten gewesen. Und nun noch die Nacht hindurch fahren im kalten Wagen und gleich nach der Ankunft auf den kalten Marktplatz sitzen, da könne man seine Sünden abbüßen.

So und ähnlich klagte das Butterweib im Weiterfahren das Elztal hinab ihrem Freunde, dem Wälder-Hans. Diesen ließen aber die Klagen der Bärbel kalt. Er meinte, das alles müsse er ähnlich auch mitmachen, aber so bringe es eben ihr beiderseitiges Gewerbe mit sich. Wenn die Bärbel Näherin geworden wäre, könnte sie im Winter an den Ofen sitzen und im Sommer in den Schatten. So aber sei sie Bötin und Butterhändlerin geworden und müsse es sich im Leben darnach gefallen lassen.

Er, der Wälder-Hans, wisse sich zu helfen bei jeder Jahreszeit. Im Sommer trinke er möglichst viele Schoppen gegen den Durst, im Winter tue er es ebenso gegen die Kälte.

Drum, wo in einem Dörflein auf der Fahrt durchs Elztal heute noch ein verspätetes Wirtshauslicht brannte, hielt er an und trank eins, und die Butter-Bärbel trank mit ihm.

An die armen Geschöpfe, die vor dem Wagen und im Wagen froren und zitterten und Schmerzen litten, dachte keines von beiden. Sie waren ja Menschen, jene nur Tiere, und für diese hat der kultivierte Universitäts-Professor, der sie bei lebendigem Leib malträtiert, so wenig ein Herz, wie der rohe Fuhrmann.

Als wir uns nach langer, kalter, nächtlicher Fahrt gegen Morgen der Hauptstadt des Schwarzwaldes näherten, sprach der Wälder-Hans zur Bärbel: »Du könntest die Besen, so hinten im Wagen liegen, aus dem Markt feil halten neben deinem Butter. Der Heide-Michel hat sie mir mitgegeben. Er ist ein armer Mann, und ich möchte ihm seine Ware so gut als möglich verkaufen. Du kennst aber die Stadtweiber besser als ich und bringst die Besen drum auch besser an.« »Gern«, gab die Bärbel zurück, »will ich dem Heide-Michel seine Besen verkaufen. Sie sind aber nicht mehr so begehrt wie früher. Die besseren Leute wollen jetzt nur noch Wurzelbesen: doch ich will schauen, daß ich die Birkenbesen, so gut es geht, zu Geld mache.«

Eine halbe Stunde nach diesem Zwiegespräch lagen wir Birkenkinder zu den Füßen der Butter-Bärbel auf dem Münsterplatz zu Freiburg.

Das war der denkwürdigste Tag meines Lebens, der Tag, an dem ich einige Stunden auf diesem Marktplatz lag und in eine ganz neue Welt hineinsah.

In Nacht und Nebel zogen die Marktweiber daher, beladen mit schweren Körben, setzten sich auf dem kalten, steingepflasterten Münsterplatz auf eine lange Reihe von Bänken und warteten frierend auf die kaufenden Stadt-Weiber.

Im Hintergrund erhob sich das majestätische Gotteshaus wie eine riesige Steinpredigt gen Himmel, als wollte es sagen: »Wie groß bin ich und wie klein seid ihr Menschen mit all eurem Krämerwesen. Millionen haben schon zu meinen Füßen gekauft und verkauft und sind längst in Staub gesunken: ich aber, eures Gottes Haus, bin ewig und unveränderlich euch armseligen Menschen gegenüber.«

Als die kalte Morgensonne den Platz beleuchtete, übersah ich elender Besen den ganzen Markt und erkannte nach einiger Umschau, daß unsereiner die niedrigste Stufe unter den feilgebotenen Waren einnahm.

Einst wiegte ich mich im Äther des Himmels, die Vögelein sangen mir ihr Morgen- und ihr Abendlied, die Hirtenknaben jauchzten zu meinen Füßen, und heute lag ich als die armseligste aller Waren auf den Steinen eines Marktplatzes.

Mein Ingrimm gegen die Menschen, die mich unglücklich gemacht, wuchs, und ich fand nur einigen, wenn auch elenden Trost darin, daß ich hier so viele Mitgeschöpfe unter der gleichen Tyrannei leiden sah. Vom Vogel in der Luft bis zum armen Frosch herab erblickte ich zahllose Tiere auf dem Marktplätze, alle geopfert der Gefräßigkeit der Menschen.

Und von der Kastanie und von der Winteraster bis hinab zum Birkenbesen hatten unzählige Pflanzen ihre Heimat verlassen und sterben müssen, um hier verkauft zu werden.

In hellen Scharen strömten aus Gassen und Gäßlein die Stadtweiber und ihre Dienstmädchen, um ihre Einkäufe zu machen. Mit Netzen, mit Körben, mit Taschen und Säcken bewaffnet, zogen sie daher, arm und reich, schön und häßlich, um die Bedürfnisse des menschlichen Lebens einzuhandeln.

Ich sah hier, wie ihr Menschen geplagt seid für eures Lebens Notdurft und wie ihr alles, was ihr zum Leben braucht, teuer erkaufen müßt. Ich gönnte euch Tyrannen diese Sorge und die Umstände, so ihr machen müßt, um leben zu können.

Wie viel besser sind wir, die Opfer eurer Lebsucht, daran. Uns Birkenreiser und die Pflanzen alle nährt und kleidet die Mutter Natur ohne unser Zutun. Licht und Luft und Essen und Trinken kommen uns zu, ohne daß wir das Geringste dazu beitragen müssen. Kurzum, wir und unzählige Mitgeschöpfe wären sorgenlos und glücklich, wenn es keine Menschen gäbe.

Es ging lange, bis mein Schicksal entschieden wurde. Zunächst handelten und markteten die Käuferinnen um Lebensmittel, die sie den armen Landweibern möglichst billig abdrückten. Besen waren nicht gesucht, und während die Butter-Bärbel ihren Butter fast allen angebracht hatte, lagen wir Birkenkinder noch unbegehrt am Platze. Die Bärbel fragte unermüdlich: »Braucht ihr keine Besen?« – und erhielt zur Antwort: »Birkenbesen sind nicht mehr Mode. Die neumodischen Dienstmädchen schämen sich ihrer, sie wollen nur noch Wurzelbesen.«

Endlich kam eine einfach gekleidete, ältere Frau und verlangte nach einem Birkenbesen, aber, wie sie sagte, nicht für sich, sondern im Auftrage einer Köchin, die keinen Besen durch die Stadt tragen wolle.

Diese Köchin schenke ihr, der armen Frau, den Kaffeesatz und andere Abfälle aus der Küche, und dafür besorge sie ihr derartige Einkäufe und Ausgänge.

Die Butter-Bärbel machte einen Besen von den anderen los und übergab ihn der Frau für zwanzig Pfennig. Dieser Besen war ich.

Die Frau nahm mich unter den Arm, wanderte durch Straßen und Gassen und verschwand endlich mit mir in einem kleinen, aber schönen Hause.

In diesem Kaufe ging nun mein Unglück erst recht an. Was ich in dem halben Jahre, welches ich da zubrachte, erlebt, das gäbe ein ganzes Buch. Ich will mich aber kurz fassen und dir nur den kurzen Inhalt meines Lebens und meiner Erfahrungen mitteilen, um dich nicht allzulange aufzuhalten. Die Matten sind jetzt noch feucht, und du könntest dich erkälten, wenn du zu lange bei mir sitzen und meine Klagen alle anhören wolltest.

Das Haus bewohnte ein junges Ehepaar. Er war der Sohn eines reichgewordenen Bierbrauers und lebte von dem, was sein Vater ihm hinterlassen, lebte, wie alle diese Glückspilze der Industrie, ein Leben des Vergnügens und des Nichtstuns.

Sie war die Tochter eines armen Universitäts-Professors und hatte den jungen Bierprinzen geheiratet, weil sein Geld ihr ein bequemes Dasein bot.

Er rauchte Zigarren, spielte Billard, ging auf die Jagd, las Zeitungen und schlug die Zeit tot, so gut es ging und so weit er das Zeug dazu hatte.

Sie spielte Klavier, malte, fuhr Rad, genoß Romane, besuchte das Theater und gab Teegesellschaften. Von einer Haushaltung verstand sie nicht das Geringste. Nicht einmal einen Kaffee hätte sie kochen können.

Und wenn sie bisweilen in die Küche kam und vom Kochen redete, war das so dumm, daß die Köchin und das Zimmermädchen das Lachen nicht halten konnten und nachher spotteten über die »dumme Schneegans«, welche sie sonst mit »gnädige Frau« zu titulieren hatten.

Ihre Dienstboten waren zwei Mädchen vom Land, die aber in der Stadt alles, was sie aus der Heimat mitgebracht, abgestreift hatten: Tracht, Sitte, Mundart und, dem Beispiel ihrer Herrschaft folgend, auch die Religion.

Den Sonntagmorgen benutzten sie, statt zur Kirche zu gehen, um einen Spaziergang in Begleitung ihrer guten Freunde vom Militär zu machen. Sie erzählten sich dann am Mittag gegenseitig, wo sie gewesen seien und wie gut sie sich unterhalten und wo sie am Nachmittag ihre »Schätze« zu finden ausgemacht hätten.

Diese Mädchen waren stets einig, weil beide darauf bedacht waren, ihre Herrschaft so gut wie möglich zu hintergehen, was um so leichter war, als die klavierspielende, malende und radelnde Frau, wie gesagt, nichts vom Hauswesen verstand. Sie konnte nicht einmal einen Wurzelbesen von einem Reisigbesen unterscheiden. Darum war auch ich ins Haus gekommen unter der Firma »Wurzelbesen«. Der Betrag des Minderwertes war in die Tasche der Köchin gewandert.

Weniger einig als ihre Dienerinnen war deren Herrschaft. Der »gnädige« Herr und die »gnädige« Frau schrieen einander oft noch spät am Abend so laut und so mißliebig an, daß ich, dessen Platz hinter der Küchentüre war, es nur zu gut hören konnte.

Sie schalt ihn bei diesen nächtlichen Zwiegesprächen einen »Bierlümmel« ohne Bildung und Anstand, weil er nach Tabak oder nach Kognak riechend aus seiner Abendgesellschaft heimgekommen war.

Als Antwort mußte die gnädige Frau die Worte: Bettelmensch, Faulenzerin und ähnliche Worte hören.

Am anderen Tag beim Frühstück waren beide aber meist wieder einig, und man hörte nur: »Lieber August« und »Liebe Ella!«

Doch, was soll ich armseliger Besen dir von euch Menschen reden, von eurer Ehrlichkeit, eurer Bildung und eurer Heuchelei! Nu kennst ja das alles. Ich wollte dir ja nur von meinem Unglück erzählen.

Ja, Unglück! Oder ist es keines, wenn lebensfrohe Birkenkinder aus dem Äther des Himmels herabgerissen und hinter eine Küchentüre gestellt werden?

Ist es kein Unglück, wenn sie diesen elenden Winkel nur verlassen, um in Staub und Kot getaucht zu werden, sie, die mit den Zephyren gespielt und im Tau des Himmels sich gebadet?

Ist es kein Unglück, wenn die einstigen Gefährten jauchzender Hirten und singender Schnitterinnen nur noch streitende Eheleute und betrügerische Dienstboten um sich sehen und nachts als Gesellschaft hungrige Mäuse?

O, wie oft dachte ich hinter meiner Küchentüre an die Mahnungen der Birkenmutter, und wie oft verwünschte ich euch Menschen, die ihr euere Mitgeschöpfe so unglücklich macht!

In Freiburg werden die Straßen noch in alter, schöner, deutscher Art von den Hausbewohnern gefegt. Und die Mittwoch- und Samstagnachmittage waren die einzige Zeit, wo ich in die frische Luft kam. Aber was nützte diese mir, dem Schnee und Straßenkot Hören und Sehen und Fühlen benahmen!

Auch davon halte ich nichts, daß die süddeutschen Studenten den über die Straße fegenden Mädchen den Namen Besen geben. Diese jugendlichen menschlichen Besen verachteten uns trotz der Verwandtschaft.

Die Köchin war zu stolz, um noch eine Gasse zu kehren: darum mußte mich die arme Frau, welche mich von der Butter-Bärbel gekauft, auf der Straße und auf dem Trottoir malträtieren.

Ich kam von diesem Mißbrauch eines Birkenkindes, das einst so lichte und hehre Tage gesehen, jeweils erst wieder zu mir, wenn die Frau mich in das Bächlein, so in Freiburg durch alle Straßen zieht, tauchte, um mich vom Schmutze zu reinigen.

So war das Wasser mein einziger Wohltäter, aber auch mein Leidensgefährte; denn allen Schmutz muß es sich gefallen lassen. In das Bächlein, das klar und heiter von den Bergen herab in die Stadt kommt, werft ihr Menschen jeden Unrat und mißhandelt es dadurch gerade so wie uns Birkenkinder.

Im Hause drinnen, im Hof und in den Gängen handhabte mich die Köchin; sie fand es aber nie der Mühe wert, mich draußen im Bächlein wieder zu kühlen: denn es hätte jemand das dumme Bauernmädle mit einem Besen in der Hand sehen können.

So war, alles in allem genommen, schließlich die Ecke hinter der Küchentüre, sonst ein trauriges Asyl, noch mein Bestes. Ich hatte doch Ruhe und ward nicht erniedrigt in Staub und Kot.

Ja, ich hatte in dieser finstern Ecke öfters noch Gesellschaft. Ein Mäuslein, das in stillen Stunden des Tages aus der Wand kroch und nach Brosamen und sonstigen Abfällen ausging, versteckte sich der Nähe halber, sobald ein Geräusch sich hören ließ, unter mich, bis die Gefahr vorüber war.

Das verfolgte Tierchen tröstete mich manchmal im eigenen Elend, wenn es erzählte, wie die Menschen mit seinem Geschlecht umgehen. »Von Gott ins Dasein gerufen, wie sie«, also pflegte es zu sagen, »verfolgen uns die Menschen auf jegliche Art durch Katzen, durch Gift und durch Fallen. Und gerät eines von uns lebendig in ihre Gewalt, so wird es erschlagen oder ersäuft oder zertreten.«

»Und das alles tun sie uns armen Geschöpfen an, weil wir unser bißchen Nahrung nehmen, wo wir es finden, und wie der, so uns geschaffen, es uns gelehrt hat von Jugend an.«

»Aber so sind sie, diese Menschen; sie allein wollen Gottes Willen kennen und verehren, und doch verfolgen, quälen und töten sie ihre Mitgeschöpfe herz- und gefühllos! O, diese Heuchler!«

»Mir haben sie Vater und Mutter und zahlreiche Geschwister ermordet: sie werden über kurz oder lang auch mich den Meinen nachsenden.«

Und so war es. Eines Tages nahm mich die Köchin aus der Ecke; das Mäuslein huschte unter mir hervor. Das Weibsbild schlug mit mir nach dem armen, flüchtigen Geschöpfe und, von mir wider meinen Willen erschlagen, verendete die unglückliche Freundin vor meinen Augen.

Meine Verbitterung nahm zu, und ich beneidete das Mäuslein: es hatte ja ausgelitten für immer.

Noch auch die Stunde meiner Erlösung schlug. Der Winter war lange gewesen, Schnee und Regen wechselten monatelang ab.

Die Straßen waren schmutziger denn je und machten mich immer elender und arbeitsunfähiger.

An einem Mittwoch-Nachmittag im Frühjahr sprach die Frau, welche ihre Armut gezwungen hatte, der Köchin Dienste zu leisten, mich zu kaufen und unglücklich zu machen, zu dieser: »Der Besen ist jetzt auch nichts mehr. Man sollt' wieder einen neuen haben.«

»Werft ihn, wenn Ihr heute mit dem Fegen fertig seid, in das Bächle und kauft am Samstag einen andern!« lautete das Urteil der Küchenfee.

Ich frohlockte! Endlich, so sagte ich mir, geht's an die Erlösung. Das Bächlein wird mich fortnehmen in die Dreisam und diese mich dem Rheine zuführen. In seinen reinen, klaren Fluten werde ich mich auflösen und im Sande seiner lachenden Ufer wird mein Grab sein.

Doch nicht bloß bei den Menschen, auch bei den Besen kommt es oft anders, als sie denken und wünschen.

Die arme Frau löste mich an jenem Nachmittag vom Stiele und warf mich in das rasch vorbeieilende Stadtbächle. Lustig tanzend gleitete ich dahin, an deiner Martinskirche vorbei und freute mich schon, bald aus der Stadt draußen und wieder, wenn auch verstümmelt und elend, in Gottes freier Natur zu sein.

Auf einmal aber, ich war eben bei dem Wirtshaus zur Linde in der Unterstadt, griff eine rauhe Hand nach mir und zog mich aus den sanften Wellen.

Es war der Hausknecht des Lindenwirts. Er wusch gerade seine Stiefel ab im Bächle, sah mich dahertanzen und dachte: »Den Besen kannst du noch im Stall brauchen« – packte mich und ging mit mir davon. Nach wenigen Sekunden lag ich hinter einer Stalltüre. In meiner Nähe fraßen und stampften einige Pferde. Sie hatten mich aus meinem Schrecken wieder zur Besinnung gestampft und mich erkennen lassen, wo ich sei.

Aus einer Herrschaftsküche in einen Pferdestall ist ein großer Sprung zur Erniedrigung, und doch fand ich im Stalle bessere Menschen als in der Küche.

Der Hausknecht, ein Schwarzwälder, war in der Stadt ein Bauer geblieben: ehrlich, treu, bieder und wohlwollend. Den Pferden war er ein Freund; er redete mit ihnen, sprach ihnen zu, wenn sie fraßen, und streichelte sie.

Er und sein Herr, der Lindenwirt, verkehrten auf friedlicherem und anständigerem Fuß als der Bierprinz und die Professorstochter.

Wenn der Knecht mich nicht aus dem Büchlein gezogen, hätte ich ihn lieben können, ihn, den einzigen Menschen, bei dem ich Mitleid sah mit anderen Geschöpfen.

Selbst mich schien er schonen zu wollen; denn die ersten Tage lag ich still und unberührt hinter der Stalltüre.

Pferde waren nur tagsüber in meiner neuen Behausung. Sie gehörten Bauern und Fuhrleuten, welche am Morgen in die Stadt fuhren und am Abend wieder heimkehrten.

So wäre ich nachts allein in der großen, öden Stallung gewesen, wenn nicht ein alter Kater ihn zu seinem ständigen Jagdgebiet gemacht hätte.

Dieser Kater, ein Prachtexemplar, schwarz wie die Nacht und mit glühenden Augen, war auch kein Freund von euch Menschen. Ich muß dir von ihm erzählen: denn er war ein Original.

So oft er sein Gelüste an den Mäusen, die im Stalle umhersprangen, befriedigt hatte, ging er mit langen Schritten in meiner Nähe auf und ab und murrte zu meiner Freude und zu meinem Trost in seiner Katzensprache ein Klagelied über die heutigen Kulturmenschen.

»Ich«, so sprach er murrend, »bin von gutem, altem Katzenadel. Mein Großvater, Miaulis der zweiundsiebzigste, war Fürst aller Katzen in dieser Stadt. Seine Tochter, meine Mutter, machte eine Mißheirat mit einem Kater aus proletarischem Stamme, aber sie gab mir das Blut und die Gestalt ihres Vater-Fürsten.«

»Ich habe ihn noch wohl gekannt, den alten Miaulis, der mich trotz der Mißheirat seiner Tochter sehr lieb hatte. Wenn er in mondhellen Nächten seine Katzenuntertanen auf dem Rathausdache versammelte und ihre Klagen hörte über den Undank der Menschen, so konnte er manchmal sagen: ›Einst haben die Menschen uns Katzen göttliche Ehren erwiesen in Anerkennung unserer Leistungen bei Vertilgung der Mäuse. Im alten Ägypterlande errichtete ihr Dank uns Tempel. Und selbst im christlichen Mittelalter bis herauf in die neue Zeit waren wir liebe und geehrte Hausgenossen derselben. In meiner Jugendzeit lag noch auf jeder Ofenbank ein Kissen bereit für unsere Ruhe; mit der Familie nahmen wir unsere Mahlzeit ein, und die Alten bekamen das Gnadenbrot. Man ließ, sie, wohlgenährt, eines natürlichen Todes sterben.‹

›Je kultivierter aber die Menschen wurden, um so undankbarer und herzloser benahmen sie sich gegen unser Geschlecht, das heute nur noch im fernen Indien nach Verdienst geehrt und gepflegt wird. Dort gibt es Spitäler für Katzen, während wir in Europa durch Totschlag oder Gift aus der Welt geschafft werden in unsern alten Tagen‹

›Mich aber, Miaulis den zweiundsiebzigsten, mich, dessen Ahnen schon in den Hütten der Steinmetzen, welche das Münster erbauten, Mäuse fingen, mich sollen sie nicht töten.‹

»Und er hat Wort gehalten, der alte Katzenfürst. In einer stürmischen Nacht – es mögen zehn Jahre her sein – stürzte er sich von der Spitze des Münsters auf das Pflaster und war tot.«

»Er hat nicht mehr erlebt, was ich. In den Häusern der heutigen Stadtmenschen gibt's längst keine Ofenbänke und keine Katzenkissen mehr. Unsereiner darf sich überhaupt nicht blicken lassen in einem neumodischen Hause. Wenn's gut geht, dulden uns noch bürgerliche und ärmere Leute, aber auch nicht mehr in der Stube. Wo es noch hoch hergeht, steht in einem Winkel des Hausganges ein altes Schüsselchen mit Abfällen für uns.«

»Kommt eine von uns aus Hunger in eine Küche, so hagelt es Holzstücke auf sie.«

»Wenn bisweilen *ein* Menschenkind uns noch einige Liebe erweist, so ist's eine alte Jungfer, die in der Jugend lieblos durchs Leben wandern mußte und im Alter noch mit Katzenliebe sich begnügt.«

»Ich war in meinen jungen Jahren auch einige Zeit der Liebling einer solchen Jungfer; aber wenn sie mich zärtlich behandelte, küßte und mich an ihr altes Herz drückte, ging mir ein Widerwille durch die ganze Katzenhaut, so daß ich meiner Name bald entfloh und seitdem mich als Katzen-Stromer durch die Welt schlage.«

»Die Menschen verachte ich, weil sie es an uns verdient haben und ich sie kenne. Nicht genug, daß sie uns schlecht behandeln, sie verleumden uns auch.«

»Sie nennen uns ›falsch‹, während sie selbst die falschesten und unehrlichsten aller Geschöpfe sind. Unter Tausenden gibt sich nicht einer von ihnen, wie er ist, und von Jugend an lehren sie ihre Kinder, sich anders zu geben, als sie sind, und sich so unnatürlich und geziert als möglich zu benehmen.«

»Von der Falschheit der menschlichen Weibervölker will ich gar nicht reden; gegen die sind wir Katzen wahre Musterengel von Biederkeit und Offenheit.«

»Sie sagen uns ferner, die Herren der Schöpfung, wir seien katzenbucklich und kriechend, während sie viel weniger Rückgrat haben als wir und vor ihren Fürsten viel mehr Kratzfüße machen, als wir Katzen vor einem Katzenkönig, wie Miaulis der zweiundsiebzigste es war, der sich seinen Lebensunterhalt selbst verdiente und verschaffte und damit nicht seine Untertanen belastete.«

»Am boshaftesten aber ist es von den Adamskindern, daß sie ihre eigenen Sünden mit unseren Namen belegen. Wenn sie, diese genußsüchtigsten aller Wesen, durch wüstes Trinken ihrer Gesundheit geschadet haben und es ihnen schlecht ist vom Allzuviel, nennen sie das »einen Kater«. Zum Hohn, daß sie uns hungern lassen, fügen sie noch den Spott und hängen uns, die wir von Wasser, Milch und Mäusen leben, den Namen ihrer Unmäßigkeit und Völlerei an.«

»Sie machen Kater- und Katzenköpfe infolge ihrer tollen Ausgelassenheit, die sie mit leiblichem Unbehagen büßen müssen, während der Ernst, so aus unseren Zügen spricht, die Trauer bedeutet über das elende Los, das die Menschen uns bereiten.«

»Aber«, so schloß der Kater seine Rede in seinem Auf- und Abschreiten, »ich räche mich an ihnen, so gut ich kann. Ich fange meine Mäuse nur in den Ställen, wo keine Menschen wohnen, und nachts störe ich diese aus dem Schlafe auf durch mein Katzengeschrei.«

Nach diesen und ähnlichen Worten machte er jeweils einen Sprung zum Stallfenster hinaus, und wenige Minuten später hörte ich ihn auf dem Wache seinen ganzen Ingrimm hinausschreien. – Ich aber war wieder zufriedener mit meinem Los, denn ich hatte wieder ein Wesen gehört, das auch meinen Gefühlen für euch Ausdruck verlieh.

Am ersten und letzten Samstag, den ich beim Lindenwirt zubrachte, sollte mir noch was passieren, das ich dir nicht verschweigen darf. Es zeigt, wie auch im Leben eines Reisigbesens merkwürdige Zufälle nicht ausgeschlossen sind.

Am Samstag in aller Frühe, kaum hatte der Knecht die Stalltüre aufgeschlossen, da trabte als erstes Marktpferd des Tages der Schimmel des Wälder-Hans' zu mir herein.

Er schaute sich um, sah mich hinter der halbgeöffneten Türe und schnupperte mich an. Ich erkannte ihn alsbald und sprach: »Das ist ja des Wälder-Hansen Schimmel!«

Jetzt ließ er ein freudig Wiehern ertönen, mit dem er fragte: »Ei, woher kennst du mich denn?«

Ich erzählte ihm alles, was sich auf unsere erste Bekanntschaft bezog an jenem Winterabend auf der Eck und erinnerte ihn an sein Mitgefühl mit den anderen Geschöpfen und an die richtige Würdigung, welche er damals den Menschen angedeihen ließ.

Tiefaufatmend schwellte der Schimmel seine Nüstern und sagte: »Aber wie siehst du drein, armes Birkenkind! So weit haben Kultur und Stadtleben an dir gesündigt, daß ich dich kaum wieder erkenne. Wie wird erst deine Mutter erschrecken, wenn sie dich sieht! Ich habe sie heute hierher gebracht. Draußen im Hof laden der Hausknecht und der Wälder-Hans das Birkenholz ab, welches dieser dem Bur auf dem Tochtermannsberg abgekauft und dem Lindenwirt wieder verkauft hat.«

»Ja, sie wird jammern, wenn sie dich zu sehen bekommt. Doch es ist ja eine Wahrheit, so billig wie Pferdefleisch, daß alles, was vom Land in die Stadt zieht, auf einen Kirchhof kommt – und mit der Zeit elendiglich zugrunde geht.«

»Ich selbst muß, von meinen Gängen in die Stadt abgeschunden, viel früher und martervoller enden als ein Ackergaul. Doch so wie diese Welt einmal unter der Herrschaft der Menschen für uns Tiere eingerichtet ist, hat ein frühes Ende großen Wert.«

Nach diesen Worten schritt der Schimmel seiner Krippe zu und vergaß über dem Heufressen bald seinen Weltschmerz. Mich aber hatte er in große innere Aufregung versetzt durch die Nachricht, daß meine arme Mutter in meiner Nähe sei. Meine Sehnsucht ging nun dahin, zu ihr zu kommen. Aber wie sollte das geschehen? Sie regungslos draußen im Hof und ich ebenso hinter der Stalltüre.

Ich gab bereits alle Hoffnung auf, als gegen Mittag ein Fuhrmann mit zwei Pferden zugleich zum Stalle herein wollte. Er stieß die Türe auf, und da er ein Hindernis merkte, schaute er nach, erblickte mich und warf mich unmutig in den Hof hinaus. Ich flog an die Birkenholz-beuge, welche diesen Morgen aufgesetzt worden war. Es waren, zersägt und gespalten, die alten Birken aus dem Hain, in welchem ich geboren ward und die glückliche Zeit der Jugend verlebt hatte. Unter ihnen mußte meine Mutter sein.

Welche Fügung! Ich kam in die Nähe der Astnarben, auf denen ich einst gestanden, gelebt und des Lebens mich gefreut.

Mutter und Kind fanden und erkannten sich, beide mißbraucht, zerstört und vernichtet und beide unschuldig und sündenlos.

Schuld und Sühne ist ja nur ein Anteil der Menschen, und der Fluch, mit dem ihr Herrscher, ihr Tyrannen und ihr Quälgeister eurer Mitgeschöpfe beladen seid, ist noch ein kleiner Trost für eure geschlagenen Opfer.

Nicht, wie ihr so gern glaubt und sagt, nicht die Bildung und die Macht und nicht das Herrsein ist das höchste. Was höchste eines Geschöpfes ist, schuldlos dastehen dem Schöpfer gegenüber, und diese höchste Würde haben wir Pflanzen und Bäume alle ohne Ausnahme. Wir sind die Unschuld und ihr seid die Sünde.

Darum lieber als Reisigbesen leben und sterben ohne Schuld, denn als Mensch leben und sterben voll Sünde und ohne Erlösung.

Das Wiedersehen von Mutter und Kind im beiderseitigen Elend war nur kurz, aber lang genug, um von der Mutter zu hören, wie gut sie prophezeit habe, als wir noch bei ihr im Hain waren und fröhlich kosten und spielten.

Sie sprach auch heute wieder wahre Worte: »Ich bin bald erlöst, das Feuer wird mich frei machen in des Lindenwirts Küche. Nu aber wirst noch einige Zeit herumgeworfen werden, ehe es ein Mensch der Mühe Wert findet, dich zu verbrennen.«

Am Nachmittag trat ein Bauersmann in den Hof, als ob er was suchte. Er sah mich, trug mich hinaus auf die Straße, wo sein Wagen stand, und legte mich auf demselben unter ein Fäßchen, damit es im Fahren sich nicht rolle. Er hatte Wein darin, den er in der Stadt gekauft.

Auf der einen Seite des Fäßleins lag ich, auf der andern ein Stück Holz. Der Mann hatte nach einem zweiten Holz gesucht, keines gefunden, im Suchen mich erblickt und – erlöst aus der Gefangenschaft im Stalle.

Statt zu Wasser, kam ich jetzt zu Land aus der Stadt, die mein Unglück gewesen. Der Bauer und sein Weib setzten sich auf den Wagen, und es ging zum Tor hinaus.

Bald merkte ich, daß wir talaufwärts und dem Schwarzwald zufuhren. Ich sah wieder Berge und Tannen, fühlte Waldluft und lebte wieder etwas auf.

Weit hinauf ins Tal fuhr der Bauer. Immer näher traten Berge und Wälder, und immer rascher rollten die Bächlein von den Halden herab.

Bei einem einsamen Gehöfte jenseits der jungen Dreisam hielt endlich der Wagen an. Es war des Bauern Hof. Vor der Kellertüre ward das Weinfaß abgeladen und bei der Gelegenheit ich in einen Winkel hinter dein Hause geworfen.

Hier lag ich in der Frühjahrssonne, und niemand kümmerte sich mehr um mich. Ich hörte wieder, wie einst, die Vögelein singen und die Hirten jauchzen; aber du weißt es aus eigener Erfahrung, daß das nicht zu allen Zeiten erfreut.

Alte, müde, dem Grabe zuwankende Menschen werden schwermütiger, wenn der Frühling kommt und alles jung und fröhlich wird, weil sie fühlen, daß sie selbst es nimmer werden und ihre Frühlingszeit vorüber ist für immer.

So ging es mir, dem alten, abgebrauchten Birkenkind. Die singenden Vögelein und die jauchzenden Hirten, die liebe Sonne und die blumigen Matten erinnerten mich nur an mein für immer verlorenes Jugendglück und machten mir nur wehe in der Seele.

Vor dem Hof saß oft des Bauern Mutter, ein steinaltes, runzeliges Weiblein. Sie wärmte sich, still vor sich hinbrütend, in den Strahlen der Sonne. Von Zeit zu Zeit aber hörte ich sie murmeln: »Was tut auch unsereins noch auf der Welt?« Und dann nahm sie ihren Rosenkranz aus der Tasche und betete. Ich glaubte fest, sie bete jeweils um baldige, gnädige Erlösung aus diesem Leben.

Der Frühling ging, der Sommer kam. Beide machten alles glücklich und zufrieden in und außerhalb des Hofes an der Talenge der Dreisam, nur die alte Großmutter und mich nicht.

Wir seufzten mitten im Sonnenschein und wünschten Erlösung. Sie kam.

Kaum warf der Herbst die ersten Nebel ins Tal, so sah ich die Großmutter nimmer. Sie legte sich nieder zum Sterben. Eines Morgens trugen sie die Lebensmüde als Leiche das Tal hinaus unter den Tränen ihrer Kinder und Enkel.

Sie hatte ausgelitten, die alte Frau, und ihr Scheiden legte auch mir wieder die Sehnsucht nach Auflösung naher.

Wie aber sollte diese mir nahen? Oft wünschte ich, die Bäuerin oder die Magd möchten mich sehen und in der Küche verbrennen, oder die Dreisam, die wenige Schritte von mir über Felsgestein sprang, mich mitnehmen auf ihrem Todesweg zum Vater Rhein.

Ich träumte immer noch von einem Grabe an seinen reizenden Ufern, die ich einst von den Bergen des Kinzigtales aus erblickt.

Da, es war um Allerheiligen, öffneten sich in einer stürmischen Nacht die Schleusen des Himmels, und tagelang ergoß der Regen sich über das Land.

Die Dreisam schwoll und nahte sich dem Gehöfte im engen Tale. Des Bauern Kinder jubelten über das viele Wasser, dessen Steigen ihr Vater mit Besorgnis betrachtete.

Die Kinder warfen Stücke Holz in die Fluten und freuten sich, wenn sie, hoch auftanzend, davon zogen.

Der Hannesle, des Bauern Jüngster, ersah mich bei diesem Spiele und tat mir den Gefallen, mich in die hochgehenden Wellen zu werfen.

Diesmal hoffte ich sicher, von der mächtigen Flut hinaus in den Rhein getragen zu werden und, zerrissen und zerfetzt, endlich einmal sterben zu können.

Doch wen das Unglück verfolgt, den verfolgt es bis ans Ende. So ging es auch mir. Kaum auf meinen Wellen im Weichbild der Stadt angelangt, wurde ich in den Kanal getrieben, welcher gegen die Karthause hin abzweigt, um die einstigen Klostermatten zu bewässern.

»Der Mattenknecht« hatte seine Stellfallen, die bald da, bald dort an dem Kanal angebracht waren, geöffnet, und die Wasser trugen mich in den Graben, in welchem du mich heute getroffen.

Als die Kälte kam, leitete der Mattenknecht das Wasser ab, und den ganzen Winter über und bis heute lag ich im trockenen Graben, hilflos, einsam und unglücklich.

Nur im Anfang des Frühjahrs leistete mir bisweilen ein alter Frosch Gesellschaft. Er kam an warmen Abenden den Graben herauf gehüpft, setzte sich zu mir und quakte seine Weheklagen in die stille Nacht hinein. Sie galten alle euch Menschen.

»O, diese schrecklichen Menschen«, so quakte er, »wie quälen sie uns arme Frösche! Im Frühjahr, wenn wir in Lebenslust an den Wasserrändern uns sammeln und unsere Liebeslieder singen, da kommen sie, die Herzlosen, fangen uns, schneiden uns lebend mitten entzwei, nehmen den Unterkörper mit und überlassen den Oberleib seinen Qualen und seinen Schmerzen.« »Und im Winter, wenn wir in tiefster Erde unter den Wassern uns begraben, um zu ruhen, ziehen sie uns mit Gewalt ans Tageslicht, um uns das gleiche Schicksal zu bereiten.«

So klagte und quakte der alte Froschvater, klagte und quakte, bis er nimmer kam.

Knaben, die in einer warmen Frühlingsnacht mit Lichtern über die Matten gezogen waren, hatten auch ihn gefangen und zerschnitten.

Seitdem, es mögen etwa drei Wochen sein, bin ich wieder allein mit meinem Jammer.

Oft sah ich dich vorbeigehen, sah auch, wie du bisweilen zerlumpte Bettler, die des Weges daherkamen, anhieltest, ausfragtest und beschenkt entließest. Und ich dachte manchmal: Wenn der lange, schwarze Mann dein Elend kennte, er würde dich sicher erlösen.

Heute kamst du zu mir herein. Ich benutzte die Gunst des Zufalls und erzählte dir mein Leben.

Ich sehe es deinen Mienen an, du hast aus meiner Erzählung Mitleid mit mir geschöpft: drum wage ich an dich *eine* Bitte:

Nimm mich weg von hier, aber wirf mich nicht in die nahe Dreisam: im Wasser habe ich kein Glück. Dort drüben am Walde sehe ich Rauch aufsteigen. Wo aber Rauch, da ist Feuer. Trage mich zu jenem Feuer und wirf mich hinein. Ich will dann als Rauch den Wolken mich verbinden, die eben gen Norden ziehen. Möge ein gütiges Geschick mich mit ihnen hinübertragen auf die Heide, auf der ich geboren, und dort mich als Träne niederfallen lassen in den kleinen See, über dem meine Mutter gestanden ist und über dem ich die seligen Tage der Kindheit verlebt habe.

Und wenn dann die Zweige eines jungen Birkengeschlechtes sich spiegeln in den stillen, klaren Wassern des Sees, dann will ich weinen über sie und weinen über mich, weinen über meine Vergangenheit und weinen über ihre Zukunft. Aber ich werde auch lächeln unter diesen Tränen, lächeln, weil ich da weinen und meinen Lebenslauf beschließen darf, wo ich ihn begonnen, lächeln, weil ich die Vögel wieder jubeln und die Hirten wieder jauchzen höre auf heimatlicher Erde, und weil sie Lieder singen, die ich als glückliches Birkenkind einst gehört habe.

So sprach der alte, unglückliche Besen, und hatte er mein Herz schon gewonnen durch die Schilderung seines Lebens, so rührte mich jetzt seine Bitte zu Tränen.

Ich fand zunächst fast keine Worte. Bewegt hob ich ihn auf und sprach: Armes Geschöpf, unglückliches Opfer der unglücklichen Menschheit, dein Wunsch soll erfüllt werden. Aber eines verlange ich von dir: du darfst nicht in Bitterkeit scheiden aus deinem Leben, du mußt vorher den Menschen, die dich unglücklich gemacht, verzeihen.

Glaube mir, altes, jammervolles Birkenkind, auf den Menschen ruht noch schwereres Leid, als du erduldet hast hinter der Küchentüre. Also vergiß und verzeihe, ehe ich dich erlöse.

Bedenke, daß die Menschen viel unglücklicher sind als ihr. Sie fühlen des Lebens Not und des Daseins Schmerzen viel mehr denn ihr, und sie büßen schwer für die Sünde ihres Stammvaters, der all' seine Nachkommen und die ganze Natur hineinzog in den Fluch des Schöpfers.

Darum seufzen sie und seufzen alle Geschöpfe, die unter des Menschen Sünde leiden, nach Erlösung.

Der Besen nickte zustimmend, und ich fuhr weiter: Möge der Himmel deinen letzten Wunsch erfüllen und dich ruhen lassen im kleinen Bergsee unserer Heimat! Und wenn auch *mein* Wunsch in Erfüllung geht, will ich dereinst ruhen zu den Füßen der Heide, die den See, dein Grab, trägt!

Sprach's und ging mit ihm hinüber zum Waldsaum, Hier hatten die Armen, so mit mir die Karthause bewohnen, die Waldmatte geräumt vom Laub und Holz des Winters und ließen beides verbrennen von lustigen Flammen.

In diese warf ich meinen armen Freund zum Staunen der Männer, die mich mit dem alten Besen daher kommen sahen.

»Für *den* ist's nicht schad«, meinte einer von ihnen. Keiner aber ahnte, daß ein Unglücklicher von seinem Dasein erlöst werden sollte.

Ich blieb stehen, bis der Besen verbrannt war. In lichten Rauchringen erhob er sich hinauf zu den Wolken und zog mit ihnen dem Walde und dem Kinzigtale zu.

Ich schaute ihm lange nach, und erst, als er jenseits des Waldes verschwunden war, ging ich nachdenklich zurück in meine Klause.